大雅

为一种品格注脚

大雅文丛

曼德尔施塔姆文选

［俄罗斯］奥西普·曼德尔施塔姆　著
Osip Mandelstam

黄灿然　译

广西人民出版社

目　录

第一辑

作者的话 _ 003

词与文化 _ 004

衰落 _ 011

论对话者 _ 015

论词的本质 _ 024

关于诗歌的笔记 _ 043

小说的终结 _ 049

獾洞——纪念勃洛克 _ 053

十九世纪 _ 059

彼得·恰达耶夫 _ 067

谢尼埃散记 _ 075

弗朗索瓦·维庸 _ 083

《弗朗索瓦·维庸》补编 _ 092

第二辑

阿克梅派的早晨 _ 097
普希金与斯克里亚宾 _ 103
论当代诗歌 _ 110
政府与韵律 _ 114
人类的小麦 _ 118
文学莫斯科 _ 123
文学莫斯科：情节的诞生 _ 129
关于俄罗斯诗歌的通信 _ 136
略谈格鲁吉亚艺术 _ 141
关于抒情诗与史诗的评论 _ 146
狂飙 _ 147
人文主义与当今 _ 159
亨利-奥古斯特·巴尔比耶 _ 162
一支诗人大军 _ 166
为索洛古勃周年纪念而作 _ 174
戏剧界的一个革命者 _ 177
一月九日的血腥神秘剧 _ 182
雅克出生又死了 _ 186
诗人谈自己 _ 190
劣作之潮 _ 191

第三辑

科米萨尔热夫斯卡娅 _ 201

马泽萨·达·芬奇 _ 205

不提供信息的询问处 _ 209

准写和不准写的文学 _ 216

我用声音工作 _ 218

在我生命中某一年 _ 219

炸面圈的价值 _ 221

达尔文的文学风格 _ 223

《达尔文的文学风格》补编 _ 230

法国人 _ 239

论博物学家 _ 243

《论博物学家》补编 _ 250

帕拉斯 _ 252

笔记、杂感、残篇 _ 257

第四辑

关于但丁的谈话 _ 265

《关于但丁的谈话》补编 _ 321

译后记 _ 332

第一辑

作者的话

收录在本集子①里的文章,写于 1910 年至 1923 年的不同时间里,具有共同的思想联系。

这里,没有一篇以明确的文学界定为目标;各种文学主题和风格只是用来作为具体的例子。

不符合这个共同联系的零散随笔,都没有收录在本集子里。

奥·曼,1928 年

---

① 指《论诗》,该集子由这篇卷头语和后面的十一篇文章构成。

词与文化

彼得堡街道上的小草——处女林的第一批新芽,将覆盖现代城市的场地。这片明亮、柔和的青葱,有着惊人的鲜嫩性,属于一种富有灵感的新自然。彼得堡确实是世界上最先进的城市。速度,也即当下的节奏,是不能用地铁或摩天大楼来衡量的,而只能用从城市石头下冒出的欢欣小草来衡量。

我们的血液,我们的音乐,我们的国家——都将在一种新自然的柔和生活中继续,那是一种自然与普赛克①的融合。在这个没有人的精神王国里,每一棵树都将是一个树精,每一种现象都将讲述自己的变形记。

阻止?何苦呢?谁会阻止太阳,当它按捺不住回家的渴望,驾着飞驰的麻雀车奔向父亲的大屋?用赞美酒神的颂歌庆祝它不是比向它乞求微薄的报酬更好吗?

---

① 普赛克:罗马神话人物,人类灵魂的化身,以少女的形象出现,与爱神丘比特结婚。

> 他不理解任何事情，
> 他柔弱又害羞，像儿童，
> 陌生人用网为他捕捉
> 鸟兽和鱼。①

我感谢你们，"陌生人"，你们令人感动的关怀，你们对旧世界的温柔照顾。那旧世界已不再"属于这个世界"，它已经把路让出来，因为人们正期待和准备迎接即将来临的变形记：

> 当我想起我在罗马最后一夜
> 那阴暗的情景，当我想起那一夜
> 我告别了多少我珍惜的事物，
> 即便此时，我也忍不住流泪。②

是的，旧世界"不属于这个世界"，然而它比从前任何时候都要鲜活。文化已变成教会。教会-文化与国家的分离已经发生。我们不再关心世俗生活。我们不再进餐，而是进圣餐；不再住房间，而是住修道院小室；不再穿衣服，而是穿盛装。我们终于找到内心自由，真正的内心欢乐。我们喝陶罐里的水像喝酒，而太阳在隐修院食堂里要比在餐馆里快乐。苹果、面包、土豆——从现在开始它们将不只满足肉体饥饿，还满足精神饥饿。基督徒——而现在每个有文化的人都是基督徒——不知道纯粹的肉体饥饿、纯粹的精神营养为何物。对他来说，词也是肉，简单的面包是一种快乐和神秘。

---

① 出自普希金叙事诗《茨冈》。
② 出自奥维德《哀歌》。

社会差异和阶级对立在新的划分面前变得苍白，因为人们被划分成词的朋友和敌人：实际上就是绵羊和山羊。我闻到一种几乎能感觉是不干净的山羊气息从词的敌人身上散发出来。任何严重分歧中最后出现的论据，在这里是完全恰当的：我的对手恶臭难闻。

文化与国家的分离，是我们这场革命的最重要事件。国家的世俗化进程并没有随着法国大革命所理解的教会与国家的分离而停止。我们的社会剧变已经造成了更深刻的世俗化。今天，国家与文化有一种独特关系，而对这关系的最好表述莫过于宽容。但与此同时，一种新型的有机相互关系已开始出现，它把国家与文化联系起来的方式类似于曾经把封地王子与修道院联系起来的方式。王子保留修道院是为了听取意见。这说明了一切。国家在与文化价值的关系上所处的不适当位置使得它完全依赖文化。文化价值装饰国家，赋予国家以色彩、形式，如果你愿意，甚至还有性别。国家建筑物、陵墓和大门口的铭文为国家抵抗时间的蹂躏提供了保险。

诗歌是一把犁，它以如此一种方式翻开时间，以致时间那深不可测的地层，它那黑土，出现在表面上。然而，有那样一些时期，人类不满足于现在，他们像农夫那样渴望时间那深不可测的地层，向往时间的处女地。艺术中的革命不可避免地引向古典主义，不是因为大卫收获罗伯斯庇尔的成果[1]，而是因为土地如此要求。

我们常常听到：那很好，但它属于昨日。但我说：昨日还没诞生。它还没真正存在过。我希望奥维德、普希金和卡图卢斯再活一次，并且我不满足于历史的奥维德、普希金和卡图卢斯。

所有人都着迷于诗人，无法脱离诗人，这确实令人震惊。你也许会以为，一旦他们被读过，也就没什么好说的了。按现时流行的说

---

[1] 指法国画家雅克-路易·大卫笔下的法国大革命景象。

法,已经被超越了。再也没有比这更远离事实的了。卡图卢斯的银号角——"让我们离开,飞向亚细亚那些著名城市"①——要比任何未来主义的谜语更让我们警醒和兴奋。俄语不存在这样的诗歌。然而俄语必须存在这样的诗歌。我选择一行拉丁语诗,是因为它显然已经被俄罗斯读者视为一种义务:句子中的祈使语听上去更真切。这样的祈使语是所有古典诗歌的特点。古典诗歌被视为必须是的东西,而不是已经是的东西。

因此,还未曾出现过一个诗人。我们没有记忆的重负。另一方面,我们有如此多珍贵的预感:普希金、奥维德、荷马。当一个恋人在深夜的寂静中被一团温柔的名字纠缠着,并突然间想起这一切都已经有过——那些话,那头发,还有他窗外雄鸡的啼叫,一点不差全都被写在奥维德的《哀歌》里——于是重现的无限欢乐便淹没他,一种令人晕眩的欢乐:

> 我喝浑浊的空气像喝幽暗的水,
> 时间被犁翻过来,玫瑰如土地。②

因此诗人不害怕重现,并且很容易陶醉于古典酒。

适合一个诗人的,也适合所有诗人。根本不需要创建什么诗歌流派。根本不需要发明你自己的诗学。

应用于词、运动和形式的分析方法,是一种完全合法而聪明的技巧。最近,摧毁已经成为一种纯粹是形式上的艺术前提。解体、颓废、腐朽——所有这一切都依然是颓废派。但颓废派们都是基督徒艺

---

① 原引文为拉丁语。
② 出自曼德尔施塔姆诗《沉重与温柔……》。

术家,以他们自己的方式成为最后一批基督教殉教者。颓废的音乐对他们来说是复活的音乐。波德莱尔的《腐尸》是基督徒绝望的崇高例子。有意识地摧毁形式则完全是另一回事。无痛的至上主义。否认事物的表面。为了好奇而精心计算的自杀。把事物拆开是可能的,把事物合拢也是可能的:看上去是形式在接受考验,但实际上是精神在腐败和衰朽。(随便说一说,既然谈到波德莱尔,我想提一下他作为一个苦行英雄的重要性,也即基督教原义上的殉道者。)

词的生命已进入一个英雄时代。词是肉和面包。它分担面包和肉的命运:受难。人民饥饿。国家更饥饿。但是尚有更饥饿的:时间。时间想吞噬国家。杰尔查文草草涂在写字板上的威胁[1],回响如号角声的召唤。无论谁,要是他把词提升到高处,用它来对抗时间,如同祭师展示圣餐,他就会成为第二个嫩的约书亚[2]。没有比当代国家更饥饿的了,而一个饥饿的国家比一个饥饿的人更可怕。对拒绝词的国家表示怜悯应成为当代诗人的社会责任和英雄功绩。

> 让我们荣耀人民的领袖
> 含泪忍受的巨大负担。
> 让我们荣耀权力的昏暗负担,
> 它那难以忍受的重量。
> 谁有一颗心谁就会听见,啊时间,
> 你的船怎样沉入海底。[3]

不要向诗歌索取任何特别的实质性、物质性或具体性。这正是那

---

[1] 曼德尔施塔姆文章《十九世纪》有此诗的全文。
[2] 约书亚是嫩的儿子。
[3] 出自曼德尔施塔姆诗《自由的微光》。

同一种革命的饥饿。多马的怀疑①。为什么你非要用你的手指去触摸？但最重要的是，为什么要把词与物等同起来，与小草，与它所指的对象等同起来？

词真的是物的主人吗？词是普赛克——人类灵魂的化身。活生生的词并不指定一个对象，而是在某种程度上自由地为它的居所选择某个客观的意义、有形的事物或钟爱的肉体。词自由地围绕物游荡，像灵魂围绕一个被遗弃但没有被遗忘的肉体。

关于物质性的说法，在应用于形象描写时好像有点不同：

扼住雄辩，扭断它的脖子。②

如果你可以，如果你能，就写无意象的诗吧。一个盲人通过能看见的手指的触摸，就认出他心爱之人的脸；在经过漫长的离别之后，那欢乐，那相认的真正欢乐的泪水就会从他的眼里流下。诗通过一个内在意象活着，这内在意象是形式的鸣响的铸模，这铸模预示着那首写出来的诗。还没有一个词，但是那首诗已经被听到。这是内在意象的声音，这是诗人的耳朵在触摸它。

唯有认出的瞬间值得怀念。③

今天，正在发生某种说别国语④的情形。诗人在神圣的疯狂中说

---

① 多马：耶稣十二门徒之一，曾怀疑耶稣复活的真实性，被称为"怀疑的多马"，在亲手触摸到耶稣的伤痕之后才相信。
② 魏尔伦《诗艺》中的诗句。曼德尔施塔姆一直保持对魏尔伦的敬佩。
③ 出自曼德尔施塔姆一诗《哀歌》。
④ 指按圣灵所赐的口才说的别国语。

所有时代、所有文化的语言。没有什么是不可能的。如同临死者的房间向所有人开放,旧世界的大门也敞开在群众面前。突然间一切都变成公共财产。你来挑吧。一切都可进入:所有迷宫、所有隐秘处、所有被禁止的小径。词已经变成不是七孔而是千孔长笛,一下子被各时代的呼吸唤醒了。说别国话最瞩目之处是,说话者不晓得他正在说的语言。他用一种完全不为人知的语言说话。似乎别人都觉得,他自己也觉得,他在说希腊语或迦勒底语。这有点像是完全颠倒的博学。当代诗歌,尽管既复杂又有内在创意,却是天真的:

  倾听那微醉的歌……①

  在我看来,现代的诗人综合家,似乎不是某个维尔哈伦,而是某种文化上的魏尔伦②。对他来说,旧世界的一切复杂性就像那同一支普希金式长笛。他歌唱理念、知识系统和国家理论,就像他的前辈们歌唱夜莺和玫瑰。有人说革命的导因是星际空间中的饥饿。必须把谷粒撒到太空里去。
  古典诗歌是革命的诗歌。

1921 年

---

① 这句诗似乎是魏尔伦《诗艺》中的句子"没有什么比微醉的歌更珍贵"的误引。
② 据曼德尔施塔姆的研究者格雷戈里·弗赖丁说,曼德尔施塔姆这篇文章在某种程度上是在与勃留索夫抬杠,后者是维尔哈伦在俄罗斯的推广者,而曼德尔施塔姆则倾心于魏尔伦,勃留索夫主张"科学的诗歌",曼德尔施塔姆这里的"文化"可能是相对于"科学"而言。

衰　落

1

诗歌中必须有古典主义。诗歌中必须有希腊精神，必须有一种高尚的形象感，机器的节奏，城市集体主义，乡村民间故事……可怜的诗歌躲避那些瞄准它的，提出无条件要求的多不胜数的枪口。诗歌应该是什么？也许它没有义务成为任何东西，也许它不欠任何人任何东西，也许它的债主都是骗子！是的，没有比谈论必要条件、谈论艺术中的义务更容易的了：首先，这类谈论总是武断的，并且无须为任何东西负责；其次，这是一个适合高谈阔论的耗不尽的主题；第三，它回避了一件几乎没有任何人能够做到的非常不愉快的事情，即对现有的状况表示感激，对诗歌在特定时期的状况表示最普通的感激。

啊，可怕的忘恩负义：对库兹明、马雅可夫斯基、赫列勃尼科夫、阿谢耶夫、维亚切斯拉夫·伊万诺夫、索洛古勃、阿赫玛托娃、帕斯捷尔纳克、古米廖夫、霍达谢维奇——这些诗人是多么不同，用各种黏土捏成！他们全部不只是昨天或今天的，而是永远的俄罗斯诗人。上帝馈赠给我们这样一批诗人。一个民族没有选择它的诗人，如同一个孩子没有选择他的父母。一个不尊重其诗人的民族应该得到……嗯，不应该得到任何东西。无关紧要，你说。但是在一个民族的纯粹无知与一个无知的纨绔子弟的知识不全之间，存在着巨大差别。霍屯督人考验他们的老人，强迫老人爬上一棵树并摇晃：如果老人太衰弱了，从树上掉下来，就必须被杀死。势利小人模仿霍屯督人。他们最喜欢的方法令人想起刚刚描述过的情景。这种做法应该受鄙视。有些人喜欢诗歌，另一些人——霍屯督人的游戏。

没有什么比诗歌流派的急剧变化更能助长一代诗歌读者中势利之徒的气焰。已经习惯于把自己想象成乐池中的观众的读者，一边看着诗歌流派鱼贯而过，一边皱眉头、扮鬼脸，吹毛求疵。最后，他竟然发展出一种完全没有根据的优越感，因为他把自己视为不断的变化面前的唯一不变者，在移动面前一动不动。从象征主义者到当今，快速演替的俄罗斯诗歌流派，都哗啦一声砸碎在同一个读者头上。

十九世纪九十年代的读者进入一个衰落期：就诗歌而言，他们被证明是无实质和完全无能力的。因此，象征主义者被迫长时间等待他们的读者；受环境力量的影响，又由于他们的才智、教养和成熟，他们看上去比他们对之说话的那群乳臭未干的青年要老得多。就公众品味衰落而言，二十世纪头十年要稍微好些，因为这个新流派的好战的桥头堡《天秤星》杂志与《野蔷薇》的文盲传统共存，后者是一种粗俗的年鉴文学，充满无知的虚饰。

当通过个人而达致完美的诗歌现象从象征主义的子宫里脱颖而出，当这个部落解体，而个性的统治、诗歌人格的统治降临，被象征主义（俄罗斯所有现代诗的源头）的部落诗歌养大的读者，在百花齐放的世界中迷惑了，因为新世界的一切都不再被部落旗帜覆盖，每个人都独自站着，头上没戴帽子。在经历了部落时期把新血液注入俄罗斯诗歌并宣告一种容量极大的正典之后,在经历了丰富的混成曲获得维亚切斯拉夫·伊万诺夫的密集福音的加冕之后,人格的时代、个性的时代降临了。然而,所有俄罗斯现代诗都是从部落式象征主义子宫里出来的。读者记性不好——他不想承认这点。啊橡果,橡果,当我们有了橡果,谁还需要橡树呢。

2

曾经有人成功地拍摄到鱼的眼睛。该照片包括一座铁路桥和若干风景细节,但是鱼的视力的光学规律以一种难以置信的扭曲方式展示了这一切。如果你可以拍摄奥夫西亚尼科-库利科夫斯基院士的眼睛,或一个普通俄罗斯知识分子的眼睛,例如捕捉他对普希金的独特看法,结果将会是一张像鱼眼所见的世界一样令人吃惊的照片。

诗歌作品在读者感知中的扭曲,是一种不可避免的社会现象。跟它作斗争是困难和无用的:与其教所有识字的读者读原原本本写下的普希金而不是按他们的精神需要来读或按他们的知识能力来读,倒不如在全俄罗斯推广电气化更容易些。

例如,与音乐记谱法相反,在诗歌记谱法中有一个巨大的豁口,一种耀眼的缺席,也即大量暗示性的符号、标识、指示的缺席,而正是它们使文本变得可理解和规范。然而,所有这些符号跟音乐的音符或舞蹈的象形符号一样准确。诗歌上的识字读者,会自行补给这些符号,仿佛把它们从文本中抽取出来似的。

诗歌识字率既不同于普通识字率,即阅读能力,也不同于文学博识。如果说在俄罗斯普通文盲和文学文盲极高的话,那么诗歌文盲就更是高得吓人,更糟糕的是诗歌文盲与普通文盲混在一起;因此任何能够阅读的人都认为自己是诗歌识字者。这种情况在半受过教育的知识大众中尤其明显，这些人染上了势利，已丧失对语言的天生感觉。他们基本上已经没有语言能力，在语言方面一团糟。他们用廉价和随便的刺激物，用可疑的抒情主义和常常违背、敌视俄罗斯语言原则的新词汇，来给他们长期麻木的语言神经搔痒。

当前的俄罗斯诗歌必须满足这批做了语言游民的公众的需要。

诞生于语言意识的子宫深处的词，服务于词的聋哑者、口齿不清者、白痴病患者和退化者。

象征主义的伟大功绩，也即它与俄罗斯读者保持适当的面对面的距离，主要在于它的教导，在于它天生的权威，在于它的家长式优势，以及在于它用以教育读者的那种立法式重力。

读者必须被放在他适当的位置，他滋养的批评也必须如此。批评不应该作为对诗歌的任意解释而存在。批评必须让位给客观、学术的研究，让位给诗歌的科学。

也许，关于俄罗斯诗歌的整体状况，最令人安慰的是人们对他们自己的诗歌的绝对无知。

大众，也即语言形态学在其中生长、增强和发展的那些阶级，保留了一种健康的语文学意识，并且仍未遭遇个人主义的俄罗斯诗歌。诗歌仍未抵达其读者。也许，要等到那些把光线射向遥远但至今仍难以到达的终点的诗歌名人们都灭绝了之后，诗歌才会抵达其读者。

1924 年

论对话者

我想知道疯子留给人最可怕的疯狂的印象是什么。他扩大的瞳孔，因为它们是空茫的，无神地盯着你，没有特别注意什么。他的疯话，因为即便是对你说话，疯子也不把你当回事，甚至没有意识到你的存在，仿佛要忽略你的存在，因为他对你完全不感兴趣。在疯子身上我们最害怕的是他向我们展示的那种绝对而可怕的漠视。使一个人感到恐怖的莫过于另一个人对他完全无动于衷。文化客套，也即我们一再表现出我们对彼此感兴趣的那种礼貌，对我们大家来说都具有深刻的意义。

在正常情况下，当一个人有什么话要说，他就会去接触人，去找听众。然而诗人恰恰相反：他要"奔向波涛荒凉的海岸，奔向广阔而喧响的树林"[1]。异常的反应是不言而喻的……诗人被怀疑是疯子。而当人们将一个对无生命的物体、对自然，却不对他活生生的兄弟说话的人称为疯子，他们并没有错。而当他们面对诗人如同面对疯子并惶恐地后退，他们也并没有越出他们的权利范围，如果他确实不是对

---

[1] 出自普希金诗《诗人》。

任何具体的人说话。但情况并非如此。

把诗人视为"上帝的小鸟"[①]，这种观点是非常危险并且在根本上是错误的。没有理由相信普希金在写这首关于鸟儿的诗时，心里想到的是诗人。但哪怕是就普希金的鸟儿而言，事情也绝不那么简单。在它开始唱歌时，那鸟儿"倾听上帝的声音"。显然，命令鸟儿歌唱的人，倾听鸟儿的歌声。那鸟儿"振翼歌唱"，是因为受到与上帝订立的自然契约的约束，而这是一种就连最伟大的诗歌天才也不敢梦想的荣耀……那么，诗人对谁说话呢？至今，这个问题仍然在困扰我们；它仍然是极其切题的，因为象征主义者们总是回避它，并且从未简洁地阐述它。通过可以说是忽视这种契约关系，也即参与说话的行为的相互关系（例如我在说话：这意味着人们在倾听我，并且是出于某个理由倾听我，不是出于礼貌，而是因为他们有义务听我说话），象征主义便把其注意力完全集中于声音效果。它把声音让给了精神的建筑，却带着它典型的自我主义紧跟着声音漫步在别人的心理的拱廊下。象征主义计算优美的声音效果所产生的忠诚度的增长，并把它称为魔术。在这方面，象征主义让人想起法国中世纪关于"马丁神父"的谚语，这位神父既独自主持又出席弥撒。象征主义诗人不仅是一个音乐家，还是伟大的小提琴制造师斯特拉迪瓦里本人，一丝不苟地计算"共鸣箱"的比例，也即听众的心理。取决于这些比例，琴弓的拉响就会产生真正无与伦比的饱满的声音，或乏力和牵强的声音。但是，我的朋友们，一首乐曲有其独立的存在，不管那是什么演奏者、音乐厅或小提琴！那为什么诗人要如此谨慎和操心呢？更有甚者，诗人的需求的供应商，活生生的小提琴的供应商——其心理相当于斯特拉迪瓦里产品的"外壳"的听众，在哪里呢？我们不知道，也永不会

[①] 出自普希金诗《小鸟》。

知道,这群听众到底在哪里……弗朗索瓦·维庸为十五世纪巴黎的乌合之众写作,然而他的诗歌的魅力至今不减……

每个人都有朋友。为什么诗人不去找他的朋友,不去找那些自然地亲近他的人?在一个关键时刻,一个海员把一个密封的瓶子掷入海浪里,瓶里有他的姓名和一封详述他的命运的信。多年后,在沿着沙丘游荡的时候,我在沙里偶然发现它。我读那封信,读那日期,读那个已经去世的人的遗嘱。我有权这样做。我并不是擅自拆开别人的信。瓶里的信是写给找到它的人的。我找到它。这意味着,我变成它的秘密收件人。

> 我才能有限,我声音不大,
> 然而我活着——在这大地上
> 我的存在对某个人有意义:
> 我遥远的继承人将在我的诗中
> 找到它;谁知道呢?也许我的灵魂
> 和他的灵魂将找到共同纽带,
> 就像我在同代人中找到一个朋友,
> 我也将在后代中找到一个读者。

读巴拉丁斯基这首诗,我体验到如果那个瓶子落入我手中我会有的相同的感觉。一整个浩瀚的大海都来协助它,帮它完成它的使命。而那种天意的感觉淹没了那个发现者。从海员把瓶子掷入海浪里和从巴拉丁斯基发送的诗中,显露了两个简单明白的事实。那封信就像那首诗,都不是特别写给哪个人的。然而它们都有收件人:那封信写给那个碰巧在沙中找到瓶子的人,那首诗写给"后代中的读者"。巴拉丁斯基这首诗的读者将感到一阵怎样快乐的战栗或一阵怎样兴奋的刺痛，如同有时候冷不防有人呼唤你的名字。

巴尔蒙特断言：

> 我不知道有什么适合别人的智慧，
> 我只不过是把瞬间装入诗中。
> 在每个一闪即逝的瞬间我看见
> 众多世界在斑斓的游戏中变幻。
>
> 别咒我，智慧的人啊，我对你算什么？
> 无非是一片溢满火焰的云，
> 一片云，看啊，我将继续飘飞，
> 呼唤所有梦想家。但不呼唤你。

这些诗句令人不快的谄媚音调，与巴拉丁斯基诗中深沉而谦逊的尊严，构成多么强烈的对比！巴尔蒙特寻求证明自己有理，在某种程度上是在道歉。不可饶恕！对一个诗人来说难以忍受。唯一不可饶恕的事情。毕竟，难道诗歌不正是对自身的正确的意识吗？巴尔蒙特在这里没有表达这样的意识。他显然失去了他的方向。他的开篇诗句杀死了整首诗。从一开始诗人就明确地宣布我们对他不感兴趣："我不知道有什么适合别人的智慧。"

他并没有想到我们可能会以同样方式回报他：如果你对我们不感兴趣，我们也对你不感兴趣。我哪会在乎你的云，当有那么多云飘过去……至少真云不会冷落人们。巴尔蒙特对对话者的拒绝，就像一条红线画过他的全部诗歌，严重地贬低其价值。巴尔蒙特总是在他的诗歌中轻视某个人，粗鲁地、鄙夷地对待他。这某个人就是那秘密的对话者。这个人既得不到巴尔蒙特的理解也没有被他认出，于是残忍地报复他。当我们与某人交谈,我们会在他脸上寻找认可,寻找对我们的正确感的肯定。对诗人来说尤其如此。然而诗人对自身正确的宝贵意识常常在巴尔蒙特的诗歌里失踪,因为他缺乏一个永久的对话者。因此巴尔蒙特诗歌中才有那两个令人不快的极端:谄媚和傲慢。巴尔蒙特的傲慢是造作的,有预谋的。他对证明自己有理的需要,是十足的病态。他无法轻柔地说出"我"。他尖叫"我":

我是突然的裂缝,
我是爆发的霹雳。

在巴尔蒙特诗歌的天平上,盛着"我"的秤盘决定性和不公正地沉到"不是我"之下。后者要轻得多。巴尔蒙特明目张胆的个人主义是非常令人不快的。与索洛古勃那种不冒犯人的安静的唯我论相反,巴尔蒙特的个人主义是以牺牲别人的"我"来成就的。看看巴尔蒙特是多么享受通过突然转向亲密的称呼形式来震惊他的读者。在这点上他类似一个讨厌、邪恶的催眠师。巴尔蒙特亲密的"你"从未抵达其对话者;它掠过其目标,如同箭从拉得太紧的弓里射出。

就像我在同代人中找到一个朋友,
我也将在后代中找到一个读者。

巴拉丁斯基穿透性的目光掠过他的同代人(然而在他的同代人中他有朋友),只为了在一个依然未知但明确的"读者"面前停顿。而任何碰巧遇到巴拉丁斯基的诗篇的读者,都会觉得自己就是那个"读者",那个被选中的人,那个名字被呼唤的人……那为什么不应该有一个具体的、活生生的对话者,一个"时代的表率",一个"同代人中的朋友"呢？我回答：求助于一个具体的对话者会肢解诗歌，拔掉它的羽翼，剥夺它的空气，剥夺它飞翔的自由。诗歌的新鲜空气就是意想不到。在对某个已知的人说话时，我们只能说已知的事情。这是一种强有力的、权威的心理规律。它对诗歌的意义不能低估。

害怕具体的对话者，害怕我们"时代"的听众，害怕"同代人中的朋友"，这种恐惧持续地追随所有时代的诗人。诗人的天才越是伟大，他就越强烈地感受到这种恐惧。因此才会有艺术家与社会之间这一臭名昭著的敌意。对散文作家或随笔作家可能有意义的东西，诗人却觉得完全无意义。散文与诗歌之间的不同可以作如下定义。散文作家总是对一群具体的听众说话，对他的时代活跃的代表们说话。哪怕是在作出预言时，他心中想着的也是他未来的同代人。他的题材溢入现在，符合水平参差的物理规律。结果，散文作家被迫站得比社会"更高"，比社会"更优越"。由于教导是散文的中枢神经，因此散文作家需要一个基座。诗歌是另一回事。诗人只与冥冥中的对话者发生关系。他无须被迫高出他的时代，无须显得比他的社会更优越。事实上，弗朗索瓦·维庸所站的位置，远远低于十五世纪文化的中等道德水平和知识水平。

普希金与乌合之众的争吵，可视为我试图说明的诗人与其具体听众之间的对立的一个范例。普希金怀着难以置信的冷静，要求乌合之众证明自己有理。结果表明，乌合之众并没有那么野蛮和愚昧。但另一方面，这群考虑周到、充满最好的意图的乌合之众又是怎样不公正对待诗人的呢？在证明自己有理的过程中，乌合之众的口中漏出一句失策的话，溢出诗人的忍耐之杯，点燃了他的敌意：

我们都会听您的话……①

多么失策的一句话！这些貌似天真的话所包含的迟钝粗俗，是不言而喻的。诗人在这个节点上愤慨地打断乌合之众的话，并非没有理由……看见一只伸出来乞饭的手，会令人反感，但是看见一对对恭听的耳朵，则会使别人充满灵感——演说家、政客、散文作家，任何人，即是说，除了诗人……具体的人群，"诗歌的市侩者"，会允许任何人给他们"大胆的教训"。他们一般来说都随时准备听任何人的话，只要诗人指定一个具体的地址："某某乌合之众收"。这就是为什么儿童和简单的人在读到信封上自己的名字时会感到很荣幸。曾经有一整个一整个时代，诗歌的魅力和精髓都牺牲给了这种绝非无害的要求。这类诗歌包括十九世纪八十年代的伪公民诗和冗长的抒情诗。公民或有倾向性的声音本身可能是好的，例如：

你大可不必做一个诗人，
但你有责任做一个公民。②

这两行诗很出色，乘着强有力的翅膀飞向一个冥冥中的对话者。但若是把我们大家都非常熟悉的某个十年的俄罗斯市侩者还原到他的具体位置上，这两行诗就会立即使你厌烦。

是的，当我对某个人说话，我不知道我是在对谁说话；此外，我不在乎知道他，也不希望知道他。没有对话，抒情诗就不可能存在。然而只有一样东西把我们推入对话者的怀抱：那种想对我们自己的词

---

① 普希金的《诗人与群氓》中，群氓引起诗人愤慨的话是："请给我们大胆的教训，/我们都会听您的话。"
② 出自涅克拉索夫诗《诗人与公民》。

语感到惊异的渴望,那种想被它们的原创性和不可预料性俘虏的渴望。逻辑是无情的。如果我知道我对之说话的人,我也就预先知道他会对我的词语、对我说的任何话作出什么反应,因而我也就无法在他的惊异中惊异,在他的欢乐中欢乐,在他的喜爱中喜爱。离别的距离抹去了喜爱的人的外形。只有在远方我才会感到渴望对他说某件重要的事情,某件我和他面对面时因为他的容貌是那么熟悉而使我说不出来的事情。请允许我更简明地阐述我的观察:我们的沟通愿望是与我们对对话者的实际了解成反比的,又是与我们觉得有必要引起他对我们的兴趣成正比的。声音效果会照顾自己:我们不必担心它。距离则是另一回事。跟邻居低语是沉闷的。但是使自己的灵魂沉闷则会令人发狂[1]。然而,与火星交流信号(当然不是幻想)则是值得抒情诗人去完成的任务。这里我们碰见了费奥多尔·索洛古勃。在很多方面,索洛古勃是巴尔蒙特最有趣的对极。巴尔蒙特作品中缺乏的某些特质,在索洛古勃诗歌中却非常丰富:例如,对对话者的爱和赞赏,以及诗人对自身正确性的意识。索洛古勃诗歌中这两个瞩目的特点,是与他认为在他本人与他理想的"朋友"——对话者——之间存在着"极其辽阔的距离"密切相关的:

> 我神秘的朋友,遥远的朋友,
> 看哪。
> 我是黎明时分
> 寒冷而忧伤的光亮……
> 在早晨里是如此
> 寒冷而忧伤,

---

[1] 俄罗斯诗人纳德松(1862—1887)语。

> 我神秘的朋友，遥远的朋友，
> 我将死去。

  这些诗行要抵达其目的地，也许需要千百年，如同一颗行星的光送达另一颗行星所需的。也因此，索洛古勃这些诗行在写下很久之后依然活着，作为事件，而不只是作为已消逝的经验的标记。

  因此，虽然一首首诗，例如书信诗或题献诗，也许是对具体的人而说的，但是整体上诗歌总是指向某个大体上遥远和未知的对话者，诗人绝不怀疑这个人的存在，也不怀疑他自己。这与形而上学无关。只有现实才能催生一种新现实。诗人不是矮人，因此把自然发生说的特征加之于他是绝对没有根据的。

  事情其实非常简单：如果我们没有朋友，我们就不会给他们写信，我们也就不会从这一消遣所独有的心理新鲜性和新颖性中得到任何乐趣。

1913 年

论词的本质

> 我们已忘记唯独词语
> 在忧烦的土地上照耀,
> 忘记《约翰福音》写道
> 词语就是上帝。
> 但我们把它的范围
> 限制在此世可怜疆域里,
> 于是像空巢里的死蜂
> 死词语也散发一股腐臭。
>
> ——古米廖夫

　　我想提出一个问题:俄罗斯文学是一个统一的整体吗?当代俄罗斯文学与涅克拉索夫、普希金、杰尔查文或西梅翁·波洛茨基的文学实际上是一回事吗?如果连续性一直被保持着,那么它走进过去多远?如果俄罗斯文学一直没有改变,是什么构成它的统一性,它的基本原则,它所谓的存在标准,是什么?

有鉴于历史进程的速度加快，我提出的这个问题也就变得十分尖锐。把当代历史的每一年都视为一个世纪，那当然是很夸张的，但是，在暴风雨式地实现历史能量那业已积累并且仍在增长的潜力的过程中，可以觉察到某种像几何级数的东西，某种有规律而自然的加速度。由于事件的内容在某一特定的时间内发生量变，有关时间单位的概念已开始动摇，因此，当代数学提出相对论的原则，并非巧合。

为了在变化的旋涡和不间断的现象洪流中维护统一的原则，以伯格森为主的当代哲学给我们提供了一种现象系统的理论（他那主要是犹太人的头脑总是感到迫切需要实用的一神教）。伯格森在考虑现象时，不是依据这些现象所遵循的时间连续规律的方式，而是依据它们的空间延伸。他仅仅对各种现象之间的内在联系感兴趣。他把这种联系从时间中解放出来，然后独立地考虑它。因此，互相联系的现象在某种程度上也就形成了一把扇，它的折子可以及时打开。然而，这把扇也许同样可以用一种对人类头脑来说是可理解的方式合上。

把统一于时间中的各种现象比作这样一把扇的形成，只是为了强调它们的内在联系。故此，伯格森不提出因果关系的问题（它长期以来支配着欧洲逻辑学家的头脑），而是只提出联系的问题，清除任何形而上学的杂质，因而对科学发现和假设也就更有成效。

一种基于联系原则而不是因果关系的科学，使我们免于陷入进化论那种糟糕的无限性，更不用说它那粗俗化了的必然结果——进步论。

一条由各种现象串成的无始无终的无限之链的运动，恰恰就是那种糟糕的无限性，它无法向寻求统一和联系的心智提供任何东西。这种概念以简单而容易理解的进化论来给科学思想催眠。不用说，进化论表面上看来是科学的归纳，但事实上却是以放弃所有综合性和内在结构为代价的。

十九世纪欧洲科学思想那种冗长芜杂和没有体系的特点，到本世纪初已完全败坏了科学思想。活跃的心智不只是知识，也不是点点滴滴的知识的汇集，而是一种工具，一种掌握知识的手段，因此它已放弃科学，觉得它可以独立存在以及从它所喜欢的任何东西中吸取养分。在旧欧洲的科学生活中寻找这样一种心智将是徒劳的。人类那已获得解放的心智现在已经与科学离婚。它除了不在科学中露面外，到处露面：在诗歌中，在神秘主义中，在政治学中，在神学中。至于科学进化论和进步论（只要它仍未像现代欧洲科学那样扭断自己的脖子），它继续在同一个方向运作，现已爬上神智学的海滩，像一个疲累的游客爬上毫无乐趣的海滩。神智学是旧欧洲哲学的直接承继者。它的道路通往同一个方向：同样糟糕的无限性；同样没骨气的转世（业）的教条；同样是对超感觉世界持粗鄙而天真的物质主义庸俗看法；同样缺乏意志；同样对活动的认知的口味；以及某种懒惰所致的不分好坏的杂食性，一头巨大而笨重的幼兽，足可供数千肚子填纳，一种事事好奇得近乎麻木的兴趣，一种什么都想知得近乎一无所知的理解。

对文学来说进化论尤其危险，而进步论则近似自杀。如果我们听那些捍卫进化论的文学史家们讲话，就会觉得好像作家们都只想着如何为他们的后来者铺路，而不是想着完成他们自己的任务，或觉得好像他们都是一场发明家比赛的参加者，旨在改善某些文学机器，尽管他们之中没有谁知道裁判在哪里，或机器有什么用途。

文学中的进步论代表着学术愚昧最粗鄙、最可恶的形式。文学形式在改变，一套形式让位给另一套，然而，每次改变、每次获得，都伴随着丧失。在文学中，不存在任何"更好的"东西，不能取得任何进步，因为并没有什么文学机器，也没有一条终点线供大家尽可能跑得快些。这种没有意义的改善论甚至不适用于讨论个别作家的风格和形式，因为在这里，每次获得也是伴随着丧失的。在《安娜·卡列尼娜》中，托尔斯泰吸取了福楼拜在一部小说中对结构和心理力量的关注，但是它哪有《战争与和平》那种自然直觉和心理本能？而《战争与和平》哪有《童年》与《少年》中那种透亮的形式和澄澈？《鲍里斯·戈都诺夫》的作者也无法重复他的皇村学校诗篇，即使他想这样；就像今天没有人可以写杰尔查文那种风格的颂歌。个人偏爱完全是另一回事。就像存在着欧几里得和罗巴切夫斯基两种几何学一样，也有可能存在两种用不同基调写成的文学史，一是只研究获得的，一是只研究丧失的；然而，两者研究的是同一题材。

回到俄罗斯文学是不是一个统一的整体，以及如果是，其统一原则建立在哪里的问题，我们首先就必须消除进步论。我们应只讨论所涉及的各种现象的内在联系，最重要的是，我们应力求查清可能统一的标准，这支扇骨子可使我们及时把多样而分散的文学现象的折子打开。

唯独语言本身可以用作某一个特定民族文学之统一性的标准，用作该民族有条件的统一性的标准，其他标准都是次要的、短暂的和任意的。虽然一种不断处于变化中的语言绝不会在一个特定的模子里冻结哪怕一刻，它不断从一个点移向另一个点，这些点在语文学家的脑中是清晰得令人目眩的，但是，在它自己变化的范围内，任何语言仍然是一种固定的量，一种"恒量"，其内部是统一的。每个语文学家都明白在涉及一种语言的自我意识时个人身份认同的意义。拉丁文曾经在整个罗马土地上传播，当它重新蓬勃起来并抽出未来罗曼语的嫩芽时，一种新的文学便诞生了，虽然这新文学与拉丁文学相比既幼小又虚弱，但是它已经是一种罗曼语的文学。

当《伊戈尔远征记》那充满活力和形象的语言发出回声，每个措辞都是现存的、世俗的，并且从头至尾都是俄罗斯的，俄罗斯文学便开始了。而当俄罗斯当代作家弗利米尔·赫列勃尼科夫把我们推入俄语词根的灌木丛，推入对于敏捷读者的心灵来说是十分亲切的词形变化时，那同一种俄罗斯文学、《伊戈尔远征记》的文学，便又一次活起来了。俄罗斯语言就像俄罗斯民族精神一样，是通过不断的混合、杂交、嫁接和外部影响形成的。然而它将在一件事情上忠于自己，直到我们的洋泾浜拉丁语为我们发出回声，直到我们生活的苍白小芽开始在我们语言的强大躯体上抽条，像古法语歌曲《圣尤拉莉亚之歌》。

俄语是一种希腊化的语言。作为众多历史条件的结果，希腊文化的主要力量对西方的影响力在让位给了拉丁语之后，以及在无后裔的拜占庭耽搁了一阵子之后，便急忙投入俄罗斯语言的怀抱，把希腊世界观那种自信的神秘性、那种自由化身的神秘性传授给它。**这就是为什么俄语今天变成这个共鸣音的、讲话的肉身。**

如果说西方文化和历史把其语言锁起来，让外界不得其门而入，并以国家和教会的高墙把它围起来，变得完全被它浸透，以便慢慢衰败然后在它解体时重新繁荣起来，那么，俄罗斯文化和历史则是永远在四面八方漂流，仅由俄罗斯语言的危险而无垠的元素所环绕；这俄罗斯语言是不能被遏制在任何政府或教会形式之内的。

俄罗斯语言在俄罗斯历史现实中的生命以其丰富的特性、丰富的存在盖过其他一切事实。这种丰富性对俄罗斯生活的其他现象而言，就如同一种无法进入和无法企及的领域。俄罗斯语言的希腊化本质可从其本体论功能看出。在它的希腊化概念中，词语最终是活跃的肉身消解在事件中。因此，俄罗斯语言就其本质而言是历史的，因为它的整体是一个由众多事件构成的汹涌之海，是理性的、呼吸的肉身的持续体现和活化。没有任何语言像俄语那么强烈地抵制命名和实用的趋势。俄语的唯名论，也即词语的现实这一理念，给我们语言的精神带来生命，并把它与希腊的语文学文化联系起来，不是在词形变化方面，也不是照搬原文，而是通过内心自由的原则，而该原则在两种语言中都是固有的。

任何形式的实用主义都是对俄罗斯语言中的希腊化本质犯下无可饶恕之罪，不管它是不是一种为了经济和简单之便而采用的电报代码或速记代码的趋向；也不管它是不是一种更高层次的实用主义，以牺牲语言来迁就神秘主义直觉、人智学或任何一种见到什么文字都狼吞虎咽的杂食性思想。

例如，安德烈·别雷在俄罗斯语言的生命中便是一个不健康和负面的现象，理由很简单，因为他不顾一切地随便催逼文字，迫使它顺从他自己那思辨式思想的脾性。他被自己的优雅的冗长哽住，不能牺牲掉哪怕是一个的细微差别，也不能容忍他那飘忽的思想有哪怕是一丁点儿的停顿，他还炸掉了那些他懒得去跨越的桥梁。结果是，经过短暂的放烟花之后，他只剩下一大堆碎石，一个令人失望的毁灭的画面，而不是生命的丰富性、有机的整体感和有效的平衡。别雷这类作家的根本性罪孽，是不尊敬词语的希腊化本质，是为了达到个人直觉的目的而对词语进行大肆掠夺。

俄语诗歌比任何其他诗歌都更强调一个古老的主题，也即怀疑词语表达感情的能力：

    心灵如何能够充分表达自己？
    别人又如何能够明白你？[1]

我们的语言因此保护自己免受粗暴的攻击。

---

[1] 丘特切夫诗句。

语言的生长速度是不能以生命发展的方式计算的。要求语言机械地适应生命是注定会失败的。由文盲批评家发明的未来主义既没有内容又没有见识，它不只是粗俗的文学心理学的一种好奇。它是有确切意义的，如果你严格地把它理解成这种强迫的、机械的适应性，这种对语言的不信任，把它理解成某种同时是乌龟和兔子的东西。

赫列勃尼科夫忙于搬弄词语，像一只鼹鼠钻进土地深处，为整个世纪挖通一条进入未来的路径，而莫斯科隐喻派的代表们，那些自称为意象派的人，则为了把语言弄得更当代而筋疲力尽。然而，他们依旧远远落后于语言，而他们是注定要像众多废纸一样被扔掉的。

恰达耶夫在发表他有关俄罗斯没有历史，也即俄罗斯属于没有组织的、非历史的文化现象的世界的意见时，忽略了一个因素——俄罗斯语言。这种如此高度有组织、如此有机的语言，不只是进入历史之门，而且本身就是历史。对俄罗斯来说，背叛历史，切断与历史必要性和连续性的王国的沟通，切断与自由和目的论的联系，那等于是背叛俄罗斯语言。让两三个世代变成某种"哑默"的状态就有可能给俄罗斯带来历史性灭亡。对我们而言，与语言切断联系等于是与历史切断联系。基于这个理由，俄罗斯历史确实走在边缘上，走在岩架上，走在深渊上，随时都会跌进虚无主义，即是说，被切断了与词语的沟通。

在所有的俄罗斯当代作家中，罗扎诺夫最敏锐地感到这种危险性。他花费一生争取保留与词语的这一联系，保留这种已牢固地扎根于俄罗斯语言之希腊化本质中的语文学文化。可以对一切采取一种无政府态度，一种全然的混乱，在其中任何事情都变得可能；只有一件事我无法做到：我无法脱离语言而生活，我无法切断与词的联系而生存。这，大抵就是罗扎诺夫的心态。这一无政府的、虚无主义的精神只承认一种权威：语言的魔术、词语的力量。而这，请你注意，表达的不是一个诗人的态度,也不是一个词语收集者或穿串者的态度,也不是与任何风格问题有关,而只是一个饶舌者或抱怨者的情绪。

罗扎诺夫有一本书叫作《在大教堂墙边》。在我看来,罗扎诺夫似乎一生都在一种柔顺的虚空中翻查,寻找俄罗斯文化之墙。像某些俄罗斯作家,例如恰达耶夫、列昂季耶夫、格申宗一样,他没有墙、没有卫城就没法活。他周围的一切都在崩溃和倒塌,一切都变得柔软易弯。但我们都有生活在历史中的愿望;我们每个人都有一种不可抗拒的需要,想找到一座克里姆林宫的、一座卫城的坚硬果核:不管那个果核被叫作"国家"还是"社会"。罗扎诺夫渴求这种坚果和任何可以象征这种坚果的墙,这一渴望完全决定了他的命运,并决定性地使他赦免了所有被指为无原则的无政府主义者的控罪。

"一个人要成为整整一代人是极其困难的——什么也没有剩下,只剩下他等死——现在是我消亡、你旺盛的时候了。"罗扎诺夫确实没活下去。他死得聪明而有思想,就像一代代人那样死去。罗扎诺夫的存在即是语文学的死亡、语文学的凋谢,是纯文学的枯萎,是为那种被客气话和寒暄、被引号和引语所温暖,但永远是被语文学、只被语文学所温暖的生活而进行的绝望挣扎。

罗扎诺夫对俄罗斯文学的态度是最不文学的。文学是一种社会现象,语文学则是家庭式的、亲密的。文学是讲座、街道,语文学则是大学研讨会、家庭。是的,正是在那个大学研讨会上,五个学生、朋友直呼对方的名字和父姓,聆听他们的教授讲话,而大学花园内熟悉的树木的枝丫则伸到了窗前。语文学是家庭,因为每个家庭都黏附自己的声调、自己的引语,黏附自己的引号。在一个家庭之内最随便的发声也有自己的细微差别。此外,这种永久、明显而纯粹语文学意义上的细微差别定义家庭生活的气氛。故此,我愿意把罗扎诺夫偏好家庭式生活质量的倾向(这种倾向是如此有力地道出他的文学活动的整个思路）追溯至他灵魂中的语文学本质。他的灵魂在不屈不挠地搜寻那个果核的过程中咬啃和敲砸他的每个词、每个发声，只留给我们一些空壳。因此，罗扎诺夫最终成为一个不必要和没有影响力的作家，是一点也不令人吃惊的。

这个人（永恒的语文学家）为此找到一个词："死亡"。这是多么可怕。真的有可能给它命名吗？它值得命名吗？一个名就是一个定义，一种"我们早就知道的东西"。因此罗扎诺夫以最个人化的方式定义他的唯名论的本质：永恒的认知运动，永恒地敲砸那个因为无法啃破所以也就什么也没有的果核。但罗扎诺夫是什么样的文学批评家？只是一个咬啃者、一个随便的读者、一只迷途的羊——既不是某个东西也不是其他……

一个批评家必须懂得如何吞食大量书本以寻找精华，并且他必须懂得概括。但罗扎诺夫可以沉溺于任何俄罗斯诗人的一行诗里而不能自拔，一如他沉溺于涅克拉索夫著名的诗行："不管我是否在夜里驾着马车穿过黑暗的大街……"罗扎诺夫的评论是他某夜乘坐出租马车飞驰时跃入他脑中的第一个念头：在所有的俄罗斯诗歌中，你很难指望再找到另一行这样的诗。

罗扎诺夫爱教会是因为教会也像家庭一样，表达了同一种语文学。这是他的话："教会向死者宣读了何等奇妙的词语，这些词语就连我们自己也无法向我们死去的父亲、儿子、妻子、情人说出，即是说，教会向临死者或死者表达了只有母亲对着自己死去的孩子才会有的那种亲密，那种'贴近灵魂'。你能不为此而放弃一切吗？……"

罗扎诺夫与之作斗争的反语文学精神从历史的深处爆发；它是一片有其自身特色的烈焰，其不可扑灭就像语文学的烈焰一样。

这类永恒的火焰存在于地球上，并由燃油饲养；有些也许会偶然着火，并继续燃烧数十载。没有任何方法扑灭它，绝对没有任何东西可以扑灭它。路德是一位较为贫穷的语文学家,因为他不是在辩论,而是在掷他的墨水池。一片反语文学的烈焰使欧洲的身体溃疡,与西方土地上燃烧的火山一齐升腾,永远蹂躏那片爆发文化的地面。什么也不能扑灭这些饥饿的火焰。必须让它们燃烧,而那些没人需要去,没人想赶去的被咒的地方,则必须回避。

没有语文学的欧洲甚至不如美国,它是一片遭上帝诅咒的文明化的撒哈拉沙漠,一片令人憎恶的荒地。就像在过去一样,欧洲的各种克里姆林宫和卫城、各种哥特式城市、造得像森林的大教堂和洋葱头形圆顶的梵蒂冈大教堂将继续矗立,但是人们将仰望它们而不理解它们,更有可能的是,他们将逃跑,无法理解是什么力量使它们耸立起来,也不明白他们周围那些强大建筑群血管里流淌着的是什么血液。

确实,你能说什么!美国比这个欧洲好,尽管欧洲现时还是可理解的。在消耗了从欧洲带来的语文学的储备之后,美国开始有点像一个一会儿疯狂一会儿若有所思的人。接着,突然间,她创造了她自己独特的语文学,惠特曼从那里冒出来;他像个新亚当,开始赋予事物名字,本人的行为方式开始变得像荷马,为原始的美国诗歌提供了一个命名模式。俄罗斯不是美国,我们没有语文学进口产品,也没有像埃德加·爱伦·坡这种放荡不羁的诗人,可以像一棵树从一颗乘蒸汽船横跨大洋而来的松果中脱颖而出那样从我们中间脱颖而出。唯一可能的例外是巴尔蒙特,我们诗人中最非俄罗斯化的诗人,一个外来的风弦琴翻译者;他这种人在西方是永远找不到的:一个职业翻译家,天生翻译家,即使在他最原创的作品中也是如此。

巴尔蒙特在俄罗斯的位置就像一个从不存在的语音学王国派来的外国传教士,这是一个罕见的、没有原文的译文的典型例子。虽然巴尔蒙特生于莫斯科,但是在他与俄罗斯之间隔着一个海洋。他是一个彻底异于俄罗斯诗歌的诗人;他留在俄罗斯诗歌上的痕迹还要少于他翻译的雪莱和坡，尽管他自己的诗迫使你相信存在着高度有趣的原文。

我们没有卫城。即使在今天，我们的文化也仍然在漫游，仍未找到它的墙。然而，达尔的《俄语词典》里的每个词都是卫城的一个果核，一个小克里姆林宫，一个有翅翼的唯名论堡垒，在希腊精神的装备下，跟那从各方面威胁我们历史的无定形元素、跟那非存在作无情的斗争。

就像罗扎诺夫在俄罗斯文学中代表着上帝的愚人和穷人的家庭式希腊精神一样，安年斯基代表着英雄式的希腊精神、尚武的语文学。安年斯基的抒情诗和他的悲剧可以与那些用来保卫封地王子，防止佩切涅格人、可萨人夜间偷袭的木制防御工事——那些远方大草原有围墙的城镇——相比。

> 我再也不吝惜我黑暗的命运：
> 就连奥维德也曾赤裸和无能。

安年斯基无法造成任何影响，无法充当中介或译者，真是令人震惊。他以最富原创性的方式用他的如爪之手抓住所有属于外来的东西，在依然傲慢地翱翔于高空时掷下他的猎物，任由它掉下去。而他那只捕猎到欧里庇得斯、马拉美、勒孔特·德·李勒的诗歌之鹰没有给我们带来什么，除了一小撮干草：

> 听着，一个疯子敲你的门，
> 天知道他在哪里过夜和跟谁过夜，
> 他的眼神恍惚，他的言语粗野，
> 他一只手里满是卵石。

请注意，他正要空出另一只手，

把枯叶洒落在你身上。

古米廖夫称安年斯基是一个伟大的欧洲诗人。在我看来，当欧洲人认出他（在温和地教育了他们在俄罗斯语言中的孩子之后，一如他们在过去教育他们各种古代语言和古典诗歌），他们定会被他捕捉到的那只帝王般的巨鸟的凶猛吓坏，它从他们那里拐走欧律狄克这只鸽子，送给俄罗斯大雪，它从菲德拉的双肩上扯下古典的披巾，它像与一位俄语诗人相称的那样，温柔地把一只动物的毛皮放在奥维德那具仍然结冰的身体上。安年斯基的命运多么令人震惊！在触摸到世界的珍宝之后，他只为自己保存了可怜的一小撮，或者，不如说，他抓起一小撮尘土，再把它掷回那座烈焰中的西方珍宝屋。当安年斯基在守夜的时候，大家都在睡觉。现实主义者在打鼾。《天秤星》仍未创办。青年学生维亚切斯拉夫·伊万诺维奇·伊万诺夫正在跟蒙森学习，并且正在用拉丁文撰写一本有关罗马税制的专著。与此同时，那皇村学校校长[①]直到深夜还在跟欧里庇得斯搏斗，饮着智慧的希腊化语言的蛇毒，为一种在他之前和在他之后都没人会去写的、带苦艾酒味的诗歌作好灌输的准备。此外，对安年斯基来说，诗歌是一种家务，一如欧里庇得斯是一个家庭式作家，充满了引语和引号。安年斯基把所有世界诗歌视为由古希腊射来的一线阳光。他懂得距离；他体验到它的热情和寒冷，而他从未想过对俄罗斯世界和希腊世界进行表面的混合。俄罗斯诗歌可从安年斯基的创作吸取的经验与希腊化本身没有关系，而是在某种程度上涉及到一种内在的希腊精神，一种家庭式的希腊精神，它适合于俄罗斯语言的精神。希腊精神是一个陶罐，是火炉

---

① 指安年斯基。

钳,是牛奶壶,是厨房用具,是碗碟;它是围绕着身体的任何东西。希腊精神是壁炉的温暖,被当成某种神圣的东西来体验;它是任何给人类传送某一部分外部世界的东西,一如下列诗行中披在老人肩上的皮袄表达了同样的一种惊慌感:

> 当急速的河流冻结,
> 冬天的冷风乍起,
> 他们用皮袄覆盖
> 老人那圣徒似的身躯。①

希腊精神是有意识地用家庭器皿围绕人,而不是用冷漠的物件,是把冷漠的物件转变为家庭式的物件,是用最柔和的目的论的温暖来教化及温暖周围的世界。希腊精神是任何一个火炉,人坐在它旁边,把它的热当成近似他自己体内的热一样来珍惜。最后,希腊精神是载着死者的埃及葬礼船,人为了继续在尘世漫游所需的一切东西都装在船上,包括香水瓶、镜子和梳子。希腊精神是一个柏格森意义上的系统,人在自己周围把该系统打开,像一把现象的扇子。这些现象摆脱时间上的依赖,通过人性的"我"来屈从于一种内在的联系。

从希腊精神的角度看,符号都是家庭器皿,但是话说回来,任何被带进人的神圣圈子的东西都有可能变成一个器皿,最终变成一个象征符号。这样一来,你就可以顺理成章地问道:俄罗斯诗歌需要一种专门的、特别发明出来的象征主义吗?难道这样一种发明出来的象征主义不是对我们语言中那创造了像供人使用的家庭器皿般的意象的希腊化本质犯罪吗?

---

① 普希金诗句。

在本质上，一个词与一个意象之间是没有什么区别的。一个意象只是一个被密封起来的词、不能触摸的词。一个意象是不适合日常使用的，如同一盏圣像灯是不适合用来点香烟的。但是这类密封起来的意象也是非常必要的。人喜欢禁令，就连一个未开化的人也会对某些物件施加神奇的禁令，即"禁忌"。然而，这个密封起来的意象一旦不再流通，它就对人有敌意，因为它本身已变成某种稻草人，或模拟像。

任何短暂的事物都只是一种相像。例如一朵玫瑰与太阳，一只鸽子与一个姑娘。在象征主义者眼中，这些意象本身都是没趣的：玫瑰与太阳相像，太阳与玫瑰相像，鸽子——姑娘，姑娘——鸽子。意象像稻草人被取去内脏，然后扎上外国的内容。象征主义者的森林现在只剩下一个制造稻草人的工场。

这就是专业象征主义者走的方向。感知已经败坏。没有什么是真实的、真正的。没有留下什么，除了一种由"应和"构成的可怕的纸牌游戏，互相点头。永恒的眨眼。没有一个清晰的词，除了暗示和静默的低语什么也没有。玫瑰向姑娘点头，姑娘向玫瑰点头。没有人想成为他自己。

俄罗斯诗歌发展中的那个被称为"象征主义"（以那个与《天秤星》杂志有联系的团体定义）的重要时期可名副其实地定义为伪象征主义时期，它虽然以黏土脚站着，却在二十年中发展成一个庞大的结构。不过，却不可拿这个定义来指古典主义，否则会贬低这一重要诗歌和贬低拉辛那丰饶的风格。伪古典主义是一个因学术上的无知而喊出的口号，并被应用于伟大的风格。俄罗斯伪象征主义是真正的伪象征主义。汝尔丹[①]在其晚年发现自己一辈子都在讲"散文"。俄罗斯象

---

① 汝尔丹是莫里哀戏剧《贵人迷》中的人物。

征主义者发现同样的散文,其词语的本质是原始的、负载意象的词语本质。他们密封起所有的词语、所有的意象,指定它们专供礼拜仪式之用。结果是出现一种极端可怕的情况:谁也不能动,不能站,不能坐。你再也不能在桌前吃东西,因为它已不再是一张桌。你再也不能点灯,因为稍后它可能表示不快乐。

一个人再也不是他自己的房子的主人。他必须住进教堂或住进德鲁伊特①们的神圣丛林里。一个人不能把目光停留下来,因为没有地方供他寻求安宁。家庭器皿全都群起反抗。扫帚乞求安息日,水壶拒绝煮沸开水,并要求得到一种绝对的意义(仿佛煮沸没有绝对意义似的)。主人被逐出他自己的屋子,再也不敢进来。当一个词被它的本义缚着,还有什么可做的:这不就等于奴役吗?但一个词并不是一个物。它的意义并不是对它自身的一种翻译。事实上,从来没有发生过任何人给某物命名、用发明的名字称呼它这种事。最适合的,以及就科学角度来说最正确的方式,是把一个词当成一个意象,即是说,当成一种文字表述。依此,便避免了内容与形式的问题,语音即是形式,其余都是内容。同样地,把基本意义赋予一个词而不是赋予其语音本质这个对立问题也避免了。文字表述是现象的复杂合成物,它是一种联系,一个"系统"。词语的意义也许可视为纸灯笼里燃烧的蜡烛,反过来,它的语音价值,即所谓的音位,则可在意义之内找到,一如蜡烛可在灯笼里找到。

旧心理学只知道如何使表述客观化,在征服了这种天真的唯我论之后,再把表述视为某种外部的东西。依照这个观点,决定性的因素是已知性。我们意识的产物的已知性使这些产物变得像外部世界的客体,从而允许我们把表述视为某种客观的东西。然而,包括知识的理

---

① 德鲁伊特是古代凯尔特人中的学问家。

论在内的科学的快速人性化，迫使我们朝另一个方向走去。我们可以把表述看成不仅是意识的客观数据，而且是人的器官，一如肝脏和心脏。

这种对文字表述的解释一旦应用于词语，便打开了广阔的新视角，使我们可以梦想创造一种有机的诗学，一种具有生物属性而不是立法属性的诗学，一种以有机体的永恒统一的名义摧毁正典的诗学，一种展示生物科学所有特征的诗学。

俄罗斯诗歌中的有机派，是在古米廖夫和戈罗泽茨基1912年初的首创精神的基础上发展起来的，并由阿赫玛托娃、纳尔布特、津克维奇和笔者正式加入，它正是以构筑这样一种诗学为己任的。有关阿克梅派的文献的缺乏，加上该派领导人所体现的对于理论的俭朴态度，使研究阿克梅派变得十分困难。阿克梅派是基于一种憎恶感而崛起的："打倒象征主义！活生生的玫瑰万岁！"——这就是它最初的口号。

戈罗泽茨基在其青年时代试图把他的文学世界观纳入阿克梅派："亚当派"，一种宣示新大地和新亚当的教义的形式。他的努力没有成功。阿克梅派与世界观无关，而是带来大批新品味的感知力，它们比理念要有价值得多。这些品味之中，最重要的是对于整体的文字表述也即意象的品味，以一种有机的新角度来理解它。文学流派更多是在品味上而不是理念上兴起的。表达各种新理念同时不理会新品味意味着建立一种诗学而不是一个新流派。另一方面，一个流派可以仅仅在品味上创办起来，而不必有新理念。是阿克梅派的品味而不是阿克梅派的理念给了象征主义致命的一击。因为阿克梅派的理念其实就是从象征主义者那里借来的，至少部分如此，而在阿克梅派理论的形成过程中，维亚切斯拉夫·伊万诺夫本人就帮了一个大忙。但请看发生了什么奇迹：新的血液开始流入俄罗斯诗歌的血管。据说信念可以移山,但我要说,就诗歌而言,品味可以移山。由于世纪初俄罗斯兴起一种新的品味,像拉伯雷、莎士比亚、拉辛这样的山丘便被移离他们的基地,前来探访我们。就其对文学的积极爱好而言,连同其所有的困难和负担,阿克梅派的移山力是非凡的;而这种积极爱好的关键正是品味的改变,这是一股不可征服的意志,旨在创造以人为中心的诗歌和诗学,让人成为他自己屋子的主人,而不是让人被伪象征主义的恐怖压成薄饼;真正的象征主义被象征符号环绕,即是说,被家庭器皿环绕,它们有自己的文字表述,一如人有他们自己维持生命的必要器官。

在俄罗斯社会中,不止一次有过这么一些时期:西方文学的移山精神被天才地阅读。普希金和他整整一代人正是这样阅读谢尼埃的。接下去的那一代,也即奥多耶夫斯基那一代,正是这样阅读谢林、E.T.A.霍夫曼和诺瓦利斯。十九世纪六十年代那些人正是这样阅读巴克尔[①];虽然没有出现什么重要的事,但他们是最理想的读者。阿克梅派的风吹拂古典主义者和浪漫主义者的书页,打开正好是这个时代最需要的那一页。拉辛被翻开的是《菲德拉》,霍夫曼被翻开的是《谢拉皮翁兄弟》,谢尼埃的《讽刺诗》是和荷马的《伊利亚特》一起被发现的。

此外,阿克梅派在俄罗斯历史上既是一个社会现象,也是一个文学现象。随着阿克梅派的诞生,一种道德力量也在俄罗斯诗歌中复活。勃留索夫说:

> 我要让我自由的船朝每个方向行驶,
> 我要把上帝和魔鬼一齐赞颂。

---

① 巴克尔是英国历史学家。

这种破产的"虚无主义"将永不会再现于俄罗斯诗歌。直到现在，俄罗斯诗歌的社会灵感所达到的无非是"公民"的理念，但是还有比"公民"更为远大的原则，还有"人"这个概念。

与过去的公民诗歌相反，现代俄罗斯诗歌必须不仅要教育公民，而且要教育"男人"。完美的男子气概的理想是由我们时代的风格和实际需要提供的。一切都已变得更沉重和更厚实；因此，人必须变得更坚强，因为他必须成为地球上的最坚强者；他之于地球必须像钻石之于玻璃。诗歌那僧侣式的，即那神圣的性格是基于这样一个信念而形成的，也即人必须比世界上任何事物更坚强。

时代将会大声把自己喊出来，文化将会入睡，人民在把他们的全副身心给予了新的社会阶级之后，将会再生；而这股急流将会把这艘脆弱的人类词语之船拖走，驶入未来的公海，在那里没有同情式的理解，在那里不快乐的评论将会取代当代的敌意和同情的清风。如果我们要为这艘船远航作准备，怎能不配备这样一位如此陌生和珍贵的读者所需的一切东西？我想再次把一首诗比拟为一艘埃及葬礼船。在那艘船上，一切都是为生命而提供的，没有任何东西被遗忘。但是，我现在已能在这种独创性的组成中看到无数潜在的反对，看到人们开始对阿克梅派作出与伪象征主义危机相似的反应。纯粹的生物学是不适合诗学之构筑的。生物类比可能是良好和有成果的，但无休止地应用它，就等于是在发展一种生物标准，其压迫性和不可容忍性绝不会逊于伪象征主义的标准。"哥特式灵魂的理性深渊"在艺术心理学的概念中张开豁口。萨列里①值得尊敬和热爱。他听到代数的音乐震颤如活生生的和谐音，那不是他的过错。

与浪漫主义者、理想主义者或贵族对纯粹象征、对词语之抽象美

---

① 萨列里是意大利作曲家，传说他毒死莫扎特。

学的梦想不同,与象征主义、未来主义和意象主义不同,一种属于客体词语的活生生的诗歌已经崛起;它的创造者不是理想主义梦想家莫扎特,而是萨列里这位严厉苛求的匠人,他把一只手伸给那位万物和物质价值的万能巧匠,伸给物质世界的建设者和创造者。

1922 年

关于诗歌的笔记

俄罗斯现代诗并不是从天上掉下来的，它被我们民族的整个诗歌往昔所预示。毕竟，难道亚济科夫的丁零声和咔嗒声不是预示了帕斯捷尔纳克吗？难道这个例子不足以表明诗歌的排炮如何在相连的齐鸣中彼此交谈，丝毫不会因为那试图分隔它们的时间的冷漠而难堪？诗歌中总是不断在发动战争。社会低能时期才有和平或达成和平条约。如同将领们，词根的持有者拿起武器互相攻击。词根在黑暗中作战，耗尽彼此的粮食供应和大地的液汁。俄罗斯语言的战斗，也即源自本地词根、源自农民口语的非书面的俗语的战斗，即便在今天也依然猛烈，而它针对的是僧侣的书面语，针对的是僧侣们那敌意的、教会斯拉夫语的、拜占庭的读写能力。

俄罗斯的第一个知识阶层是拜占庭僧侣。他们把一种外来精神和一种外来形式强加给俄罗斯语言。在俄罗斯，黑袍教士——知识阶层——总是讲一种不同于俗人的语言。西里尔和美多迪乌斯[①]推介的

[①] 西里尔和美多迪乌斯兄弟是希腊基督教神学家和传教士，向斯拉夫民族传教，创造斯拉夫语字母，并把《圣经》翻译成斯拉夫语。

斯拉夫方言在他们那个年代的广泛流传，就如同沃拉卜克语①在我们时代的广泛流传。口语渴望适应。它融汇互相矛盾的元素。口语找到便利的中间道路。在与语言史的关系上，它的态度是和解的，并被一种含糊的仁爱意识定义，即是说，被一种机会主义意识定义。然而，诗歌语言永远无法被充分地"平定"，经过很多世纪之后，旧有的不协调便在内部显露出来。诗歌语言也许可比喻成一块琥珀，一只苍蝇仍然在里面嗡嗡响，虽然它长期被埋在层层树脂下，但这外来的活体即便在被石化之后也依然继续活着。在俄罗斯诗歌中，任何促使一种外来的僧侣化文学永久化的东西，任何由知识阶层生产的文学著作，一句话，任何由"拜占庭"生产的文学著作，都是反动的；也即邪恶带来邪恶。另一方面，任何促使迈向诗歌语言世俗化、迈向驱逐僧侣化知识阶层、驱逐拜占庭的东西，都只会给俄罗斯语言带来好处或长寿，并像人们会帮助一个义人那样帮助它去完成在方言大家庭里获得独立存在的功绩。相反的情况也是可能的，例如一个由本土神权所统治的民族，使自己从外国世俗侵略者那里解放出来。只有那些直接参与俄罗斯语言的伟大世俗化，参与使它成为俗人的语言的人，才是帮助完成俄罗斯诗歌发展中意义最重大的任务的人。他们包括特列佳科夫斯基、罗蒙诺索夫、巴丘什科夫、亚济科夫，以及最近的赫列勃尼科夫和帕斯捷尔纳克。

冒着显得太初级或显得过于简化我的主题的危险，我想把诗歌语言的正极和负极形容为一方面是形态学上狂暴的繁花盛开，另一方面是语义学地壳下形态学岩浆的石化。一种多重意义的漫游的词根活泼了诗歌语言。

词根的乘数，词根活力的指标，乃是辅音（经典的例子是赫列勃

---

① 沃拉卜克语是一种人造语言，在世界语出现以前，曾作为通用语广泛流传。

尼科夫的诗《笑声》)。一个词通过辅音而不是通过元音使其意义成倍增长。因此辅音起到了既是语言的后代的种子，又是语言的后代的保证金的作用。

语言意识的衰落相当于辅音感觉的萎缩。

俄语诗行充满了辅音：它与辅音一起咔嗒，一起噼啪，一起鸣叫。这是真正的世俗语言。僧侣语言是元音的连祷文。

由于与"拜占庭"僧侣化知识阶层在诗歌战场上的战争在亚济科夫之后减缓了，又由于那个光荣的战场已经很久没有出现英雄了，俄罗斯诗人便开始一个接一个变得对语言的喧嚣充耳不闻，变得有听力困难，觉察不到声波的激荡，只有通过助听器他们才终于发现他们自己的词汇在词典的喧嚣中是多么贫乏。例如，大家都对着格里鲍耶陀夫的《智慧的痛苦》中的聋老人叫喊："王子，王子，回来！"（索洛古勃①）词汇贫乏既不是一种罪，也不是一种恶性循环。它甚至可能会把说话者围在火圈里，但它是一个征兆，表明说话者不信任他故乡的土地，又无法轻松自由地踏上他喜欢的任何地方。俄罗斯象征主义者们是风格的真正台柱。试想，他们拥有不超过五百个词——一个波利尼西亚人的词汇量。但至少他们是简朴的苦行者、隐士。他们站在未刨削的原木上。然而，阿赫玛托娃站在镶木地板上；这已经是镶木地板级的台柱地位了。库兹明在镶木细工上散布青草，使它看上去像一片草坪（参见他的《来世的黄昏》）。

普希金有两段描述，表达他对诗人创新家的看法。第一："在我们这些尘土的孩子激起了无翼的欲望之后，又飞走了。"第二："当伟大的格鲁克现身，向我们揭示新神秘的时候。"②任何用外国语言的

---

① 这里似乎是在暗示索洛古勃是"聋"或"听力困难"的诗人的典范，尤其是下文提到的"火圈"也是索洛古勃著名诗集的书名。
② 两句引文均出自普希金的小悲剧《莫扎特和萨列里》。

声音和形式把本土诗引向歧路的诗人，将成为第一类创新者，即是说，诱惑者。因为拉丁语并没有沉睡在俄罗斯语言里，古希腊也没有沉睡在俄罗斯语言里，否则我们就可以在俄罗斯语言的音乐里召唤非洲鼓击声和卡菲尔人的单音节词语了。俄罗斯语言并且只有俄罗斯语言沉睡在自身中。说某个俄罗斯诗人的诗听上去像拉丁语，那是侮辱而不是赞美。但是格鲁克呢？深刻、迷人的神秘？对俄罗斯的诗歌命运来说，格鲁克那深刻、迷人的神秘在梵文或希腊精神里是找不到的，却可以在诗歌语言的持续的世俗化中找到。给我们俗语版[①]，我们不要一部拉丁语《圣经》。

每次我读帕斯捷尔纳克的《生活，我的姐妹》，我都能体验俗语的纯粹欢乐，世俗语言摆脱所有外来影响的欢乐，那是路德的普通日常语言，摆脱了尽管可理解（当然可理解）但牵强又不必要的拉丁语[②]，这拉丁语曾经是一种超感[③]语言，但使僧侣们大为懊恼的是，它已经失去其超感特质。这正是德国人在瓦屋里第一次打开仍散发着油墨味的哥特字体新《圣经》时所欢欣雀跃的。读赫列勃尼科夫，则比得上一次更加

[①] 俗语版原文是"Vulgate"，原意为"通用版"，指圣杰罗姆根据希腊文和希伯来文翻译的拉丁语《圣经》，该译本后来成为天主教的钦定本《圣经》，取代古拉丁语《圣经》。曼德尔施塔姆这里说的"我们不要一部拉丁语《圣经》"，可能就是指"古拉丁语《圣经》"。

[②] 之前的德语《圣经》，都是根据通用版拉丁语《圣经》翻译的，而路德的《圣经》则是根据希腊文和希伯来文翻译的，其译文比以前的译文更加通俗。联系上文，即可知道，通用版拉丁语《圣经》比古拉丁语《圣经》更通俗，而路德据希腊文和希伯来文翻译的德语《圣经》又比以前根据通用版拉丁语《圣经》翻译的德语《圣经》更通俗。因此通用版拉丁语《圣经》无意中扮演了既是革新者又是被革新者的角色。

[③] 超感：俄语为"zaum"，英译为"trans-sense"（超感，超意义）、"trans-rational"（超理性）、"supraconscious"（前意识）、"metalogic"（元逻辑）等，该词在俄语中由前缀"超"（或越、背后等）与名词"心智"（或理性等）构成。这是俄罗斯未来主义者尤其是赫列勃尼科夫发展的诗歌概念。

重要和有启发的事件，比得上这样一个处境，在这处境里我们的语言就像一位义人，能够发展也应当发展，不受历史必然性和逆境的负累和亵渎。赫列勃尼科夫的语言是如此完全属于俗人的语言，如此完全世俗，仿佛不仅僧侣和拜占庭，连知识阶层的文学都未曾存在过似的。他的语言是绝对世俗和尘凡的俄罗斯语言，第一次在俄罗斯文学的历史上回响。如果我们接受这个观点，就没必要把赫列勃尼科夫视为巫师或萨满。他为俄罗斯语言规划不同的发展道路，过渡性和中间的道路，但俄罗斯口语命运的史无前例的道路，却是在赫列勃尼科夫的作品中才真正实现的。它在他的超感语言中确立下来，而这正是那些过渡性的形式，它们成功地做到不被适当而正确地发展的语言所形成的语义学地壳所掩盖。

当一艘船在沿岸航行之后驶向公海，那些无法忍受不可避免的翻滚的人便回到岸上。在赫列勃尼科夫和帕斯捷尔纳克之后，俄罗斯诗歌再次驶向公海，而很多乘客都觉得有必要下船。我已经看到他们了，手里提着行李箱，站在放到岸上的舷梯旁。但恰恰在这个时刻，每一位踏上甲板的新乘客是多么地受欢迎啊！

当费特首次亮相时，他以"一条昏昏欲睡的溪流的银色和晃荡"搅动俄罗斯诗歌。当他离去，他说："带着不死的词语那燃烧的盐。"在帕斯捷尔纳克的诗歌中，这由某些词语形成的"燃烧的盐"，这鸣叫声，这噼啪声，这沙沙声，这闪耀、飞溅，这生命的丰满，这声音的丰满，这意象和情感的洪流，带着前所未有的力量跃向我们。费特带给俄罗斯诗歌的那种家长式的重大现象又一次耸立在我们面前。

帕斯捷尔纳克精彩、国产的俄语诗歌已经过时了。它是无味的，因为它是永恒的；它是无风格的，因为它带着一只夜莺鸣啭的古典狂喜，对平庸感到窒息。确实，帕斯捷尔纳克的诗歌是一种真正的交配鸣叫（窝里的松鸡，春天的夜莺），是喉咙解剖结构的直接结果，像鸟的羽毛或肉冠一样，是生物属性的标志。

那是一种突然充盈的鸣叫，
那是压缩的冰柱的噼啪响，
那是夜在叶子上结霜，
那是两只夜莺在决斗……

读帕斯捷尔纳克的诗就是清你的喉咙，增强你的呼吸，鼓胀你的肺；这样的诗歌确实可以为结核病提供治疗。当前没有更健康的诗歌了！这是淡炼乳之后的马奶酒。

在我看来，帕斯捷尔纳克的诗集《生活，我的姐妹》是一部神奇的呼吸练习集：每一回声音都经过重新安排，每一回强有力的呼吸器都经过重新调整。

帕斯捷尔纳克利用一个自信地说话的激情男人的句法结构，热烈而兴奋地在证明什么；但他在证明什么呢？

难道这不是海芋
在乞求沼泽的施舍？
夜晚徒劳地吸入
腐烂的热带地区。

诗歌就是这样晃着双臂，低声嘀咕，它走开了，步履蹒跚，头晕目眩，幸福地发疯，然而它是唯一未醉者，是整个世界唯一完全清醒者。

显然，当少年的赫尔岑和奥加辽夫站在麻雀山上的时候，他们在生理上体验到空间和鸟的飞行的神圣狂喜。帕斯捷尔纳克的诗歌告诉我们这样的时刻；它是一位闪亮的胜利女神，从卫城迁到麻雀山。

1923 年

小说的终结

也许可用这个事实来区分小说与中篇故事、编年史、回忆录或任何其他散文体裁：小说是一种封闭的组织性叙事，幅度长但完整自足，处理一个人或一群人的命运。《圣徒列传》虽然关注情节的发展，却不能被视为小说，因为它们主人公的命运缺乏一种世俗兴趣；它们反而是集中于阐明一种共同理想。希腊中篇故事《达佛尼斯和赫洛亚》被视为第一部欧洲小说，是因为这种世俗兴趣第一次以独立的动机力量出现在该部小说里。小说作为引起读者对个人命运感兴趣的艺术形式，是在一个极其漫长的时期里逐渐完善和巩固的。此外，这个艺术形式是在两个不同方向上完善的：组织技巧把传记变成情节，也即变成一种辩证地富有意义的叙事；同时，小说的另一个方面，在本质上对情节起辅助作用的心理动机，则得到发展。十五世纪意大利讲故事者和《新十日谈》把动机局限于外部情景的并置，赋予故事一种特殊的干燥、一种微妙的优雅，并注重消遣娱乐。另一方面，心理小说家例如福楼拜和龚古尔兄弟则牺牲情节，把全部注意力集中于心理逼真性。他们很出色地执行这个任务，把一个辅助工具变成一种自主的艺术形式。

直到最近，小说不但是欧洲艺术的一个重要的、组织严密的形式，而且是一种中心的、不可或缺的需要。《曼侬·莱斯戈》《维特》[①]《安娜·卡列尼娜》《大卫·科波菲尔》《红与黑》《驴皮记》和《包法利夫人》既是艺术事件也是社会事件。两个有趣的现象同时出现：凝视小说之镜的当代人大规模的自我认识，以及当代人对小说典型形象的广泛模仿或适应。小说教育了一整代一整代人；它是一种流行病，一种社会风气，一所学校，一种宗教。在拿破仑时代，一大批次要的、模仿性的传记旋涡似的围绕着拿破仑的传记发展。它们以各种风格的变体复制这个历史中心人物的命运，当然，都没有把它带到它的历史终点。在《红与黑》中，司汤达向我们讲述了这批旋涡似的模仿性传记的其中一个。

如果说小说中的人物最初是非凡的、有天赋的人，那么可以说随着欧洲小说的衰落，便出现了相反的现象：普通人变成小说主人公，社会动机变成重心，即是说，社会开始作为一个实际角色参与到小说中，例如巴尔扎克或左拉的小说中。

所有这一切都表明小说的命运与某一特定时期个人在历史中的命运这个问题的状况之间存在着联系。在这里，与其谈论个人在历史中的角色的实际浮沉，倒不如考量大众在特定时期如何解决这个问题来得重要，因为后者毕竟教育并形成了当代人的心智。

十九世纪小说的兴盛必须被视为直接地依赖于拿破仑史诗故事，该故事引起个人在历史中的股票价值暴涨，并通过巴尔扎克和司汤达而丰富了后来法国和欧洲小说发展的土壤。波拿巴，这个篡位者和命运主宰者的典型传记，散见于巴尔扎克数十部所谓的"成功小说"

---

① 指《少年维特的烦恼》。

中，其主要动机已不再是爱情，而是事业，也即努力突破中下层社会，进入上层社会。

很明显，当我们进入强有力的社会运动和有组织的大众行动的时期，无论是个人在历史中的股票价值还是小说的力量和影响便都下跌了，因为获普遍接受的个人在历史中的角色，起到了某种压力表的作用，显示社会气氛的压力。小说的单位是人类传记或一个传记体系。很早的时候，新小说家便意识到个人命运并不存在，于是试图把他所需要的社会植物连根拔起——整个根茎系统，包括胚根等。因此小说总是向我们暗示一个现象体系，被传记的联结控制着，用传记的衡量标准衡量；此外，小说在组织上的维持，有赖于我们太阳系的离心力保持内部活力，有赖于向心力也即把边缘拉至中心的力量没有完全压倒离心力。

我们可以把罗曼·罗兰的《约翰·克利斯朵夫》视为欧洲离心力传记小说的最后范例；它是欧洲传记的天鹅之歌，其壮丽的流畅和对综合技巧的高贵掌握令人想起歌德的《威廉·迈斯特》。《约翰·克利斯朵夫》完成了小说的圆圈。虽然它具有现代性，却是老式作品。德国和拉丁民族的离心力蜜糖聚集在它内部。创作这部小说，需要这两个民族融合在罗曼·罗兰的人格中，甚至这个也还不够。《约翰·克利斯朵夫》是由同一种赋予欧洲小说灵感的拿破仑革命的强大震荡启动的——通过贝多芬式的克利斯朵夫传记，通过与诞生于同一股拿破仑历史洪流的强大音乐神话人物联系起来。

小说未来的发展将不亚于传记作为一种个人存在形式的原子化的历史；更有甚者，我们将目睹传记的灾难性崩溃。

人为了行动、征服、死亡、爱而拥有的时间意识——这种时间意识定下欧洲小说的基调，因为，让我重复：小说的组织单位是人类传记。一个人类生命本身不是传记，也没有为小说提供骨干。一个在旧欧洲小说的时间系统里活动的人，能起到成为簇拥在他周围的整个现象系统的支点的作用。

今天，欧洲人被剔出他们自己的传记，如同球从台球桌的袋子里被拿掉，适用于台球相撞的原则，也同样适用于他们行动的规律：入射角等于反射角。一个没有传记的人不能成为小说的主题支点，而小说如果缺乏对个体的、人类的命运的兴趣，缺乏对情节及其所有辅助性主题的兴趣，也就毫无意义。此外，对心理动机的兴趣（而衰落中的小说是如此熟练地寻求逃避心理动机，因为它早已经嗅到即将来临的末日）正被心理动机在面对现实力量时的日益无能所大幅削弱和损害声誉，而现实力量对心理动机的报复行动则日益残酷。

因此，现代小说既被剥夺了情节，也即被剥夺了个人根据其时间意识而采取的行动，同时又被剥夺了心理学，因为心理学再也不能支持任何类型的行动。

1922 年

獾洞——纪念勃洛克[①]

1

勃洛克逝世一周年纪念不会太显眼的：8月7日才刚刚开始活在俄罗斯日历上。勃洛克的死后存在，他的新命运，他的新生，还处于婴儿阶段。

俄罗斯批评界的瘴气，去年弥漫起来的伊万诺夫-拉祖姆尼克、艾亨瓦尔德、佐尔根弗赖等人浓重的毒雾，还未开始消散。

关于抒情主义的抒情主义还继续着。最糟糕的抒情式交配鸣叫。臆想。武断的假定。形而上的猜测。

一切都动摇、不稳：纯粹的胡诌。

真是难为了那些想从1921年至1922年的文学中获取一点勃洛克资料的读者。

[①] 亚·勃洛克于1921年8月7日逝世。本文写于其逝世一周年之时。

作品，艾亨鲍姆和日尔蒙斯基①的真正"作品"，被淹没在这喋喋不休的连祷中，在这抒情性批评的瘴气中。

我们必须从勃洛克死后生命的最初几步，学会认识勃洛克，学会与那些知觉上的错视作斗争，与他们不可避免的扭曲系数作斗争。通过逐渐扩大对这位诗人的理所当然和人人必需的认识，我们将为他的死后命运扫清道路。

确立诗人的文学起始、他的文学缘由、他的祖先和源头，将立即使我们脚踏实地。一个批评家不必非要回答这个问题：诗人想说什么。但他有义务回答这个问题：诗人从哪里来……

在检视勃洛克的整体诗学活动时，能够区分两种显著倾向，两种显著来源：一方面是本土、俄罗斯、外省的，另一方面是欧洲的。八十年代是勃洛克的摇篮，而在他的创作生涯临尾时，作为一位已经成熟的诗人，他在长诗《报应》中重返他的生命泉源，重返八十年代，并不是偶然的。

本土和欧洲不仅是勃洛克诗歌的两个支柱，而且是整个现代俄罗斯文化的两个支柱。从阿波隆·格里戈里耶夫开始，一条深刻的精神裂缝在俄罗斯社会中变得明显起来。断绝对欧洲的巨大兴趣、背离欧洲文化的统一性、以一种被某些人认为是近乎离经叛道的方式脱离那个伟大母体，已是一个既成事实，尽管他们羞于及怯于对自己承认这点。仿佛急于要纠正某人的错误，急于要抚平那记忆尚浅、爱得热烈但有限的张口结舌的一代人的内疚似的，勃洛克庄严地宣誓，既为他自己，也为八十年代人、六十年代人和四十年代人：

---

① 艾亨鲍姆和日尔蒙斯基皆为俄罗斯杰出文学批评家，都对勃洛克的诗歌提出深刻见解。

> 我们爱一切：巴黎街头的地狱
> 和威尼斯的寒冷，
> 远方柠檬树林的芬芳
> 和科隆大教堂烟雾缭绕的庞大体积。

不仅如此，勃洛克还拥有历史之爱，对在知识阶层和民粹主义影响下的本土俄罗斯历史时期持一种历史的客观态度。对他来说，涅克拉索夫带有三重音的笨拙的重音诗是崇高的，如同赫西奥德的《工作与时日》。对他来说，阿波隆·格里戈里耶夫的情妇——七弦琴——其神圣一点不逊于古典的里拉琴。他吸纳吉卜赛歌谣，把它变成抒唱普世激情的语言。在勃洛克绚烂的、充满着俄罗斯现实的知识的世界中，我们几乎能够感到从索菲·佩罗夫斯卡娅那高昂的数学额头吹来的真正不朽的大理石般的寒意。

勃洛克的历史敏感性是惊人的。即使早在他恳求我们倾听革命的音乐之前，他就听到俄罗斯历史的地下音乐，而当时哪怕是最高度适应的耳朵也只能听到切分音的停顿。科斯托马罗夫、索洛维约夫和克柳切夫斯基从勃洛克描写俄罗斯的每一行诗看我们。克柳切夫斯基是慈善的天才、本土的精神、俄罗斯文化的赞助人，在他的保护下没有任何苦难和磨难是可怕的。

勃洛克是一个十九世纪人，而他知道他的世纪已时日不多。他贪婪地扩大和加深他在时间中的内心世界，如同一只獾在土地里猛挖，建立其有两个出口的家。时代是一个獾洞，而这个属于他的时代的人在一个有限的空间里居住和活动，狂热地试图扩大其领域，尤为重视他的地洞的出口。勃洛克受到这种獾的本能的驱动，深化他对十九世纪的诗学理解。他长期以来为英国和德国浪漫主义所折磨，为诺瓦利斯的蓝花、海涅的反讽所折磨，为一种几乎是普希金式的、想用他灼热的双唇舔欧洲各国民间文学的喷泉的渴望所折磨：英国的、法国的、德国的解渴的喷泉，它们各自流溢着，纯粹而又各不相干。勃洛克的作品中，其灵感有些直接源自盎格鲁-撒克逊语、罗曼语和德语的天才们，而这种灵感的直接性再次使人想起《瘟疫时期的饕宴》①和那个"黑夜散发柠檬和月桂的气息"的地方以及那首歌《为你的健康干杯，玛丽》②。十九世纪的整个诗学文化成了勃洛克诗学力量的边界，那个范围正是他做王的地方，那个范围赋予他的声音以力度，使他的行动变得强大，使他的语调变得迫切。勃洛克在处理这诗学文化的主题材料时所获得的自由度表明这样一个理念，也即有若干主题——个人的主题和直到最近都是偶然的主题——已经在我们心目中赢得了神话般的高度，类似《唐璜》和《卡门》的主题。梅里美简洁的、完美地构筑的中篇小说最为成功；比才轻快的、军事的音乐则如同尖音小号吹响的战号，把永恒的青春和对生活的浪漫热望的消息带给所有被上帝遗弃的地方。勃洛克的诗歌为这个欧洲传奇与神话家族的最年轻成员提供一个庇护所。但勃洛克的历史诗学的高峰是他的《骑士团长的脚步》，它是对在传统形式内来去自如的欧洲神话、对不害怕过时性或现代性的欧洲神话的颂扬。在这里，时间的地层被置于新开垦的诗学意识的范围内，古老主题的种子抽出了大批的芽（安静、乌黑如猫头鹰的汽车……听得见雄鸡的啼鸣声/从幸福而陌生的远方土地传来③）。

---

① 普希金诗作。
② 普希金诗作，又名《译自白瑞·康瓦尔》。
③ 出自勃洛克的《骑士团长的脚步》。

2

在文学方面，勃洛克是一位开明的保守派。在一切有关风格、节奏和意象的事情上，他令人吃惊地谨慎：从未见过一个他与过去断裂的明显例子。如果把勃洛克想象成为文学中一个发明者，我们会想起一个英国贵族圆通地在议会推行一个新法案。勃洛克的保守主义更像英国人而不像俄国人。这是一场在传统框架内无可指责地忠诚的文学革命。从他最初直接地、几乎是弟子般地依赖弗拉基米尔·索洛维约夫和费特，到他生命的尽头，勃洛克都从未违背哪怕一次义务，从未抛弃哪怕一次虔敬，也从未践踏过哪怕一部正典。他反而是通过引进新的虔敬，使他的诗歌信条变得更复杂；是以，他颇晚才把涅克拉索夫的正典引入自己的诗歌，还要更晚才体验普希金直接的、正典的影响，这在俄罗斯诗歌中是个颇罕见的现象。勃洛克的文学储备绝不是缺乏性格的结果：他非常敏锐地体验风格，仿佛它是一个物种；事实上，他不是把一个文学形式的生命和语言当成一种断裂、一种破坏来感受的，而是当成混杂，当成不同物种和品系的融合，或把不同的果实嫁接到一棵树上。

勃洛克所有作品中最独特和最意料不到的作品《十二个》无非是对以前已存在的文学正典的运用，这是一种独立于他而存在的文学正典，它就是民谣恰斯图什卡（板话）。《十二个》是一种里程碑式的戏剧性恰斯图什卡。它的重心是在其构成中，在其各部分的安排中。因此，从一个恰斯图什卡的建构过渡到另一个，都获得一种特殊的表述能力，而诗中每一个接合点都是新喷涌的戏剧能量的来源。然而，《十二个》的力量不仅在于它的构成，还在于它的材料本身就是取自民间传说。大众的、口语的措辞被他拿来，纳入诗中，它们常常是一些短命的措辞,例如:"她袜子里有克伦斯基①。"还有,它们是被他出神入化地织进该诗的整体肌理的。《十二个》的民俗价值令人想起《战争与和平》中那些年轻人的谈话。尽管人们对《十二个》有各种无聊的解释,但它是不朽的,如同民间传说。

俄罗斯象征主义者的诗歌是广泛而贪婪的:巴尔蒙特、勃留索夫和安德烈·别雷为他们自己发现新的土地,大肆掠夺它们,然后像西班牙征服者那样继续推进。

勃洛克的诗歌,从他的《丽人集》到《十二个》,自始至终都是充满张力和文化创造性的。勃洛克诗歌的主题发展的推进是从膜拜到膜拜。从《陌生人》②和《丽人》到《木偶戏》和《白雪假面》,到俄罗斯和俄罗斯文化,直至革命——革命被当作音乐张力与灾难性的文化精髓的最高形式。诗人的精神性情倾向于灾难。膜拜和文化提供了一个隐蔽、受保护的能量来源,一种统一和得当的运动:"那转动太阳和所有天体的爱。"诗学文化产生于试图避免灾难,试图使它依赖整个系统中央的太阳,不管它是但丁所说的爱,还是勃洛克最终抵达的音乐。

我们可以说勃洛克是《陌生人》和俄罗斯文化的诗人,但把《陌生人》和《丽人》说成是俄罗斯的象征则显然是荒谬的。应当看到,是同一种对膜拜的需要,也即对得当释放诗学能量的需要,指导他的主题创造力并在服务俄罗斯文化和革命中得到其最充分的体现。

1922 年

---

① 克伦斯基是短命的克伦斯基政府的货币。
② 又译《陌生女郎》。

十九世纪

波德莱尔关于信天翁的话很适合用来形容十九世纪:"他被巨大翅膀的帐篷粘在了大地上。"[①]

十九世纪初仍在寻求用突发的跳跃和笨拙、费力的半飞行与大地的牵引力作斗争;十九世纪末已经安息不动,被特大翅膀的巨型帐篷覆盖着。绝望的安息。翅膀垂落,与它们的自然功能相反。

十九世纪的巨型翅膀就是十九世纪的认知能力。它的认知能力与它的意志、它的性格或它的道德地位,都毫无相称之处。像独眼巨人的巨眼,十九世纪的认知能力既指向过去又指向未来。除了视力,什么也不是,空虚而贪婪,它饥不择食地吞噬任何对象,任何时期。

在十九世纪的门槛上,杰尔查文在他的写字板上草草涂下几行诗,完全可以当成整个来临的世纪的主旋律:

> 时间的河流奔涌,
> 带走了人类的事务,

---

① 这并非波德莱尔诗的原话,曼德尔施塔姆把它改写了。

> 所有民族、王国和帝皇
> 都沉入遗忘的深渊。
> 但如果碰巧有什么东西
> 通过竖琴声和号角声留下,
> 它也将被永恒的无底洞吞噬,
> 它也无法逃避共同的命运。

这里,以那个衰朽的世纪的生锈的语言,连同其全部的力量和敏锐,未来的潜在思想被表达出来——它最高的教训被概括出来,它的基调被传达出来。这个教训是相对论,相对性:"但如果碰巧有什么东西(留下)……"

十九世纪认知活动的本质是投射。这个已消逝的世纪不喜欢用第一人称来指涉自己,而是乐意把自己投射到某个遥远时期的屏幕上,在其中涌动它的生命,它的活力。它像使用一部疯狂的巨型投影机那样使用它那不安的心智,把纷繁的历史散布在黑色的天空中;它用它那被照亮的庞大触须探索时间的真空;它会从黑暗中扯出某个东西,用它的历史规律的耀眼光芒烧掉它,然后冷漠地让它跌回到虚无里,仿佛什么也没有发生过似的。

而在那个可怕的天空中探索的,并非只有一个投影机:所有科学都转化成它们自己的抽象而骇人的方法论(唯一的例外是数学)。赤裸裸的方法完全而彻底地战胜真正的认知——每一种科学都更公开、更热切、更精神振作地指涉自己的方法,而不是自己的真正活动。方法定义科学:有多少科学就有多少方法论。哲学最为典型:整个十九世纪,哲学都更喜欢把自己局限于"哲学导论";它永远都在介绍它的题目,引领你只是为了抛弃你。而所有科学都一起用它们的方法论触须在无星的天空中探索(而十九世纪的天空是令人震惊地无星的),从未在那柔软而抽象的真空中遭遇任何反对。

我总是着迷于来自天真而睿智的十八世纪的引文,这里我想起了罗蒙诺索夫著名的《论玻璃书简》:

他们不恰当地思考事物,苏瓦洛夫啊,
他们更珍惜矿物,而不是玻璃。

这感染力,功利主义的高度感染力从哪里来?这激起对工业技艺的命运的诗意沉思的内在温暖从哪里来?与十九世纪科学思想那杰出、令人心寒的冷漠构成何等的对比!……

十八世纪是一个世俗化时代,即是说,把人类的思想和活动看成是世俗的冒险。它对全体教士、僧侣崇拜和礼拜仪式的憎恨深入骨髓。虽然它不是一个主要致力于社会斗争的时代,但社会却痛苦地意识到等级制度。继承自中世纪的决定论威吓地悬挂在哲学和启蒙的头顶上,也悬挂在其政治实验的头顶上,直至第三等级。教士阶层、战士阶层、地主阶层——这些都是"开明的心智"赖以运作的概念。这些阶层不可与阶级混为一谈:上述元素全都被视为任何一个社会的神圣构筑不可或缺的。社会冲突累积的巨大能量在寻找一个出口。该时代的所有来势汹汹的要求,它所有是非分明的义愤,全都冲着教士阶层而来。似乎"伟大原则"的整块铁砧只是用来锻造锤子,以摧毁教士阶层。从来没有一个世纪对散发教士阶层气味的任何东西如此敏感——焚香和来自任何源头的烟雾都会使它的鼻孔灼热难熬,使这头猛兽的脊骨发僵。

弓发响,箭颤动,

巨蟒在盘卷中断气……①

礼拜仪式是十八世纪腰身上的一根刺。它周遭没有什么东西不是多少与礼拜仪式有联系，不是由礼拜仪式产生的。建筑、音乐、绘画——一切的发光都来自一个中心，而这个中心被列为摧毁目标。在绘画的创作中，有一个问题是色彩的活力和平衡的先决条件：光源在哪里？十八世纪在拒绝了其历史遗产的光源之后，不得不再次解决这个问题。它以一种原创的方式解决，打开一扇窗口，朝向子虚乌有的异教，朝向伪古典主义，但不是根据真实性或语文学，而是根据一些仅仅为了满足当前历史需要这一明确目标而建立的辅助性、功利性的原则。

神话学的理性主义因素完美地符合十八世纪的需要，使它可以给空荡荡的天空布满了人类形象，这些形象都顺从和服从那个时代反复无常的虚荣。至于自然神论，它宽容一切；它准备好忍受一切，只要它能够保留底层色那一点儿不起眼的意义，只要画布不是空无一物。

随着法国大革命的临近，生活和政治的伪古典主义戏剧化变本加厉，而在大革命前夕，真正的演员们已经在活动和挣扎：在拟人法和寓言的密集人群中，在真实剧院边厢的狭窄空间里，在上演古典戏剧的舞台上。当古典复仇的真正复仇女神们在这座可怜的纸板剧院里聚集，刺穿市政日和市政合唱队浮夸的废话的时候，人们最初实在难以置信，只有谢尼埃的诗歌，受真正的古典复仇启发的诗歌，清楚地证明心智与复仇女神的结合是存在的，证明曾经启发阿尔基洛科斯写最早的讽刺诗的古典抑扬格精神，依然活在反叛的欧洲灵魂中。

古典复仇的精神随着法国大革命时期的节日的辉煌和黑暗的庄严

---

① 出自普希金诗《警句》。

而出现。使吉伦特派与山岳派①针锋相对的，不就是这种精神吗？在自由帽②的火舌中燃烧，在撕开国民议会子宫的那种想互相消灭的前所未有的欲望中燃烧的，不就是这种精神吗？自由、平等、博爱——这三联体没有为真正的古代复仇女神们留下任何多余空间。古代复仇精神的女皇没有被邀请出席这场盛宴，她自己来，没人叫她；她不请自来，人们用理性的语言跟她说话，但渐渐地，她最猛烈的反对者也变成她的信徒。

法国大革命是在古典复仇抛弃它的时候结束的。这场革命把教士阶层变成灰烬，摧毁社会决定论，并完成了欧洲的世俗化。然后它作为一种已经难以理解的事物被冲上十九世纪的海岸，不是作为蛇发女怪戈尔贡的头，而是作为一团海草。从心智与复仇女神的结合中，诞生一个无论与《百科全书》的高度理性还是与这场革命风暴的古典狂怒都格格不入的杂种——浪漫主义。

然而，随着它的发展，十九世纪比浪漫主义更远离十八世纪。

十九世纪是佛教在欧洲文化中产生影响的导管。它是一种外来原则的承运者，该外来原则既有害又强大，我们的整个历史一直都在与它作战——一场活跃、实际、完全辩证和至关重要的冲突，不同力量在这场冲突中成全彼此。它是涅槃的摇篮，而涅槃不允许哪怕是一线积极的认知之光。

> 在空虚的洞穴里
> 我是另一只手下的
> 摇篮的晃荡，

---

① 吉伦特派与山岳派是法国大革命时期两个对立党派。
② 自由帽原为古罗马被释放的奴隶所戴，在法国大革命时期被用作自由的象征。

> 寂静，寂静……①

潜在的佛教，一种向内的趋势，一个蛀孔。十九世纪并不宣扬佛教，而是在自身内部怀着它，像内心的黑夜，像血液的盲目，像隐秘的恐惧和眩晕。科学中的佛教——在忙碌的实证主义的巧妙伪装下，艺术中的佛教——在龚古尔兄弟和福楼拜的分析小说里，宗教中的佛教——在进步论的每一条缝隙里向外望，为最新神智学的胜利作准备，而那神智学无非是资产阶级的进步宗教，药剂师奥梅先生②的宗教，已准备好继续航行，装配着形而上学桅杆。

看来并非巧合的是，龚古尔兄弟和他们的同类，第一批法国印象派画家，都表示偏好日本艺术，偏好北斋的版画，偏好短歌这一形式的方方面面，即是说，偏好完美、自我封闭和静态的创作。《包法利夫人》完全是根据短歌的体系来写的。福楼拜写它写得这么慢，这么煞费苦心，因为他必须在写完第五个词之后又重新开始。

短歌是特别受喜爱的分子艺术形式。它不是微型画，因其简短而把它和微型画混为一谈将是严重错误。它没有维度，因为它不包含行动。它与世界毫无关系，因为它本身就是一个世界；它是分子不断向内的旋涡式运动。

樱花树枝和那座备受喜爱的山的锥状积雪顶部——日本雕刻家的守护神——反映在精雕细琢的福楼拜式小说的每一个字句的闪亮的涂漆上。一切都覆盖着一层纯粹沉思的涂漆，并且小说的风格就像红木的表面，有能力反映任何物体。如果这类作品没有吓坏其同代人，那是因为他们感觉迟钝和缺乏审美的敏锐。也许福楼拜的所有批评家

---

① 出自索洛古勃翻译的魏尔伦诗《我在黑暗日子里》。
② 奥梅先生是福楼拜小说《包法利夫人》中的人物。

中，最具穿透力的是那位皇家检察官，他嗅到小说中有某种危险。但很可惜，他并没有到隐藏危险的地方去把它找出来。

十九世纪在最极端的时候，必须抵达短歌的形式，抵达非存在的诗歌，以及艺术中的佛教。日本和中国在根本上不是东方，反而是极端的西方：它们比伦敦或巴黎更西方。过去一个世纪是更深地投入西方，而不是投入东方，但它在寻找外部极限时，遇到了东西方的边界。

在检视作为十九世纪西方佛教高峰的法国分析小说的时候，我们对它在文学上的彻底不育确信不疑。它没有后裔，也不可能有任何后裔。它只有天真的模仿者，哪怕今天他们也依然大量存在着。托尔斯泰的小说是纯粹的史诗，一种完全健康的欧洲艺术形式。罗曼·罗兰的综合小说与法国分析小说的传统严重决裂，更接近于十八世纪综合小说也即歌德《威廉·迈斯特》的传统，两者在基本艺术技巧上有相通之处。

还存在着一种特殊形式，就是对个别现象的综合盲目。歌德和罗曼·罗兰绘制心理风景，既描写人物也描写精神状态，但日本式福楼拜式的分析性短歌是一种与他们格格不入的形式。外来血液在每个世纪的血管里流动着，但时代愈是强大，其历史紧张性愈高，这种外来血液的含量也就愈重。

十八世纪什么也不理解，就连对于比较历史方法略知一二也欠奉，像篮子里的一只瞎眼小猫，被遗弃在高深莫测的世界门前台阶上。但是继十八世纪之后，一个全面理解的时代接踵而至——相对主义时代及其可怕的转世投胎的能力——十九世纪。然而，对历史转世投胎和全面理解的爱好并非持续不断，而是转瞬即逝。而我们的世纪在巨大不宽容、排他性和对其他世界采取有意识的不理解这一征兆下开始。我们这个世纪的血管里流淌着含量很重的极其遥远而庞大的不同文化的血液，也许是埃及和亚述文化：

> 风带给我们安慰，
> 我们透过蓝天感到
> 亚述式蜻蜓的翅膀，
> 结硬节的黑暗的颤动。[1]

与这个如此辽阔、如此残忍地坚定的新时代相比，我们就像殖民者。把二十世纪欧洲化和人性化，为它提供神学温暖——这就是那些在十九世纪的船难中幸存下来并被命运的意志抛到新历史大陆海岸上的移民的任务。

在完成这项任务时，在久远而不是近期的历史模式中寻找支持反而更容易些。十八世纪的基本方案和一般概念，也许将再次被证明是有用的。"《百科全书》带怀疑的评估"、社会契约的司法精神、曾在十九世纪被如此傲慢地嘲笑过的天真的唯物论、概括化的心智、权宜的精神，也许仍可服务人类。现在不是害怕理性主义的时候。迎面而来的时代的非理性根茎，那难以铲除的、巨大的绞合根茎，如同一个异教神祇的石庙，向我们投下阴影。在这样的时代，百科全书派的才智就是普罗米修斯的圣火。

1922 年

---

[1] 曼德尔施塔姆诗句。

彼得·恰达耶夫

I

恰达耶夫在俄罗斯社会的意识中留下的印记是如此深刻和不可磨灭,以致我们会不经意地问它是不是用钻石在玻璃上划下的。更令人瞩目的是,恰达耶夫不是一个公众人物,既不是专业作家也不是保民官。他是一个"私"人,一个真正意义上的"私己者"。然而他似乎意识到他的人格不属于他自己,而属于后代,因此带着某种谦逊对待它:无论他做什么,他似乎都是在服务,在"履行一个神圣的职责"。

俄罗斯生活缺乏的,甚至俄罗斯生活不知道存在着的所有那些特质,都汇聚在恰达耶夫的人格中:无与伦比的内在纪律、崇高的理智主义、道德的体系论,以及一个面具、一个勋章的冰冷,而一个人用这层冰冷来包裹自己,因为他意识到他在时间中无非是一种形式,并预先准备好他的不朽性的铸模。

对俄罗斯来说更不寻常的是恰达耶夫的二元论,他在物质与精神之间作出的清晰划分。在一个年轻的国家，一个由半生的物质和半死的精神构成的国家，无生气的肉体与有组织的观念这一古老的二律背反几乎不为人知。在恰达耶夫眼中，俄罗斯仍然完全属于无组织的世界。他把自己视为这个俄罗斯的肉中之肉，把自己视为原材料。结果是令人震惊的。观念组织了他的人格，而不只是他的理智，并赋予他的人格一个结构、一个体系，使它完全地从属，并且——作为这种绝对从属的回报——赋予它绝对的自由。

这种深刻的和谐，这种几乎是道德与理智元素的融合，赋予恰达耶夫的人格一种特殊的稳固性。很难说恰达耶夫的理智人格在哪里结束和他的道德人格在哪里开始，它们是如此接近于融合。对他来说，理智的最强烈要求同时是最伟大的道德必然性。

我说的是对统一的各种要求，它们决定了优质心灵的结构。

"我们应该谈什么呢？"他在给普希金的一封信里说，"如你所知，我只有一个观念，而如果有些其他观念意外地出现在我脑中，它们就会立即黏附那个观念：这适合你吗？"

曾分别被普希金赞誉过、被挑衅的亚济科夫嘲弄过的恰达耶夫那著名的"心灵"，那个"骄傲"的理智，究竟是什么，如果不是道德和理智原则的融合，一种在恰达耶夫身上如此典型，而他的人格亦是在此基础上成熟起来的融合？

带着这种对统一，对更高历史综合体的深刻、不可磨灭的要求，恰达耶夫在俄罗斯诞生了。他是平原的儿子，渴望呼吸阿尔卑斯峰顶的空气，而我们知道，他在自己的胸膛里找到它。

II

西方存在着统一！自从这几个词在恰达耶夫的意识里燃烧起来，

他便停止属于他自己,永远被撕开,脱离了"家庭倾向"的个人和关注。他有足够的勇气去当着俄罗斯的面,把那可怕的真理告诉她,也即她已经被切断与普遍统一的联系,被逐出历史教门,被革除上帝的"人民教师"的资格。

事实是,恰达耶夫的历史概念排除了任何进入历史途径的可能性。与这个概念相呼应的是,一个人必须先于任何开始,才有可能踏上历史途径。历史是约伯的梯子,天使们沿着这梯子从天上降临大地。鉴于栖居在它里面的恩典精神的延续性,它必须被称为神圣。因此,恰达耶夫绝口不提"莫斯科,第三帝国"。在这个观念里,他看见的只是一个基辅僧侣的病态幻想。不管是意志本身还是良好愿望都不足以重新"开始"历史。事实上,这个观念是不可想象的:开始它。还没有足够的延续性、统一。统一是不可创造、发明或学习的。没有统一,则你在最好的情况下得到的也将不是历史,而是"进步"——时针的机械运动,而不是神圣联结和一连串事件。

仿佛着魔似的,恰达耶夫老是盯着一个点,在那个点上统一已经变成血肉,被小心保存起来,一代代传承下去。"但是教皇!教皇!嗯,那又怎样呢?他不就是一个观念、一种纯粹的抽象概念吗?看这个老人,坐着有顶篷的大轿,戴着三重冠冕,在今天如同在一千年前,仿佛这世界没有发生过任何改变:确实,在所有这一切当中,哪有人的位置?难道这不是时间无所不能的象征吗——不是那消逝的时间,而是静止的时间,透过这静止的时间,一切消逝,但这时间本身镇定地站着,而在它那里以及通过它,一切被完善?"

这就是莫斯科河畔区势利者的天主教。

III

于是乎，在 1825 年 8 月，在布莱顿附近一个海边小村子，出现一个外国人，他的举止综合了一个主教的庄严和一个世俗人体模型的正确。

这就是恰达耶夫，乘坐一艘碰巧遇到的船，带着某个其生命受威胁的人的匆忙，逃出了俄罗斯；没有了外部限制的负担，然而他决意不再重返俄罗斯。

一个多病的、神经紧张的，在外国医生看来有点怪异的病人，恰达耶夫对人际关系的了解，仅仅是一种纯粹理智本质的人际关系，甚至对最亲密的朋友他也隐藏他精神上可怕的混乱。他是要来看他的西方，历史和威严的王国，教会和建筑物所体现的那种精神的诞生地。

这次奇异的旅程，占去了恰达耶夫生命的两年，我们对这两年的实际情况所知甚少，这两年很快变得更像是荒野中的痛苦而不像朝圣；然后是莫斯科，一座木结构别墅，《狂人的辩解》，以及在英国俱乐部漫长而缓慢的布道。

恰达耶夫是否渐渐疲倦了？他的哥特式思想是否屈从了，停止把其尖塔刺向天空？不，恰达耶夫没有屈从，尽管时间的钝锉刀已经触到了他的思想。

啊，一个思想家的遗产！宝贵的碎屑！恰恰在延续性最需要的地方结束的碎片，我们所不知道的东西的宏伟的开端——这是什么：一个计划的轮廓还是它的实现？这位一丝不苟的研究者徒劳地对着失去的东西，对着那些缺失的环节叹息：它们同样未曾存在，未曾失去——《哲学书简》的碎片形式是有内在根据的，如同这些书信在本质上具有一篇延长的导言的特征。

要理解《哲学书简》的形式和精神，就必须把俄罗斯想象成它们的巨大而惊人的画布。处于那些著名的、已写出来的碎片中间的裂开豁口的荒原，正是关于俄罗斯的思考的缺失部分。

最好是不提《狂人的辩解》。不用说，恰达耶夫并没有在这里阐述他关于俄罗斯的思想。

《狂人的辩解》中那个未完成的最后句子就像一片无望、平坦的平原那样铺开，它是一个在说了那么多之后什么也没有承诺的沉郁而诱人的开端："有一个事实专横地支配着我们的历史进程，它像一条红线贯穿于整个历史，它在某种程度上包括其一切哲学，它显现于我们社会生活的所有时期，并定义其特性……这就是——那个地理事实……"

我们仅能从《哲学书简》中得知，俄罗斯是恰达耶夫的思想的导因。他关于俄罗斯的思想依然是一个谜。在题写那几个美丽的词"真理比祖国更亲爱"的时候，恰达耶夫并没有发现它们那具有预言性的意义。然而，难道这"真理"不是一种惊人的奇观吗？它从四面八方被奇异而陌生的"祖国"包围着，如同被某种混沌包围着。

让我们尝试给《哲学书简》显影，仿佛它们是照相负片。也许那些有光的部分，将证明恰恰是关于俄罗斯的。

IV

有一个伟大的斯拉夫梦想，就是恰达耶夫所理解的，西方意义上的历史停顿。这是世界性的解除精神武装的梦想，随之而来的将是某种被称为"和平"的状况。这个解除精神武装的梦想是如此占据我们的国内地平线，以致俄罗斯普通知识分子无法以别的方式设想进步的终极目标，除了按照这种非历史的"和平"。托尔斯泰本人最近还在对人类发出呼吁，要求停止虚假和不必要的历史喜剧，开始"简单地"生活。正是"简单性"使得"和平"这个观念变得如此有吸引力：

> 可怜的人……
> 他欲求什么？……天空晴朗，
> 天空下有足够的地方容纳每一个人。

世俗和神性的等级制正因为其无用而被永远消除。教会、国家和法律像荒诞的吐火女怪一样，正从我们的意识里消失，人通过无所事事和痴呆愚笨来挤满这个"简单的"世界，"上帝的"世界。最后人和宇宙独处，没有那些令人厌倦的中介。

> 天空的对立面，大地，
> 一个老人住在村子里……

恰达耶夫的思想是一种严格的垂直线，对抗传统的俄罗斯思维。恰达耶夫逃离这个无形式的乐园，像逃离瘟疫。

有些历史学家在殖民化中，在尽可能最大范围地获得最大自由的企图中，看到俄罗斯历史的主流倾向。

在意图使外部世界充满观念、价值和形象的伟大努力中，在这数百年来一直是西方的痛苦和狂喜并且把西方各民族抛入至今还没有走出来的历史迷宫的努力中，可以看到与上述外部殖民化的相似之处。

在社会教堂的森林中，哥特式松针不准其他光进入，除了观念之光，而恰达耶夫的基本思想，他关于俄罗斯的说不出的思想，便是在这座森林中获得栖身之处并成熟起来的。

恰达耶夫的西方与饱经风霜的文明之路没有任何相似之处。在西方这个词最充分的意义上，他发现了他自己的西方。事实上，人的脚步还没踏进这些难以穿过的文化灌木丛。

V

恰达耶夫的思想在其源头上是民族的，即使它流入罗马也是民族的。只有一个俄罗斯人才会发现这样的西方，它远比历史的西方本身更厚实和具体。凭借着这个权利，恰达耶夫，一个俄罗斯人，踏上了一个传统的神圣土地，而他并不受这个传统的遗产约束。在那里，在一切都是必然性的地方，在每一块石头都沉睡着、都被时间的氧化层覆盖着、被时间的苍穹笼罩着的地方，恰达耶夫携带着道德自由，这俄罗斯土地的礼物，这最精美的花朵。这自由配得上那石化在建筑形式中的威严，它的价值不逊于西方在物质文化领域中创造的任何东西，而我看见教皇本人，"这个老人，坐着有顶篷的大轿，戴着三重冠冕"，也站起来迎接这自由。

恰达耶夫的思想大可以称为民族合成。合成的民族性不在民族自我意识面前俯首，而是作为自主的个体站得比它高，独立因而是民族的。

同代人对恰达耶夫的骄傲感到震惊，他自己则相信他是被选中的人之一。一股神圣庄严的气息环绕他，就连儿童也感到他在场的重要性，尽管他并没有以任何方式偏离常规。他觉得自己是被选中的人，是真正的民族性的容器，但民族已不再是适当的裁判者！

这与"民族主义"那种精神贫困连同其坚持不懈地向乌合之众的法庭提出的申诉，构成多么强烈的对比！

对恰达耶夫来说，俄罗斯只有一样东西可以贡献：道德自由，选择的自由。在西方，它从来没有这样宏伟，这样纯粹，这样充分地被实现过。恰达耶夫拿起它，将它当成神圣的权杖，并出发去罗马。

我觉得如果这个国家及其人民创造了哪怕是一个完全自由的人，他可以行使他的自由，那么这个国家及其人民就已经可以证明自己的正当性了。

当鲍里斯·戈都诺夫在预见到彼得的想法，并把俄罗斯人送去国外的时候，他们都没有回来。他们没有回来的理由很简单，因为从存在到非存在是没有回头路的，因为在他们品尝了不朽的罗马的长生泉之后，闷热的莫斯科会令他们窒息。

不过，毕竟最初那批鸽子也不回归方舟。

恰达耶夫是第一个在意识形态上实际生活在西方并找到回家的路的俄罗斯人。他的同代人直觉地感到这点，并极其珍惜恰达耶夫在他们中间的存在。

他们可以带着迷信的尊敬指向他，如同他们曾经指向但丁："他去那里，他看见——并且他回来。"

而我们有多少人在精神上移民西方！我们中间又有多少人无意识地过着分裂的生活，身体在这里，精神却留在那里！

恰达耶夫预示着对民族性的一种崭新的、深化的理解，把民族性理解为民族个性的盛放，把俄罗斯理解为绝对道德自由的源头。

在赋予我们内在自由之后，俄罗斯为我们提供一个选择，而作出这个选择的人就是真正的俄罗斯人，不管他们隶属于谁。但那些人就悲哀了，他们在绕着老巢兜了一圈之后，又怯生生地转回来。

1915 年

谢尼埃散记

十八世纪就像一个干涸的湖：既无深度又无湿度——水下的一切全都裸露到表面。人们被它的价值的透明和空洞吓坏了。真理、自由、自然、神祇，尤其是美德，引起几乎是昏厥性的思想晕眩，如同空洞、透明的池塘。那个被迫沿着海床行走，如同行走在镶花地板上的世纪，最终变成一个以道德说教为主的世纪。最琐碎的道德真理也会使人们惊讶不已，仿佛它们是珍贵的贝壳。人类思想被过量的假真理窒息，但找不到平静。由于它们全都明显地被证明是不够有效的，所以反而必须不知疲倦地重复它们。

十八世纪那些伟大原则永远处于运动中，处于一种机械的忙乱状态，如同佛教的祈祷轮。例如，古代把善设想成富饶和安好，享乐主义的内心空虚还不存在。善、安好、健康的观念被融为一个观念，如同一个坚固、同质的金球。这个观念内部没有真空。这种绝非迫切或享乐的古典道德性的绝对特征，甚至使人怀疑这种意识本身的道德本质：这不就是卫生吗，也即精神健康的预防？

十八世纪失去了它与古代道德意识的直接联系。那纯粹的金球不再产生自己的声音。声音是通过精致、榨取性的装置，通过对快乐的用途和用途的快乐的通盘考虑，而从它那里抽取出来的。这种破产的意识根本不可能维持责任的理念，而这个理念被彰显在"罗马美德"的想象中，它更适合于支持坏悲剧的均衡而不是支持管治人的精神生活。是的，对十八世纪来说，与真正的古代的联系失去了，然而与经院哲学诡辩术的僵硬形式的联系却日益增强，以致理性时代以经院哲学的直接后裔的面目出现，只不过这经院哲学带着理性主义、寓言思维和人格化的理念，完全符合古法语诗学。中世纪有它自己的灵魂和一种关于古代的真实知识；事实上，它把启蒙时代远远抛在背后，不仅在读写能力方面，也在它对古典世界的可爱的再创造方面。缪斯们对理性感到不快，她们厌恶它，尽管她们不情愿地承认它。一切活生生和健康的东西，都被变成琐事，因为琐事较少受监管，一个有七位女管家（悲剧）的孩子之所以长成一朵华丽的不育花，恰恰是因为那些"伟大原则"俯身于他的摇篮，并且如此焦虑地培养他。幸运地逃过了这种致命监护的诗歌的次要形式，将比在这种致命监护的手中病恹恹地生长的那些高贵形式活得更长久。

谢尼埃诗学进程是对"伟大原则"的背离，几乎是逃离，并奔向诗歌的活水，不是奔向古代，而是奔向完全现代的世界观。

在谢尼埃的诗歌中，似乎有一种宗教的，也许是一种稚气的天真预兆，预兆着十九世纪。

*

亚历山大诗体可以追溯到古代，即是说，追溯到合唱曲两半的那种互相反应的、交替的歌唱，每一半都同时在分配均等的时间里争相表达自己的意志。然而，当一个声音的一部分分配的时间屈服于另一个声音的时候，平等便被打破。时间是亚历山大诗体的纯粹而不加雕饰的实质。沿着动词、名词和修饰语的轨辙分配的时间，包含亚历山大诗行的自主的内在生命，调节着它的呼吸、它的张力和它的饱和度。结果是在诗行的不同元素中发生某种"争夺时间"的现象，每个元素都像海绵一样，试图把最可能的大量的时间吸纳进自身里去，同时抗衡其他元素的要求。亚历山大诗体这种动词、名词和修饰语的三位一体，并不是一种稳定的复合物，因为这方会吸取另一方的内容：动词可能会接纳名词的意义和重量，修饰语可能会带有动作也即动词的意义，等等。

这种不同词性之间关系的不稳定，它们那种即使在句法结构保持绝对清晰和透明的时候也很容易产生融合和化学变化的性质，是谢尼埃的风格极其典型的特征。在亚历山大诗体作诗法的单调画布上，修饰语、动词和名词呈现最严格的等级制，勾勒形象，并赋予对句式诗行以显著性。

谢尼埃属于那样一代法国诗人，对他们来说句法结构是一个金笼子，他们不会梦想从中逃出。这个金笼子是明确地由拉辛建构的，并装饰得像一座辉煌的宫殿。中世纪诗人的句法自由——维庸、拉伯雷，事实上整个古法语结构——被抛在背后，而夏多布里昂和拉马丁的浪漫主义激荡还未开始。金笼子被一只邪恶的鹦鹉——布瓦洛——看守着。谢尼埃面对的问题是如何在一种极其狭窄的正典的范围内创造绝对的诗学自由，而他解决了这个问题。对每一行诗作为活生生的、难以分割的有机体的意识，对这种整体性诗行内部词语等级制的意识，在法语诗歌中特别典型。

谢尼埃热爱并理解这种灵活的诗行：他赞赏古希腊诗人彼翁的《祝婚诗》，并保存了它的精神。

*

由亚历山大诗体之父克莱芒特·马罗创立的法国新诗歌，倾向于先掂量每一个词，然后才说出来。但是浪漫主义诗学假定一种爆发，假定不可预期性，它追求效果，追求意想不到的音效，它自己也知道这样的歌声要付出什么样的代价。从拉马丁的《湖》那强有力的和声之浪，到魏尔伦的反讽小曲，浪漫主义诗歌都强调不可预期的诗学。诗歌的规律沉睡在其喉咙中，而所有浪漫主义诗歌都像一串死夜莺做成的项链，不想传达，不想泄露其秘密，也不知道其遗产。死夜莺无法教任何人怎样唱歌。谢尼埃巧妙地在古典主义与浪漫主义风格之间找到一条中间路。

*

普希金那一代就已经超越谢尼埃了，因为有拜伦。那同一代人不可能同时既设想"那新的、神奇的里拉琴的声音，拜伦的里拉琴的声音"，又设想谢尼埃那仍然充满古典狂热的抽象、外部阴冷的理性诗歌。

*

谢尼埃仍然在精神上燃烧的东西——百科全书派、自然神论、人的权利——对普希金来说已经是过去的、纯粹的文学。

……狄德罗坐在他那张不稳的三脚椅上，
扔掉他的假发，销魂地闭上眼睛，

开始布道……

普希金的配方——结合心智与愤怒——融合了谢尼埃诗歌的两个元素。那个时代已经变得无人能够逃脱着魔。只不过它的方向改变了,有时候是转向了政治揭露的抑扬格诗行的力量。

*

抑扬格像一个复仇女神那样降临谢尼埃身上。紧迫的。酒神式的。着魔的。

*

谢尼埃绝不会说:"你为生活而生活。"
他对那个时代的伊壁鸠鲁精神完全陌生,对老爷和贵族们的奥林匹斯精神完全陌生。

*

普希金在评估法国大革命的时候,要比谢尼埃客观和不动感情。在谢尼埃感到憎恨和剧痛的地方,普希金懂得沉思和历史视角:

……你是否记得特里阿农宫和那喧嚣的
寻欢作乐?

寓言式的诗学。非常宽广而且绝非无血肉的寓言,包括"自由、平等、博爱",对这位诗人和他的时代来说几乎都是活生生的人物和交谈者。他捕捉他们的特征和感受他们温暖的呼吸。

*

在《网球场》①中,你能观察到新闻主题与抑扬格精神之间的斗争。几乎整首诗都是报纸的俘虏。新闻风格的一个典型例子:

> ……人民的父亲!法律的建筑师!
> 你们能够用坚实可靠的手
> 为人类创建庄严的法典。

*

当代场景的古典式理想化:作为阶级代表的群众在人民的陪同下走进大堂,被拿来与即将成为母亲的怀孕的拉托娜作比较。

> ……如同拉托娜,怀孕,几乎是个母亲,
> 嫉妒的权力的受害者,
> 没有庇护所,在大地上游荡……

世界溶解成各种理性地活动的力量。只有人是非理性的。平民诗歌的整个诗学是对约束的寻求:

---

① 《网球场》是一首篇幅很长的政治诗,歌颂路易·大卫描绘法国大革命的画作《网球场宣言》。

……压迫者绝不会自由……

*

谢尼埃的诗学是什么？也许他在不同时期甚或不同时刻不是有一种而是有多种诗学意识？

他的诗歌中有两种明显可辨识的方面：田园诗（《田园集：牧歌》）和一种几乎是"科学诗"的宏伟建构。

谢尼埃在英国的逗留不是证明了孟德斯鸠和英国普通法对他的影响吗？他的作品中不是可以找到诸如"这里是暴热的屠杀，那里是严厉的拒绝……"这样的诗句吗？或他的抽象心智对普希金式的实践来说是陌生的吗？

*

虽然古法语文学传统已完全被遗忘，但是它的某些技巧还是继续被自动地再创造，因为这些技巧已经进入血液。

*

继古典哀歌及其附属物——陶壶、芦苇、溪流、蜂巢、蔷薇丛、燕子，以及朋友和交谈者，还有情人们的目击证人和密探——之后，竟然可以在谢尼埃那里找到对一种具有浪漫派精神的完全世俗的哀歌的偏爱，实在让人感到奇怪；几乎是缪塞式的，例如在其第三首哀歌《致卡米耶》——一封世俗情书中，有着雅致的纯真和激动，其书信体几乎不受神话惯例的约束，并且那浪漫主义时代的有思想、有感情的人的活生生的、谈话式的语言自由地流动。

> ……然后信里以一种迷人的方式询问
> 我对你有什么要求,我对你有什么命令!
> 我想要什么?你说!我想要你的归来
> 对你来说似乎非常缓慢;我想要你日夜
> 爱我(唉,我日夜受折磨)。
> 出现在他们中间,孤独,不在场;
> 睡吧,想着我!梦见我在身边;
> 只看到我,不停息地,完全和我在一起。

在这些诗行中,我们可以听见达吉雅娜致奥涅金的信,同样是家常特质的语言,同样是温柔的粗心大意,比任何的关怀都好:其紧贴法语核心,其在法语中的即兴性,就如同俄语中的达吉雅娜的信。透过普希金诗歌的水晶看,这些诗行在我们听来简直就像俄语:

> ……粉红色薄酥饼烘干
> 在炽热的舌头上。

因此,在诗歌中国界被摧毁,一种语言的元素通过空间和时间的声音向另一种语言的元素呼唤,因为所有语言都是在一种紧密的联合中,这种联合又得到每一种语言的自由和家常性的加强,而在这种自由中它们是兄弟般地互相联系的,并把彼此当作一个家庭的成员来接待。

1928 年

弗朗索瓦·维庸

天文学家可以预测一颗彗星经过漫长的时间之后重返的准确日期。对那些熟悉弗朗索瓦·维庸的人来说，魏尔伦的出现标志着同一种天文学奇迹。这两个声音的感应惊人地相似。然而，除了音质和生平外，还有一种几乎是相同的使命把两位诗人与他们各自的时代联系起来。两位诗人都命中注定要出现在一个人工诗歌、温室诗歌的时代；因此，就像魏尔伦摧毁了象征主义的温室花，维庸拒绝主流修辞派的号召，该派也许可恰当地称为十五世纪的象征主义。著名的《玫瑰传奇》第一次竖起一道穿不透的墙，这首诗创造的寓言赖以生活和呼吸所需的温室气氛继续在墙内加厚。"爱情""危险""敌意""背信弃义"并不是僵死的抽象概念。它们并不缺乏具体性。中世纪诗歌在一定程度上赋予这些幽灵以魂魄，并温柔地看护着维持它们脆弱的存在所需的那种人工气氛。这些特殊人物居住的花园，被一道高墙围绕着。《玫瑰传奇》开头讲述的那位恋人，则绕着围墙久久徘徊，徒劳地寻找它那看不见的入口。

在十五世纪，诗歌与生活是两种独立、敌意的力量。很难相信阿兰·夏蒂埃真的会因为他对那位"残酷的美妇人"的看法太苛刻而引起众怒，继而被检控和忍受每日的审讯——经过一次详尽展示中世纪法律程序的精彩审讯之后，那位"残酷的美妇人"被处以极刑，投进"泪井"溺死。①在十五世纪，诗歌是自治的：它在当代文化中占据国中之国的地位。我们也许会想起查理六世的"爱情宫廷"：有超过七百个官位，供人们担当各种职务，上至高贵的领主，下至小资产阶级和最低层的神职人员。该制度清一色的文学特征，解释了它藐视阶级差别的原因。文学催眠力是如此强大，以致性质相近的社团的成员戴上绿冠——情人的象征——在街上狂欢作乐，希望把文学梦延伸到现实生活中。

弗朗索瓦·德·蒙科比耶（或弗朗索瓦·德·洛热）1431年生于英国统治时期的巴黎。围绕着他的摇篮的穷苦，反映了当时国家的贫困，尤其是首都的贫困。我们也许会期待那个年代的文学会充满爱国主义炽热的感情，以及对国家尊严受损进行复仇的强烈愿望。然而，无论是在维庸还是其同代人的作品中，我们都找不到这种感情的表达。被外国人占领，法国显示她是一个真正的女人。像一个被禁锢的女人，法国主要注意她的文化梳妆和服饰打扮的细枝末节，带着好奇看待她的征服者。上流社会也追随其诗人，继续情不自禁地被他们的梦带走，进入"爱情花园"和"愉悦花园"的第四度空间；对大多数平民百姓而言，则是晚上闪耀的酒馆灯光；而在假日，会有滑稽剧和神秘剧的演出。

这个消极、女性的年代，给维庸的性格和命运留下深刻的印记。终其放纵的一生，他都持着这样一个不妥协的信念，认为总得有人照

---

① 《残酷的美妇人》是夏蒂埃的作品，刚才这段描述都是诗中的情节：叙述者（夏蒂埃）因被指控对美妇人太苛责而引发公愤，并被审讯，后来美妇人在那次"精彩审讯"中招供，并被处以极刑。

顾他，管理他的事务，在他遇到困难时救助他。即使作为成年人，被奥尔良主教弃置在卢瓦尔河畔默恩的地牢，他也哀求朋友："你们不会把他，可怜的维庸，留在这里吧？"弗朗索瓦·德·蒙科比耶的公共生活是在他被纪尧姆·德·维庸接手照管的时候开始的，后者是圣伯努瓦贝斯托内修道院教堂德高望重的修士。诗人自己宣称老修士"不只是母亲"。1449年，他获得中学毕业文凭，1452年获得法国公立中学毕业文凭和硕士学位。

> 但在我疯狂的青年时代
> 要是我懂得使用头脑
> 确实学会了如何做人，
> 我就会有房子和舒适的床。
> 但我却像一个捣蛋的男孩
> 逃离学校。我作
> 这几行诗，刚说完
> 就感到心几乎要碎。

虽然听起来有点奇怪，但弗朗索瓦·维庸老师曾经有过几个学生，他竭尽所能把学业智慧传授给他们。但在对自己进行诚实的评估时，他知道他无资格当老师，因此他在他的歌谣里把自己称为"可怜的青年学者"。此外，对维庸而言学习是特别困难的，因为他的学校岁月（1451—1453）刚好碰上学生捣乱时期。在中世纪，人们喜欢把自己称作某某城市、教会或大学的孩子……但只有"大学的孩子"懂得恶作剧之道。这些恶作剧包括组织一次英雄式的搜寻，搜寻巴黎市场最著名的招牌，之后"壮鹿"便要为"山羊"和"熊"主持婚礼。"鹦鹉"则会被当作礼物送给新婚夫妇。在另一个场合，一次学生们从布吕耶尔小姐的庄园偷来一块边界石，然后用手推车把它运到圣热内维耶沃山，并把它戏称为"泥地"。在边界石被当局移交原主之后他们再次把它抢回来，用铁箍把它箍牢。他们还在这块圆形边界石上叠上另一块长方形的边界石"魔鬼的屁"——然后彻夜狂欢，在边界石前鞠躬，在它们上面缀满鲜花，随着长笛和铃鼓的音乐围绕它们跳舞。圣热内维耶沃区因被偷了铁钩而怒气冲天的屠夫们和那位受侮辱的女士向警方投诉。巴黎市长向学生们宣战。两方[①]权限发生冲突。但这些勇敢的"士兵"最后被迫投降，手持燃烧的蜡烛，请求校长宽恕。维庸无疑是这些活动的中心人物，他为后代写了《魔鬼的屁传奇》记述这些活动，可惜失传了。

维庸是巴黎人。他爱这座城市及其优哉游哉的生活。他对大自然缺乏任何柔情，甚至嘲笑大自然。十五世纪的巴黎已经像一个大海，你可以游泳而永不会感到沉闷，对世界别的地方浑然不觉。但在悠闲生活的无数礁石中，又是多么容易就搁浅！维庸变成杀人犯。他的命运的被动是触目惊心的。仿佛他的命运正等待被机遇施肥料，不管这机遇是善是恶。在6月5日发生的一次荒诞的街头打斗中，维庸用一块沉重的石头砸死谢尔莫耶神父。他被判处绞刑后上诉，并得到宽仁的赦免。他开始自我放逐。他居无定所的生活终于粉碎了他的道德，导致他加入一个叫作"剑格"的犯罪团伙。他刚回巴黎，就参与一起大劫案，打劫纳瓦拉学院，然后立即逃往昂热，宣称这是因为一次痛苦的恋情。事实上，这使他有时间为打劫他富裕的叔叔作准备。在因巴黎劫案而躲藏时，维庸出版了《小遗嘱集》。接着是多年居无定所的游荡，其间曾在一些封建宫廷和监狱待过。1461年，维庸获路易十一世特赦，经历一次深刻的创作激动，思想和感情出现非凡的清晰

[①] 指教育、教会当局与政府、警方当局。

度，写了他为世世代代留下的纪念碑《大遗嘱集》。1463年11月，弗朗索瓦·维庸在圣雅克路看别人打架时被杀死。至此，我们有关他的生平的资料结束了，他黑暗的传记猝然告终。

十五世纪对个人是极端严厉的。它把很多可敬和清醒的人变成约伯，在他们发臭的地牢的深处发牢骚，指责上帝不公平。当时发展出一种特殊的监狱诗体裁，甚至为典雅的罗曼语的灵魂所知晓，而就罗曼语记录的这些诗而言，可谓弥漫着《圣经》式的酸楚和艰难。然而，维庸的声音在那些囚犯的合唱中是明显清晰可辨的。他的造反更像法律行动而不像叛乱。他做到了在一个人身上同时兼备原告和被告。维庸对自己的态度从未超过一般的亲密范围。他表达的对自己的温柔、注意或关切，与一个好律师对待其当事人差不多。自怜是一种寄生虫式的情绪，腐蚀灵魂也腐蚀有机体。但是维庸给予本人的冰冷的法律同情，是他的灵感来源，并确认他毫不动摇地坚信他的"个案"的合理性。他的世界没有道德可言；他完全生活在一个法律世界，成为一个极端"非道德"的人，一个罗马的真正继承人。他无法分辨那法律范围和准则以外的任何态度。

抒情诗人在本质上是雌雄同体的，有能力以其内心对话的名义进行无限的裂变。把这种"抒情诗雌雄同体主义"发挥得最淋漓尽致的，莫过于维庸的作品。这是何等多样地选择的二重唱：不平者与安慰者，母亲与孩子，审判者与被审判者，业主与乞丐……

财产终生引诱维庸，如同歌声美妙的塞壬，并把他变成盗贼……以及诗人。一个可怜的流浪汉，他仅凭他那尖锐的反讽的帮助，就为自己获得难以获得的。

现代法国象征主义者爱上事物，如同业主。也许，真正的"事物的灵魂"无非就是在一代又一代的实验室中引发和高贵化的业权感情。维庸极其清楚主体与客体之间的深渊，但他把它理解成拥有权的不可能。月亮和其他此类中立的"客体"完全被他的诗学用语所排斥。另一方面，一旦话题集中于烤鸭或永恒的极乐这些他从未完全失去获得的希望的客体，他立即就生龙活虎。

维庸透过锁眼窥视，描绘了一幅佛兰德斯风格的迷人室内画。

维庸对社会渣滓的同情，对一切可疑和犯罪的事情的同情，绝非魔鬼信仰。他如此迅速和亲密地与之交朋友的黑道人物，触动了他的女性气质，这种气质有着容易激动的性情，有着强烈的生活节奏感，而这些方面是他在其他社会阶层难以得到满足的。我们只需细听维庸在《胖玛戈特之歌》一诗中对显然是他很熟悉的靠妓女养活的人的描写："客人来了，我抓起罐子/喝点酒就跑开了。"无论是了无生气的封建主义还是被佛兰德斯的庄严和雄伟所吸引的新兴资产阶级，都不能通过某种奇迹般的敛聚与集中而在这个巴黎神职人员身上打造一个如此充满活力和重要的天才。干枯而黝黑，无眉，瘦小如鬼怪，那个头，就连他本人也承认活像一颗带壳的、烤过的干果。在他那半女性的校服下藏一把剑，维庸生活在巴黎，如同踏车上的松鼠，一刻也得不到安宁。他爱自己身上那只纤细而狡猾的小动物，对自己起皱的兽皮无比自豪。在逃过了绞刑架之后，他写信给他的检察官："难道这不是真的吗，格拉涅尔，我上诉确实蛮出色的。可没有多少动物能够这样解救自己。"如果维庸有机会表达自己的诗学信条，他无疑会像魏尔伦那样宣称："运动第一！"[①]

一个充满活力的预知者，维庸在自己可能要被处死的前夕曾梦见自己上绞刑架。但奇怪的是，他竟能在《绞刑架上之歌》中把难以置信的残暴与节奏错落有致的灵感结合起来，描写风任意地把被处死者的尸体荡来荡去、荡来荡去……他还赋予死亡一种充满活力的特质，

---

① 魏尔伦原话是"音乐第一"。

而且在这里还能够展示他对节奏和运动的爱……我想，维庸不是被魔性所迷，而是被犯罪生活的活力所迷。难道道德与灵魂那充满活力的发展之间不可能存在某种反比吗？不管怎样，维庸的《小遗嘱集》和《大遗嘱集》都是无可救药地非道德的；它们是对法国诗歌闻所未闻的壮丽节奏的庆祝。这个可怜的流浪汉两次写自己的遗嘱，左右摊分他想象中的财产，像一个诗人颇具反讽意味地申明他对他想得到的所有事物的掌控。尽管维庸的精神经验充满原创性，但是即使这些精神经验不具备深刻性，他的人际关系，他那盘根错节的交游、联系和算计，也仍然构成非同寻常的复杂性。这个人一心要与来自社会阶梯每一级的三教九流人物建立重要、根本性的关系，从小偷到主教，从吧女到王子。他以何等的乐趣讲述他们最珍贵的秘密！何等准确，何等详尽！维庸的《遗嘱集》迷住读者之处，恰恰是它们所传达的大量准确信息。读者可以想象自己利用这些资料，还可以体验诗人的同代人的生活。因此，飞逝的瞬间可以经受数世纪的压力，完好无损地保存着，永远维持同一个"此时此刻"。你只需懂得如何从时间的土壤提取这"此时此刻"而不要伤害其根茎就行了，否则它会枯萎而死。维庸知道如何提取它。曾干扰他写《小遗嘱集》的索邦神学院的钟声，至今依然鸣响着。

像行吟诗人王子们，维庸"以自己的语言歌唱"：有一次，在他还是一个学生的时候，他曾听人说过亚西比德[①]；后来，这陌生人阿西彼德便加入《昔日佳人之歌》的大行列。

中世纪紧紧抓住自己的孩子，没有主动把他们交给文艺复兴。中世纪的血液流淌在维庸的血管里。他的诚实、他的性情、他的精神价值的来源，都是拜中世纪所赐。哥特式生理学（别小看中世纪，它恰

[①] 亚西比德是古希腊雅典政客和将领。

恰是生理学上辉煌的时代）取代了维庸的世界观，并因为他缺乏与过去的传统纽带而慷慨地奖赏他。此外，它确保他将来有一个光荣的地位，因为十九世纪法国诗歌的力量，也源自同一个哥特式民族聚宝箱。人们会问：《遗嘱集》中壮丽的节奏（时而是变戏法似的快速移动，恍若杯子接球游戏，时而是缓慢的渐强，恍若坎蒂莱那乐段）与哥特建筑精湛的技艺有何共同之处？但哥特建筑不正是活力的胜利吗？或者有人会问另一个问题：哪个更流动，哪个更流畅？哥特式大教堂还是海潮？如果不是建筑学，还有什么能够解释维庸通过圣母玛利亚——"神性的居所"——和天堂九军团而把他的灵魂交付给三位一体时，其诗节达致的神奇平衡。这绝非乘坐神仙的蜡翅的虚弱飞行，而是有建筑学基础的升天，呼应哥特式教堂的楼层。第一个在建筑中宣告积体的充满活力的平衡或第一个建造有穿棱拱门的人，都出色地表达了封建主义的心理学精髓。在中世纪，一个男人认为，他是他世界的大厦不可或缺的，又是与他的世界紧紧相连的，如同一座哥特式建筑物的一块石，怀着尊严承受邻居的压力，并把参与共同力量的运作视为一种不可避免的利害关系。服务不仅意味着为共同利益而行动。在中世纪，一个男人下意识地把他自己的存在这一简单事实视为服务，视为某种英雄式行为。维庸，中世纪最后出生的孩子，封建性格的体现者，证明他不接受其伦理方面、不接受其共同保障！哥特式稳定性和道德对他来说是完全陌生的。另一方面，他被它的活力深深吸引，遂把哥特风格推升至非道德主义的高度。维庸两次收到法国国王的赦免书，一次来自查理七世，一次来自路易十一世。他坚信他也将收到来自上帝的赦免书，宽恕他所有的罪过。也许，他是按他这种不动感情而理性的神秘主义，而把封建司法权限的梯子伸展至永生，也许，在他灵魂的某个地方，潜伏着一个不驯但深刻地封建意义上的上帝们的上帝……

"我多么清楚自己不是某个戴着星星或银河系的冠冕的天使的儿子。"他在谈到自己,谈到那个只要有一顿好餐便什么也敢干的巴黎穷学生时说。

如此免责声明何尝不是积极的信念。

1913 年

《弗朗索瓦·维庸》补编[①]

就其性质而言,法语诗歌与其他诗歌不同,它使自己适应韵律上最精致的细微差别。很难谈论法语诗歌里的抑扬格或扬抑格,如同把它分成音步是徒劳的。事实上,法语诗歌每一行都有自己的独立生命,这是因为法语诗学的基本原则是长度和重音都是可变因素。

如果我们说维庸的《遗嘱集》的魅力是其难以预料的过渡,是其情绪的变换,如同浪潮互相冲洗,那么我们也必须说它们的韵律多样性也是如此。维庸的《遗嘱集》是真正的韵律万花筒。他选择八行诗节似乎只是为了把它砸成碎片。在阅读维庸的时候,很难相信我们是在跟一种严格的八音节的八行诗打交道。那韵律总是严格地对应内容。在他的作品的最轻浮部分,他变戏法似的玩弄词语,既干练又漫不经心,像一个真正的变戏法者,甚至诉诸跨行:

Beaux enfants, vous perdrez la plus

---

① 本片断是从曼德尔施塔姆的笔记本中的内容整理而成的。

Belle rose de vo chapeau.

（美丽的小孩，你们失去了你们帽子上最美丽的玫瑰。）

第二辑

阿克梅派的早晨

1

鉴于艺术作品总是与巨大的情感刺激联系在一起，因此需要在讨论艺术时展示最大的克制。一部艺术作品只有在艺术家阐明他的世界观时才会吸引大多数人。然而，艺术家把他的世界观视为一件工具和一件仪器，如同石匠手中的锤子，而他唯一的现实是艺术作品本身。

存在是艺术家最大的骄傲。他不欲求存在之外的乐园，而当人们跟他讲现实的时候，他只是苦笑，因为他知道还有更无限地令人信服的艺术的现实。一位数学家的奇观，也即他似乎想也没想，就能得出某个十位数的平方，不能不使我们充满了一定程度的惊异。但是我们却往往看不到诗人把一个现象提高至其十次方，而一部艺术作品不显眼的外观则常常欺骗我们，使我们看不到其中包含着可怕地浓缩的现实。在诗歌中，这个现实就是词语本身。例如，此时此刻，在尽可能精确地表达但又肯定不是以诗学风格表达我的思想的时候，我基本上是在用我的意识说话，而不是用词语。聋哑人能够完全地明白彼此，铁路信号无须依靠任何词语而执行非常复杂的功能。如果我们把意义视为内容，那么词语中的一切就必须被视为一种简单而机械的附属物，只会妨碍思想的快速传递。"词本身"的诞生是非常缓慢的。逐渐地，一个接一个，词的所有元素被吸引到形式这一概念里。迄今，有意识的意义，也即逻各斯，依然被错误和武断地当成内容。逻各斯从这个不必要的荣誉中一无所得。逻各斯无非是要求得到与词的其他元素同等的对待。未来主义者不能把有意识的意义当成创作材料来处理，便轻浮地把它抛弃，并在本质上重复他们先辈的低级错误。

对阿克梅派来说，词的有意识的意义，逻各斯，是一个非凡的形式，如同音乐之于象征派。

而如果对未来主义者来说词本身依然是跪在地上爬行的话，那么在阿克梅派那里词已经首次获得一个有尊严的直立地位，进入其存在的石器时代。

2

阿克梅派的锋刃既不是颓废派的匕首也不是颓废派的螫刺。阿克梅派是为这样一些人而存在的，他们在建筑精神的鼓舞下，不是像懦夫那样放弃自己的重力，而是欣喜地接受它，以便唤醒和开发那些在建筑学上沉睡于内部的力量。建筑师说：我建筑，故我正确。对我们来说，意识到我们的正确性，比诗歌中任何别的东西都要珍贵，并且我们拒绝未来主义者的游戏，对他们来说最大的乐趣莫过于用钩针尖逮住一个困难的词，而我们把哥特式因素引入词与词的关系中，如同塞巴斯蒂安·巴赫在音乐中建立该因素。

哪个疯子会同意建筑呢，如果他不相信他的材料的现实性，也即他深知他必须克服它的抗拒？一块鹅卵石在建筑师的手中被转化为实质，但如果一个人不聆听凿子凿开岩石的声音里的形而上学证据，他就不是天生的建筑师。弗拉基米尔·索洛维约夫在灰色的芬兰巨砾面前体验到一种奇特的先知式恐怖。花岗岩体那哑默的滔滔雄辩像巫术一样使他目瞪口呆。但是丘特切夫的石头却是词，它"从山上滚下，躺在山谷里，自己松动，或被一只有知觉的手松动"。物质的声音在这意外的掉落中听上去就像发音清晰的讲话。只有建筑学才能回应这种挑战。阿克梅派的作者们恭敬地举起这块神秘的丘特切夫石头，将它作为他们自己的建筑的基石。

仿佛那石头渴望另一种存在。它揭示隐藏于它自身内部的动力学潜能，仿佛它正在祈求获准进入"穹棱拱"，以便参与其同胞们欢欣的合作行动。

3

象征主义者是一个可怜的居家者；他们喜欢旅行，然而他们感到不舒服，在他们自身有机体的牢笼里或在康德借助其范畴建构的宇宙牢笼里感到不自在。

在三维空间面前怀着真正的虔诚，是成功的建筑的首要条件：既不是把世界视为负担也不是把它视为不幸的意外，而是视为天赐的宫殿。确实，对这样一个客人，你有什么好说的呢，他靠主人活着，利用他的热情款待，却又总是在灵魂深处鄙视他，只想着如何欺骗他。只有以"三维空间"的名义，建筑才变得有可能，因为三维空间是一切建筑的条件。这就是为什么建筑师必须是一个良好的居家者，而象征主义者是可怜的建筑师。建筑意味着征服空虚，催眠空间。哥特式塔楼精致的箭是狂怒的，因为它的功能是猛刺天空，是指责天空的空虚。

4

我们感知一个人的独特之处，那使他有个性的东西，并且我们把它纳入那更重要的关于有机体的概念中。阿克梅派的作者与在生理学上辉煌的中世纪有一个共同点，就是热爱有机体和组织。十九世纪在追求精致的过程中失去了真正复杂的秘密。那在十三世纪的时候看上去像是有机体的逻辑发展的东西——哥特式大教堂——如今具有某种怪物似的美学效果：巴黎圣母院是生理学的胜利，是生理学的酒神式狂欢。我们不想以一次穿过"象征的森林"的漫步来分散注意力，因为我们有一座更茂密、更处女的森林——神圣的生理学，我们自己的黑暗有机体的无限复杂性。

中世纪在以它自己的方式定义人的特殊重力的时候，意识到并认识到它存在于每一个个体中，不管他有什么功过。师傅这个头衔随时奉上，毫不犹豫。最谦卑的手艺人，最低下的神职人员都拥有一个秘密，也即深深体会到他自己的真正价值，深深体会到那个时代非常典型的虔敬的尊严。是的，当抽象的生命，那完全未加雕饰的个人存在，被当作英勇成就来珍惜的时候，欧洲已穿过精美的镂雕文化的迷宫。因此才有了那种联合所有人的贵族式亲密性，而它在精神上与法国大革命的"平等和博爱"是如此迥异。没有平等，没有竞争，只有大家阴谋对抗空虚和非存在的共犯关系。

爱事物的存在胜于爱事物本身，爱你自己的存在胜于爱你自己：这就是阿克梅派的最高戒条。

5

A＝A：这是诗歌何等壮观的主题！象征主义憔悴了，渴望同一律。阿克梅派把它当成口号并把它提出来，而不是提出那模棱两可的"从真实到更真实"。

有能力惊异是诗人最大的美德。然而我们怎能面对同一律这一所有诗歌定律中最富有成果的定律而不惊异呢？在同一律面前体验过敬畏和惊异的人就是真正的诗人。因此，在承认了同一律的主权之后，诗歌绝对和无条件地获得了终生拥有一切存在的事物的领主地位。逻辑是不可预料之物的王国。有逻辑地思考就是永远处于惊异中。我们已经爱上了证据的音乐。逻辑联系对我们来说不是某首关于一只雀鸟的流行歌，而是一首合唱交响曲，它是如此困难和如此充满灵感，以至指挥家必须倾注他全部的精力，去保持他对表演者们的控制。

巴赫的音乐多么令人信服！这是何等的证据的力量！艺术家必须无穷尽地一而再地证明。不愧于自己的使命的艺术家不能仅仅一厢情愿地接受一切，那太容易、太枯燥了……我们不能飞，我们只能攀登我们亲手建筑的那些高塔。

6

中世纪非常贴近我们，是因为中世纪在极不寻常的程度上拥有边界感和隔离感。中世纪从不混淆不同水平，并以最大的克制对待彼岸。一种理性与神秘主义的高贵混合，以及一种对作为活生生的平衡的世界所怀的感情，使我们亲近这个时代，鼓舞我们从1200年前后的传奇故事土地上产生的作品中吸取力量。我们将以如此一种方式证明我们的正确性,以致在回答我们的时候,从第一个到最后一个希腊字母的整条因果链都将震颤。而我们将学会"更轻松和更自由地戴起存在的活动枷锁"。

1913 年

普希金与斯克里亚宾[①]

普希金和斯克里亚宾是同一个太阳的两种变形，是同一颗心的两种变形。一个艺术家的死亡，两次把俄罗斯人民联合起来，点亮他们头上的太阳。他们为一种集体性的俄罗斯死亡树立榜样，他们的死亡是一种完满的死亡，如同有些人的生命是完满的生命，因为在死亡中他们的个性扩展至民族象征的维度，死者的太阳心依然永远悬挂在苦难和光荣的天顶。

我希望把斯克里亚宾之死当成他创作活动的最高行为来谈论。在我看来，一个艺术家的死亡似乎不应该被排除在他的创作成就之链以外，而是应该把它视为他的创作成就之链的最后一环。从这个完全是基督教的观点来看，斯克里亚宾之死令我们震惊：不仅艺术家死后形象在大众眼中的快速增长这一点令人瞩目，而且在一定程度上成为他的作品的源头，成为他的作品的目的因。如果我们把死亡的裹尸布从这个创作生命的周围移走，这个生命就会自由地从它的因流出来，从死亡流出来，它将会围绕死亡如同围绕自己的太阳，吞噬自己的光。

[①] 本文为选摘片断。

普希金在夜里被埋葬。他是被秘密埋葬的。大理石筑成的圣伊萨克大教堂，那座辉煌的石棺，从未接纳诗人那充满太阳的身体。那太阳在夜里被放入棺材，那把诗人遗体运往葬礼现场的雪橇的滑板在一月冻僵的地面上刮擦。

我回想普希金这个葬礼画面，是为了唤起你对夜里的太阳这个意象的记忆，它是欧里庇得斯最后一部希腊悲剧的意象——命运多舛的菲德拉的幻象。

在净化和风暴的决定性时刻，我们把斯克里亚宾高高地举到我们头顶上，他的太阳心在我们上空燃烧，但是啊——他的太阳不是救赎的太阳而是负罪的太阳[1]。在世界大战的时候，菲德拉—俄罗斯宣称斯克里亚宾是她的象征……

……时间可以倒流：纵观近期历史的整个过程，这历史带着可怕的力量，已经背离基督教而转向佛教和神智学……[2]

不存在统一！"有很多世界，它们全都被安排在各自的轨道里，一个神统治另一个神。"这是什么？谵妄还是基督教的终结？

不存在个性！你那个"我"是一种短暂的状态，你有很多灵魂和很多生命！这是什么？谵妄还是基督教的终结？

不存在时间！基督教历法岌岌可危，对我们这个纪元的年份的脆弱计算已被丧失[3]——时间倒流，带着咆哮的飞溅，如同被堤坝拦起的山中瀑布之水——而新的俄耳甫斯把他的里拉琴扔进了沸腾的泡沫里：再也没有艺术了……

---

[1] 指斯克里亚宾不是基督教的上帝恩典和救赎的象征，而是基督教前的希腊的悲剧的象征，他表达的是激情而不是救赎。

[2] 曼德尔施塔姆夫人在回忆中说：即曼德尔施塔姆重要的一段话是他认为我们这个时代的主要罪孽，我们所有人都必须为此付出代价的罪孽，是整个现代历史"已经背离基督教而转向佛教和神智学"。

[3] 参见曼德尔施塔姆诗《马蹄铁的发现者》表达的相似看法。

斯克里亚宾是继普希金之后俄罗斯希腊精神的下一个阶段，是俄罗斯精神的希腊化本质的可能性的最极端显现。斯克里亚宾对俄罗斯和基督教的伟大价值源自他是一个**疯狂的古希腊人**。斯克里亚宾提供了一个连接，把古希腊与那些在棺材里焚烧自己的俄罗斯教派成员联系起来。无论如何，他远比西方神智学者更贴近他们。斯克里亚宾的千禧年主义表达了一种俄罗斯人对拯救的纯粹激情；他在表达这种激情时的疯狂，则是他从古代世界继承下来的遗产。

…………

基督教艺术永远建立在救赎这个伟大理念的基础上。这是一种"效仿基督"，它以无限多样的方式显现出来，它是一种永恒的回归，重返那个开启我们历史纪元的独一创造活动。基督教艺术是自由的。它是最充分意义上的"为艺术而艺术"。没有任何类型的必然性，哪怕是最高的类型的必然性，能够暗淡其明亮的内在自由，因为它的原型，也即它所效仿的对象，是基督所救赎的世界。因此，基督教的美学的拱顶石，不是艺术中的牺牲或救赎，而是对基督的自由而欢乐的效仿。艺术不可能是牺牲，因为牺牲已经完成了；艺术不可能是救赎，因为世界，连同艺术家，都已经被救赎了。剩下的是什么？与上帝的欢乐的交融，如同父亲与孩子们玩游戏，如同精神上的捉迷藏！基督教艺术中的救赎的神圣错觉，被这个游戏很准确地解释了。在游戏中，神性与我们游戏，允许我们在神秘的途径中漫游，以便我们在体验了净化也即艺术中的救赎之后，也许可以自己偶然遇到某种程度的得救。基督教艺术家就像救赎理念的自由人，既不是救赎的奴隶也不是救赎的布道者。我们整个两千年的文化，拜基督教神奇的仁慈所赐，是**世界被释放到自由中**，而这一切都是为了游戏，为了精神欢乐，为了自由地"效仿基督"。

基督教采取了一种与艺术的彻底自由的关系，而这是之前和之后任何人类宗教都难以做到的。

基督教在养育艺术，在把其肉身献给艺术，在把极真的救赎事实当作不可动摇的形而上学基础提供给艺术的时候，并没有要求任何回报。因此内在贫困的危险性没有对基督教文化构成任何威胁。它是耗不尽的，无限的，因为它在战胜时间的过程中一再把恩典浓缩成壮丽的云彩，继而降下培育生命的倾盆大雨。没有任何方式可以充分地强调这个事实，也即欧洲文化那永恒的、持久的新鲜性是基督教在艺术方面的仁慈赐予的。

对基督教动力学的研究——对艺术中的精神活动作为救赎这一基本事实的不受约束的自我肯定的研究——尚未开始，尤其是在音乐领域。

在古代世界，音乐被认为是一种毁灭性的元素。古希腊人害怕长笛和弗里吉亚调式，因为他们相信音乐是危险和具有诱惑力的，而泰尔潘德罗斯[①]必须克服巨大的困难去取得他的三角竖琴的每一根新弦。对音乐的不信任，把音乐视某种黑暗和可疑的元素，达到如此程度，以致国家把音乐置于自己的监督之下，把音乐变成一种国家垄断。音乐和声成为文明秩序的同义词，它变成同时是维持政治秩序、维持市民和谐的手段和榜样。然而，哪怕是在这种模式中，古希腊人也依然不允许音乐有任何独立性：文字对他们来说起到了必要的解毒剂的作用，文字是忠实的守卫，是音乐的永久伴侣。古希腊人不知道何为纯音乐，它完全属于基督教。基督教音乐的山中湖泊是在经历了古希腊被变成欧洲这一深刻转化之后才变得平静的。

---

① 泰尔潘德罗斯是约公元前七世纪古希腊"琴歌"诗人。

基督教不害怕音乐。基督教世界在谈到狄俄尼索斯的时候是带着微笑的："没问题，试试吧，命令你的迈那得斯①把我撕成碎片：我是整体，我是个体，我是难以分割的统一体！"这种对既完整又无损的个性的最后胜利的信心在音乐中是如此强大，以至我愿意说，对个人得救的信心是作为一种弦外之音进入基督教音乐的，用西奈山的光荣的白色大理石来衬托贝多芬的响亮。

声音是个性。钢琴是塞壬。斯克里亚宾与声音的决裂，他对钢琴艺术的塞壬的激情，标志着基督教个性意识的丧失，音乐的"我是"的丧失。普罗米修斯那奇异地哑默的无字的合唱则继续着，成为那同一个充满诱惑力的塞壬。

贝多芬的天主教欢乐，第九交响曲的合成，那"白色光荣的胜利"，对斯克里亚宾来说是难以获得的。在这个意义上，斯克里亚宾与基督教音乐分道扬镳，走他自己的路……

…………

希腊悲剧的精神在音乐中苏醒。音乐完成它的圆圈，回到它原来的出发点：菲德拉再次向她的保姆呼唤，安提戈涅再次要求适当埋葬和祭奠她至爱的兄弟的尸体。

音乐发生了某种事情，某种风俯冲而下，折断了单调而嘹亮的"音乐芦苇"。我们再次要求一种合唱，因为"思想的芦苇"使我们感到沉闷……我们与音乐已经游戏了很长、很长时间，从未怀疑过它固有的危险；虽然（也许是出于沉闷）我们发明了一个神话来美化它的存在，但音乐给我们留下一个新神话——不是发明的，而是诞生

---

① 迈那得斯，意为狂女，酒神狄俄尼索斯的女追随者。

的，诞生于大海和天空，诞生于皇家血统，成为古代神话的合法继承人——长期被遗忘的基督教的神话。

....

……老狄俄尼索斯的葡萄园：我想象一双闭上的眼睛和一个细小但得意洋洋的头，向上微翘。这是记忆的缪斯——步履轻快的谟涅摩辛涅，那位舞者圈里的年长者。遗忘的面具从她那纤弱的脸上滑落，她的面貌显现出来；记忆胜利了，哪怕是付出了死亡的代价！死去即记忆，记忆即死去……要不惜一切代价地记忆！哪怕付出死亡的代价也要战胜遗忘：这就是斯克里亚宾的座右铭，这就是他的艺术的英雄主义志向！正是在这个意义上我说斯克里亚宾之死是他的创作活动的最高行为，因为它以一道令人目眩和意料不到的光照亮他。

....

……结束了——战争已进入高峰。任何觉得自己是古希腊人的人，现在必须保持警惕，如同两千年前那样。你不可能像油漆一座房子那样把世界希腊化。基督教世界是一个有机体，一个活体。我们的世界的组织结构通过死亡而获得更新。我们必须与我们新生命的野蛮主义作斗争，因为在茁壮成长的新生命中，死亡并没有被击败！只要世界存在死亡，希腊精神将会存在，因为基督教把死亡希腊化了……孕育着死亡的希腊精神即是基督教。掉落在古希腊的土壤里的死亡的种子奇迹般地茁壮成长：我们的整个文化就是从这颗种子生长起来的，我们从古希腊土壤接受这颗种子那一刻开始计算我们的历史。罗马贫瘠是因为罗马的土壤是多岩石的，罗马是失去恩典的古希腊。

斯克里亚宾的艺术是与我所称的死亡的希腊化这一基督教的历史任务直接联系在一起的，通过这个任务它获得了深刻的意义。

…………

……有一种音乐，其本身包含着我们存在的原子。如同古希腊所知晓的纯粹的旋律呼应个体的独特感受那样，和声也成为基督教兴起之后对"我"这一概念的复杂意识的主要特征。对尚未发生人类堕落的世界来说，和声就是某种禁果。和声的形而上学本质与基督教的时间观念的关系最密切。和声是结晶化的永恒，和声包含在时间的一个横截面里，在那个只知道基督教的时间的横截面里……神秘主义者竭力拒绝时间中的永恒这一理念，他们认为这个横截面只有义人才能察觉，断言永恒是被炽天使的剑劈开的康德式范畴。斯克里亚宾的音乐的重心就在和声中：和声体系论……

…………

1917 年

论当代诗歌

一部收录二十五位当代诗人作品的年鉴刚刚出版。在这个场合谈论当代诗歌高水平的技术能力，指出现时每一个人都有才干写诗，以及哀叹今天诗歌矫揉造作，今天诗歌已死，都是很合适的。然而，我不打算谈这类事情：为什么批评家们如此喜欢沉溺于每次看到一批诗就哀恸悲悼一番呢？达到"一个高水平"在他们眼中不算什么，但是在他们大肆谴责矫揉造作的同时，他们回避对艺术的复杂性作出分析这个任务（那常常超出他们的能力）。解释一下诗歌中的"进步"到底是什么意思，将是有益的，因为这样一来就可一劳永逸地终止漠不关心的局外人对貌似贫乏的诗歌所作的这些虚伪的抱怨，在他们眼中诗歌仿佛凝固在某种"亚历山大格体的完美"的概念里。根本不存在当代诗歌比过去诗歌"高水平"这回事。今日大多数诗根本就是坏诗，因为大多数诗一向是坏诗。坏诗有它们自己的等级，并且如果你愿意，甚至可以说它们紧追着好诗不断改善自己，它们以自己特有的方式重写或扭曲好诗。现时，人们以新方式写坏诗——这就是唯一的差别！而且，实际上，诗歌怎么会有提高这个意义上的"进步"呢？

多荒谬——艺术中的进步！普希金真的改善杰尔查文了吗，即是说，在一定程度上抹掉他了吗？今日无人能写杰尔查文或莱蒙托夫那种风格的颂诗了，尽管我们取得种种"胜利"。回顾起来，是有可能想象这样一种情况的，即诗歌的进程是一种不间断、不可逆转的失去。失去的秘密多得像创新。所有关于艺术中的进步的扯淡都被这些秘密变得毫无意义：无与伦比的斯特拉迪瓦里小提琴的比例或古代圣像画家使用的颜料配方。

《缪斯们的年鉴》收录了一些极其不同的作者——好诗坏诗聚集一堂。要谈论他们平均达到的成就是不可能的，因为这本诗集中的作者们彼此之间的距离恍如天上的星星。老一辈诗人以瓦列里·勃留索夫和维亚切斯拉夫·伊万诺夫为代表，他们的诗作已经可以引起高贵的哀叹，哀叹再也没人那样写了。伊万诺夫的诗有某种腻烦：我们事先已知道它们包含的一切。显然，这位诗人已获得这样的崇高性，即使他打瞌睡也可以触到三角竖琴，几乎不必用手指去拨弄琴弦。

> 但在我眼里春天可见的脸庞
> 悲伤如遗忘之梦。

瓦列里·勃留索夫天生精力充沛，哪怕在最弱的诗中也是如此。《缪斯们的年鉴》收录勃留索夫两首诗，它们属于他最令人不快的风格，并复苏了那种可怕的文学虚荣心，不过，所幸那种虚荣心已随着产生它的那个时代一同退入过去。在颇为苍白的风景中，突然无礼地神化作诗法：

> 他的视野永恒地织入诗节……

在另一首诗里:

> 戴着辉煌的斗篷的白桦树
> 赶忙低下它们的头,
> 在先知似的东方三圣贤面前。

我们再也不能以"先知似的东方三圣贤"使任何人吃惊了。伪象征主义的俗丽的斗篷已完全褪色,失去其形状,并不无道理地引起年轻诗人们的戏笑。

库兹明的古典主义很迷人。读一位生活在我们中间的古典诗人的诗,体验一种歌德式的"形式"与"内容"的混合,被说服相信灵魂不是用形而上的棉花做的物质而是一个轻松愉快的温和普赛克,是何等的乐事。库兹明的诗不仅容易记忆,而且在一定程度上还容易令人回想(首次阅读后回想的印象),它们仿佛从遗忘(古典主义)浮出表面:

> 无疑,撒拉弗们在天堂
> 对待彼此也如此冷。

然而,库兹明的清晰主义有其危险的一面。他诗歌中尤其是后期诗所唤起的如此壮丽的天气,似乎根本就不存在。

阿赫玛托娃综合了最微妙的心理主义(安年斯基的流派)与歌曲似的和声,这种综合震惊我们的听觉,因为我们都习惯于把歌曲与某种精神上的简单以至精神上的贫乏联系起来。阿赫玛托娃的歌曲的心理设计,都自然如枫叶的脉纹。

而《圣经》里留下一片
用来揭开"雅歌"的红枫叶。

然而,《缪斯们的年鉴》中收录的阿赫玛托娃诗,并没有包含"新"阿赫玛托娃的特点。它们依然是非常尖锐和警句式的,而诗人现在已跨入新阶段。

阿赫玛托娃最近的诗表明一种倾向,倾向于神圣意义、宗教简朴性和庄严性:我愿意说,妻子已取代女人。别忘了:"柔顺,穿戴如乞丐,但带着一位帝王妻子的庄重举止。"在阿赫玛托娃诗中,弃绝的声音比以前任何时候都要强烈,而现时她的诗歌已接近于成为俄罗斯的伟大性的一个重要象征。

1916 年

政府与韵律

在把社会组织起来的时候,在把社会从混乱提升至有机存在的和谐秩序的时候,我们往往会忘记需要组织的首先是个人。社会最大的敌人是无定形的人、无组织的个人。我们整个教育系统,也即我们年轻的政府以人民教育委员会的名义所理解的系统,主要包括对个人的组织。社会教育为个人与社会在集体中的结合铺平了道路。集体尚未存在。它仍有待诞生。集体主义先于集体出现,而如果社会教育不伸出援手,我们将会处于没有集体的集体主义的危险中。

目前,我们看到一些教育家,他们尽管依然柔弱和孤立,却已经向政府提出一个有效的方法,这方法是由多个和谐的世纪遗留给他们的:韵律作为社会教育的工具。在我看来这似乎具有深刻的指导意义,即这些手现在怀着希望伸向政府。他们是在把那正当地属于它的东西归还给它。明白无误的直觉告诉他们,韵律教育必须交给政府来控制。他们服从他们的教育学意识的内在声音,现在已几乎达到他们的目标:现在我们有能力决定到底是帮助他们达到这个目标,还是使他们严重推迟。

政府与表演韵律体操的妇女和儿童有什么共同点呢？而在生命为我们设置的困难路障与这些优美体操中拉紧的丝绳之间存在着什么联系呢？胜利者正在接受训练——这就是联系。有能力跃过编织绳的儿童，将不会害怕社会障碍。他们是在控制他们自己的能量。在一次比赛期间，他们能够调整他们肌肉的紧张，来适应障碍的难度。一个任务的难度也许会过量地增加，但是通过韵律教育养成的习惯却会保持下去。它们是不可消除的。它们将出现于和平时期和战争风暴时期；它们将出现于人类的努力战胜逆境的地方，出现于需要胜利者的地方。

新社会是由团结和韵律形成一体的。团结意味着目标的协调。行动的协调也很重要。行动的协调本身就是韵律。革命之所以胜利是因为它的韵律。韵律降临在它头上就像火焰似的舌头。它必须永远得到保障。团结和韵律是社会活力的质和量。大众拥有团结。集体才有韵律。还有，大众这个概念，这个对社会活力的纯粹量化测量，不是已经过时了吗？它不就是选票计算器这个失乐园的遗迹吗？

历史目睹了两次文艺复兴：第一次文艺复兴是以个人的名义，第二次——以集体的名义。我们时代的人文主义倾向，已在它的文艺复兴特征中显露出来，但是各种人文主义问题降临我们的时代就如同被海面泡沫照亮。它们是同样的理念，只不过它们被一种健康的晒黑所覆盖，浸泡在革命的盐里。

在观察和比较新俄罗斯的教育改革与第一次人文主义文艺复兴的"学校改革"时，我们被一个事实震惊，也即语文学遭受了一次失败。在第一次文艺复兴期间，语文学取得胜利；它成为未来世代的大学教育的基础。这一回语文学问题明确地遭受痛苦——对此谁也不会表示异议。我们可以预计在最近的将来，学校将出现语文学贫困的局面，这在很大程度上是有意识的教育政策的产物，以及我们的改革的不可避免的后果,因为改革是部分地基于这种精神实施的。然而,我们时代的反语文学特征并不会妨碍我们把它视为一个人文主义时代,因为它为我们恢复了人本身:时空中的人,有韵律、有表达力的人。因此,一方面,我们有对语文学的背叛,另一方面,有对雅克-达尔克罗兹①体系和对新哲学的着迷。我们生活在野蛮人的天空下,然而我们依然是古希腊人。尽管如此,人对达尔克罗兹体系的着迷,与审美的理性化没有任何共同点。总的来说,唯美主义与他的体系是格格不入的,仅仅是一种虚饰而已,仅仅是欧洲和美国中产阶级在赫勒劳②发起的一种风尚的结果而已。该体系最大的特点不是唯美主义,而是几何学和严格理性主义的精神:人、空间、时间和运动是该体系的四大基本元素。然而,并不奇怪的是,被社会放逐了整整一个世纪的韵律,在归来时比它在古希腊的实际样子更贫血和更抽象。该体系不只是属于达尔克罗兹。该体系的发现是最了不起的发现之一,堪比火药或蒸汽动力的发现。一种力量一旦被揭示出来,就必然会按自己的方式发展。发现者的名字也许会因为要澄清原则而被遗忘,尽管其信徒不愿意接受这个事实。如果韵律教育在全国范围被接纳,就一定会出现把抽象体系转化为人民的肉体的奇迹。昨日还只是蓝图,明天舞蹈者的服装就会色彩缤纷地闪烁,歌声就会回响。学校先于生命。学校以自己的形象和模样雕塑生命。学年的韵律将取决于落在学校奥

---

① 雅克-达尔克罗兹(1865—1950),瑞士作曲家和教育家,创立"体态律动学"教学法,即通过身体运动来表现音乐韵律,旨在发展集中注意力和快速的身体反应。曼德尔施塔姆在二十世纪二十年代初经常去韵律运动室,据说他,还有勃洛克、库兹明等人甚至参加过由韵律体操学校主办的假面舞会。克拉伦斯·布朗说,曼德尔施塔姆曾于1918年受雇于教育部,并组织过"韵律操研究所"。
② 赫勒劳,德国地名,位于德累斯顿附近,达尔克罗兹于1910年在那里建立第一个研究所,后来迁往日内瓦。

林匹克运动会假日上的重音，韵律将成为这些运动会的发起者和组织者。在这样的假日，我们将看到受过韵律教育的新一代自由地宣布它的意志、它的欢乐和它的悲伤。被共同理念激发活力的和谐的、普遍的、有韵律的行为，对于未来历史的创造将具有无限的意义。直到现在，历史都一直是在巧合和盲目斗争的痛苦中被下意识地创造的。从现在开始，人的不可剥夺的权利将是有意识地创造历史，从假日中诞生的历史将宣告人民的创造意志。在未来的社会中，社会运动会将取代社会矛盾，并将发挥酶的作用，发挥催化剂的作用，以确保文化的有机繁荣。

因此，无论韵律教育对审美发展多么有利，无论缪斯们因为我们在学校课程中加入韵律操而多么感激我们，韵律操也依然不是美学。然而，把它仅仅视为保健或体操就更不准确了。韵律要求一种综合，一种精神和肉体的综合，一种工作与游戏的综合。它产生于融合，也即非分化元素的熔合。此外，除非这些方面再联合起来，除非我们年轻的一元论文化牢固地建立起来，否则不可让韵律与任何一边结盟，不可把它嫁给体育课，或心理学，或劳动。我们的身体、我们的劳动和我们的科学还没准备好毫无保留地接受韵律。我们仍然需要为接受它作好准备。但至少韵律占据了那个中间的、独立的位置，该位置适合于一种刚从拖长的无精打采中苏醒过来但还没有实现其全部可能性的社会力量。

1920 年

人类的小麦

很多、很多麦粒在一个袋子里，不管它们怎样被抖动或散落，它们始终是一模一样的。一定数量的俄国人、法国人或英国人，难以构成一个民族。袋子里的麦粒如同未碾磨的人类的小麦：一种净数量。这净数量，这人类的小麦，渴望被磨成面粉，烤成面包。麦粒在面包中的状态，就像被称为民族的那种全新、非机械性的联合身份状态。然而有那样一些时代，没烤面包，谷仓里充满了人类的麦粒，但没有被磨碎。磨坊主变得衰老和疲惫，而磨坊那宽大的翼板无助地等待运转。

历史的烤炉——烘出很多褐色面包的家用热烤炉——曾经是那么宽广，如今罢工了。人类的小麦到处制造噪声和变得焦躁。小麦不想成为面包，不过是乖戾的业主迫使它们如此，这些业主是谷仓和粮仓的拥有者，他们把自己视为小麦的主人。

对欧洲各民族来说，弥赛亚主义的时代已经明确和不可逆转地终结了。任何弥赛亚主义都大致有如下特征：只有我们才是面包；你们都是不值得碾磨的麦粒——但我们有办法成功使你们也变成面包。然而任何弥赛亚主义从一开始都是不公平和欺骗性的，其用意是要在那些它想吸引的人的意识中引起一种不可能的共鸣。没有任何宣传弥赛亚主义和能言善辩的民族曾经被另一个民族聆听过。大家都在真空中说话，没有注意另一个，谵妄的言语全都一下子从不同的嘴巴里流出。

有一个事实，它促成任何弥赛亚主义的崛起和扩散，并迫使各民族谵妄地狂热谈论，如同不可靠的皮提亚神谕[①]，还把欧洲变成了一座挤满民族理念的皮提亚市集。这个事实就是各民族的政治、经济和基本文化生活的去耦合——政治和民族方案的分层。它是草草规划的，无法使政治和民族边界重合。但是，吉卜赛的人种学营地容不下猛兽。这里，驯化的熊跳舞，鹰被受伤的爪束缚。我们可以把欧洲的政治暴力、欧洲想重塑其边界的不屈不挠的欲望视为一种地理进程的延长，视为一种需要，即需要延长由地理灾难和历史波动构成的时期。这个时期是这片最年轻、最温柔、最历史的大陆所独有的，其骨头依然未熔接，如同儿童的颅骨。但政治生活在本质上就是灾难性的。政治的精神——它的本性——是灾难、无法预期的变化、毁灭。这对于《浮士德》中的资产者来说不是问题；他们坐在长凳上，抽着烟斗，谈论土耳其事件。远方的地震没事，因为不会构成什么危险。对欧洲——就世界观而言是彻底地政治的——来说，如果政治事件的喧嚣是听不见的，那本身就是一个事件："心爱的寂静是国王们/和各个尘世王国的喜悦。"[②]即是说，灾难的简单缺席一直都几乎是肉眼可见的，如同寂静被裹上一层薄薄的气氛。某个政治元素的灾变论基本上会在历史的欧洲的内部深处引发最强大的激流。这激流寻求扼杀

---

① 即特尔斐神谕。
② 出自罗蒙诺索夫诗《1747年伊丽莎白女王登基颂》。

政治生活本身，消灭某个独立和灾难性的政治元素，并与历史灾难作战——无论它在哪里和以哪种方式出现。这激流从如此的深处爆发，以致它的显现类似于一场灾难。然而，它从本质上说并不是灾难。只是因为误解，它看上去才像一场新的政治地震，像一场继一系列历史灾难之后发生的新历史灾难。

从今以后，作为一种自然力的政治便寿终正寝了，它的生命受到三重祝福。很多人仍然讲旧语言，但欧洲不可能再出现像在维也纳和柏林举行的那种政治大会了。没有人会去听演员说什么了，更有甚者，演员自己忘记如何表演了。

因此，作为一种独立的灾难性进程随着一场帝国主义战争而结束的欧洲政治生活的停摆，碰巧遇上了民族理念有机生长的终止，以及遇上了各种民族性的解体——解体成简单的人类颗粒，解体成小麦。现在我们应该倾听这人类的小麦的声音——如今被口齿不清地称为大众的声音——以便理解我们身上正在发生什么事情，理解未来还将发生什么事情。

人类的小麦不会在政治历史的磨坊里被磨成面粉，哪怕用沉重的灾难磨石也不会。如今，一切不是旧式意义上的政治的东西，都受到三重祝福。经济学及其普遍家庭生活有福了；阶级斗争的燧石斧头有福了。一切被纳入对世界经济组织的伟大关注的东西有福了，任何类型的家政和家庭经济有福了，任何一种对普遍性壁炉的关注有福了。伦理意义上的善和经济意义上的货物——即是说，过去一千年来凭辛勤劳动积累下来的家庭器皿、生产工具和共同财产的存量——如今是同一样东西。

一个民族不再以政治冲突进程来定义。政治独立不再创造一个民族。只有在把我们的袋子扔进新磨坊之后，在这种新关注的磨石之下，我们才能得到新面粉——我们作为一国人民的新本质。

昨日的弥赛亚主义的耻辱，仍然在欧洲各民族的脸上灼热地燃烧着。而在经历了所有那些事情之后，我不知道还有什么更灼热的耻辱。[1]只要欧洲不把自己视为一个整体，只要欧洲不把自己视为一种道德身份，当代欧洲的任何民族主义理念就注定是一种非实体。没有一种宽广、母性的欧洲意识，就不可能有小民族。对我们来说，走出民族解体——从袋子里的麦粒情况看——以及走入世界大同，走入国际性的途径，是通过欧洲意识的重生，通过把欧洲主义作为我们伟大的民族性来重建。

"欧洲的感情"——空洞、沮丧，不堪战争和内斗的重负——正在重返其活跃、有效的理念的领域。俄罗斯秘密而狂热地保存着对欧洲的这个感情。它预先点燃这把火，仿佛它担心这把火会熄灭似的。让我们回想赫尔岑——不是他的世界观，而是他在欧洲完全像在家中的那种感觉。他漫游西方就如同主人巡视辽阔的庄园。让我们回想卡拉姆津和丘特切夫与西方世界，与欧洲土地的关系。两人对欧洲土地最强烈的感觉都是它耸立成群山，它保存地理灾难的活记忆。在瑞士，卡拉姆津流下一个俄罗斯旅行者的感伤眼泪。丘特切夫最好的诗都是献给阿尔卑斯山脉的。这位俄罗斯诗人与阿尔卑斯山脉地理暴力的完全独立、彻底精神性的关系，可以用一个事实来说明，即暴力的地理灾难把自己的历史土地耸立成强大的山脉：那支撑罗马和圣彼得大教堂的土地，那产生康德和歌德的土地。因为那里"有某种喜庆的东西吹拂，如同礼拜天的寂静"。因此，丘特切夫的阿尔卑斯山诗篇的灵感是来自欧洲土地的历史感，而对这位诗人来说，欧洲的众多喜马拉

---

[1] 英译者在注释中说，"昨日"和"经历了所有那些事情"可能包括：曼德尔施塔姆在本文中其他地方提到的18—19世纪欧洲民族主义的整个历史；截至写作本文那一年即1922年为止的所谓欧洲的衰落；俄国革命和内战引发的民族身份危机等。

雅山是被双重冠状头饰加冕的。

在如今的欧洲，没有也不应该有任何宏伟——无论是冠状头饰，还是冠冕，还是巨大的冠状头饰这类堂皇的理念。所有这类宏伟都消失到哪里去了——一整块由各种历史理念形式组成的铸金？它重返一种合金的状态，融入黄金的、熔化的岩浆。它没有消失，但如今那摆出伟大姿势的东西，只是一个替代品，一种假冒的纸糊材料。我们必须认真看：如今的欧洲是一个巨型谷仓，堆满了人类的小麦，真正的人类的小麦，而那小麦袋如今比哥特式风格还要雄伟。

但每一颗麦粒都保存着一个古代希腊神话的记忆，细说朱庇特如何变成一头卑微的牛，以便能够用他的宽背驮着他宝贵的负担——温柔的欧罗巴——涉过大地上的水域，沉重地喘息，口里喷出玫瑰色的疲倦泡沫。她用纤弱的双手，抓住他强大的方颈。

1922 年

文学莫斯科

莫斯科—北平：这里是大陆的胜利，中国的精神；这里铁路的沉重轨道线被拼接成一个紧结；这里欧亚大陆庆祝其永恒的命名日。

任何在中国不感到厌倦的人，都是在莫斯科受欢迎的客人。有些人喜欢大海的味道，另一些人——世界的味道。

这里，马车夫在旅馆里喝茶，如同希腊哲学家；这里，一部美国侦探片每夜在一座中等摩天大厦平坦的屋顶放映；这里，在林荫大道上，一个体面的青年没有招引任何人的注意，用口哨吹起一支来自《汤豪舍》的复杂咏叹调，以此赚取每日的面包，而在一张公园长凳上，一位老派艺术家会在半小时里把你的肖像画在一枚学术银章上；这里，卖香烟的少年成群结队出动，如同君士坦丁堡的狗，不怕竞争；雅罗斯拉夫尔的居民售卖油酥糕点，而高加索人则在杂货店凉爽的阴影下休息。这里不是全俄作家联盟成员的人没有一个会参加夏季的文学辩论，而多利泽①至少在精神上到阿祖尔克塔旅行了几个月，而他为此准备了十二年。

---

① 即费·亚·多利泽，一位诗歌朗诵组织者。

当马雅可夫斯基在理工博物馆按字母顺序"清洗"诗人[①]的时候，观众席中有些年轻人在轮到他们自己的时候主动站出来读自己的诗，以减轻马雅可夫斯基的工作量。这种事情只有莫斯科才会发生，因为世界上没有任何地方会有人像什叶派教徒那样随时准备俯卧在地上，让那个声音洪亮的马车从他们身上驰过。

在莫斯科，赫列勃尼科夫可以像一头森林野兽般藏起来以避开人眼，并在完全不受注意的情况下用他那些凄惨的莫斯科留宿处交换一座绿色的诺夫哥罗德坟墓。另一方面，也是在莫斯科，在不起眼的文学选集中最不起眼的一本里，那个伊·亚·阿克肖诺夫在这位已故的拟古主义伟大诗人的墓头放置一个漂亮的分析性批评的花环，用爱因斯坦的相对论来阐释赫列勃尼科夫的拟古主义，并揭示他的创作与俄罗斯十六、十七世纪的古老道德理想之间的联系。与此同时，在彼得堡，开明的《文学导报》几乎无法作出反应，仅以一则枯燥乏味的傲慢新闻来报道这个重大损失。客观地说，如果彼得堡忘记用时间和野蜂蜜的语言说话，那它就是出了什么毛病了。

对莫斯科来说，最悲哀的预兆是玛琳娜·茨维塔耶娃那圣母似的针线活，她对彼得堡女诗人安娜·拉德洛娃那可疑的庄重作出的反应。女人的诗歌是文学莫斯科最糟糕的一面。近期的经验表明，唯一带着新缪斯的权利进入诗人圈的女人，是俄罗斯诗学，她被波捷布尼亚和安德烈·别雷赋予生命，在艾亨鲍姆、日尔蒙斯基和什克洛夫斯基的形式主义学派中逐渐成熟。戏仿的辽阔疆域（就戏仿这个词最严肃和最形式的意义而言）已落到这批诗歌中的女人身上。女性诗歌是伴随着一种对诗学创新和回忆的无意识的戏仿而崛起的。大多数莫斯

[①] 指马雅可夫斯基1922年1月底举办的"清洗当代诗歌"系列活动。

科女诗人都受到隐喻的伤害。有许多伊西斯①，注定要永恒地追求诗歌比喻的下半部分，这下半部分遗失在某处，却必须将其原初的统一体归还给诗歌意象，归还给奥西里斯。

阿达利斯和玛琳娜·茨维塔耶娃是预言家，索菲娅·帕尔诺克也是。她们的预言是某种家庭针线活。一方面，男人的诗歌那高昂的音调和难以忍受的夸张修辞已经退潮，屈从于发声装置的更常规的使用；另一方面，女性诗歌继续在最高音上颤动，冒犯耳朵，冒犯历史的、诗意的感官。玛琳娜·茨维塔耶娃关于俄罗斯的诗歌——伪民粹主义者、伪莫斯科人——是无品味和不具备历史准确性的，远远比不上阿达利斯，后者的声音有时候达到阳刚的力量和真实性②。

在诗歌中，创新和记忆携手而行：记忆也意味着创新，记忆者也是创新者。莫斯科文学品味的极端病态之处，在于它漠视这个双重真理。莫斯科不惜任何代价专职于创新。

诗歌通过嘴巴和鼻子呼吸，通过记忆和创新呼吸。只有托钵僧才会拒绝这些呼吸模式。诗歌那种通过记忆来呼吸的激情，可从人们对莫斯科欢迎霍达谢维奇的抵达所怀的巨大兴趣看出来。感谢老天，霍达谢维奇写诗已经二十五年了，但他发现自己处于一个初出茅庐的青年诗人的位置。

文学莫斯科无穷地从莫斯科未来主义者协会扩散到抒情圈③，仿佛从塔甘卡到普柳希哈。仿佛一端是创新，另一端是记忆：一端是马雅可夫斯基、克鲁乔内赫和阿谢耶夫，另一端由于本地人才完全缺席，

---

① 伊西斯是埃及神话中的女主神，冥王奥西里斯的妻子。
② 曼德尔施塔姆与茨维塔耶娃在1916年曾有过一段情，他还写了三首诗献给她，但他在文章中对茨维塔耶娃的评价是有偏见和不公平的。——英译者注。
③ 抒情圈由一群莫斯科诗人组成，出版以"抒情小组"为名的年鉴。

莫斯科只好求助于从彼得堡来做客的艺术家来定义对立面了。结果，就连抒情圈作为一种莫斯科现象也不值一提。

在纯粹创新的王国到底发生了什么？如果我们漠视微不足道和难以理解的克鲁乔内赫，并且不是因为他是左派的和极端的，而是因为世上确实存在着纯粹的垃圾（尽管克鲁乔内赫对诗歌的态度是充满激情和强度的，而这使他作为一种人格变得有趣），我们发现在纯粹创新的王国里马雅可夫斯基解决了"诗歌为人人，非只为精英"这个重大而根本的问题。当然，诗歌基地的广泛拓宽会牺牲张力、简洁和诗学文化。对世界诗歌的丰富性和复杂性有高度见识的马雅可夫斯基，在建立其"为人人"的诗歌时，必须把一切不可理解的东西，也就是说，一切假设观众甚至没有一丁点儿诗歌教养的东西都送给魔鬼。向一群完全没有诗歌教养的观众朗诵诗歌，是一个吃力不讨好的任务，如同试图坐在有尖刺的围栏上。绝对没有教养的人将绝对无法理解任何东西。否则，从一切文化中解放出来的诗歌将停止成为诗歌，然后将通过人类天性中某个奇怪的特点，变成可被无限量的观众欣赏。然而马雅可夫斯基写诗，并且是写非常有修养的诗：他那精练的拉洋片诗体[1]，其诗节被一种带重音的对偶打断，充满夸张的隐喻，并以一种短而单调的补偿性停顿诗行[2]来维持。因此，马雅可夫斯基想贫化他的诗歌的努力是徒劳的。他有变成女诗人的危险，这种事情实际上

---

[1] 拉洋片诗体：俄语为"raeshnik"或"raeshnyi stikh"，英文版《苏联大百科全书》译为"raek verse"，并说起源于民间拉洋片（移动画片）表演，表演者一边移动画片一边以滑稽的说唱方式作解释。这种诗体曾在普希金的《神父和他的长工巴尔达的故事》和马雅可夫斯基的同代人杰米扬·别德内的诗中运用过。

[2] 补偿性停顿诗行：俄语为"pauznik"，指在应该是三音节诗步的地方，换上一个双音节诗步，于是以相当于一个音节长的停顿来补偿。又称为dol'nik（变体三音节诗格）。

已经局部地发生了。

如果马雅可夫斯基的诗歌表达了一种想达到雅俗共赏的努力的话，那么阿谢耶夫的诗歌就是反映了我们时代的组织性感染力。他的语言那出色、理性的形象描述，给人留下一个某种东西刚刚被调动起来的印象。十八世纪的鼻烟盒诗歌与二十世纪阿谢耶夫的机械化诗歌之间，并无本质上的差别。感伤的理性主义与组织性的理性主义。纯粹理性的、机电系统的、放射性的以及一般来说技术性的诗歌是不可能的，其中一个原因对诗人和机械来说都很容易理解：理性主义的、机械性的诗歌不会像自然、非理性的诗歌那样积累能量和增强能量，而是浪费能量，糟蹋能量。放电等于原有的充电。松开的前提是拧紧。主弹簧无法释放比原先预定的更大的力度。这就是为什么阿谢耶夫的理性主义诗歌不是理性的，而是贫瘠和无性的。一部机器也许可以过上深刻而充满灵感的生活，却不能留种。

今天，诗歌莫斯科的创新狂热已经退潮，专利已经申请了，很长时间里将不会再有新专利。创新和记忆这一双重真理就像面包一样必要。这就是为什么莫斯科连一个诗歌流派也没有，连一个有活力的诗歌圈也没有，因为所有派系都依附分裂的真理的这边或那边。

创新和记忆是启动帕斯捷尔纳克诗歌的两个元素。让我们希望他的诗歌被尽可能快地研究，希望它不会陷入被诸多抒情谬论包围的境地，那正是自勃洛克以来每一个俄罗斯诗人的境地。

大都会城市例如巴黎、莫斯科和伦敦，在文学方面都令人吃惊地圆通。它们让文学隐藏在裂缝里，无影无踪地消失，过一种使用假名、没有签证、没有地址的生活。谈论莫斯科文学就如同谈论世界文学一样可笑。前者只存在于书评家的想象中，如同后者只存在于彼得堡一家受尊敬的出版社名下。对一个未曾被预先警告的人来说，他很可能会觉得莫斯科根本就没有文学。如果他碰巧遇到一个诗人，后者将会摆摆手,假装正在匆匆赶路,消失在林荫大道的绿色大门里,被卖香烟的少年们祝福的目光送走,他们比任何人都更懂得判断一个人,分辨出他身上最深奥的潜能。

1922 年

文学莫斯科：情节的诞生

1

曾经有一个时候，僧侣们在他们寒冷的食堂里差不多只吃素食，同时听人读《每日圣人传》，这在当时是颇优秀的散文。这些阅读并不只是为他们提供教化，而是因为大声诵读是食堂的一种辅助物，如同正餐时间的音乐，而诵读者提供的这些调味则有助于振作餐客的精神，从而维持同桌的和谐与秩序。

但不妨想象一下当今某个开明而现代的社会群体愿意复活这种在吃饭时阅读的习惯，再想象一下该群体请来一位诵读者。为了取悦大家，诵读者拿起安德烈·别雷的《彼得堡》。但他刚开始读，便发生了难以置信的事情：某个人的喉咙被一块食物卡住了，另一个开始用餐刀吃鱼，第三个的舌头则被芥末辣坏了。

很难想象哪一种仪式、哪一种工作、哪一种群体场合才可以让安德烈·别雷的散文来作陪。他的散文句子只有可能是为某个玛土撒拉式的老人的时代而写的，而不适合任何人类活动。哪怕是山鲁佐德的故事,也是为了讲上三百六十六天,在某个闰年每夜讲一篇;《十日谈》也可按日历来讲,连续讲几天几夜。但《十日谈》是何等的作品!陀思妥耶夫斯基极适合在吃饭时阅读;即使现在还不能,在很近的将来也一定能,那时人们将不是对着他痛哭或被他感动,像女仆们被巴尔扎克或廉价通俗小说感动那样,而是因为他的文学价值而接受他;如此,他将第一次被阅读和被理解。

从你自己的灵魂深处拔出一座金字塔,无异于往你胃里插入一条插管——一种令人作呕和反社会的活动。那不是工作,而是外科手术。自从心理学实验的溃疡穿透现代文学意识以来,散文作家已变成外科医生,而散文则是一种临床灾难,一点也不合我们的品味。我宁愿一千遍放弃安德烈耶夫、高尔基、什梅廖夫、谢尔盖耶夫-倩斯基和扎米亚京的心理学"纯文学",而读九十年代某个不知名的学生译的那位不同凡响的布雷特·哈特①:"二话不说,手脚一动,他就把他扔下楼梯,然后,绝对平静地转向那个不认识的女人。"

这个学生现在在哪里呢?我猜他是很不应该地羞耻于自己过去的文学活动,于是宁愿利用闲暇时间把自己交给活体解剖学家——心理学作者——摆布,但不是交给《知识选粹》②诊所的笨手笨脚者,因为在那家诊所,最小的手术,例如拔掉一颗知识分子的牙齿也可能导致血中毒;而是交给安德烈·别雷诊所的熟练的外科医生,因为他们都配备印象主义消毒法的最新技术。

2

梅里美的《卡门》结尾时有一段语文学论述,谈吉卜赛方言在语

---

① 布雷特·哈特(1836—1902),美国作家。
② 高尔基主持的知识出版社出版的年鉴。

言家族中的地位。激情和情节的最高张力，出人意表地在一段语文学短文中得以解决，酷似悲剧合唱的结尾："到处都是宿命的激情，而命运之神是无可防范的。"这是在普希金之前。

如果皮利尼亚克或谢拉皮翁兄弟在他们的叙述作品中引进了笔记本、建筑评估施工估算、苏维埃通告、报纸声明、手稿片段和天知道还有什么，我们也就不用吃惊了。散文不属于任何人。它本质上是无名的。它是词语群众有组织的运动，这些群众是由你喜欢的任何东西黏合而成的。散文的基本元素是积累。散文完全是织物，是形态学。

今天的散文作家们常常被称作是兼收并蓄的，也就是搜集者。我认为，这称呼绝不含冒犯，我认为这是好事。每一位真正的散文作家都确实是兼收并蓄者、搜集者。铲除个性，让路给无名散文。这就是为什么那些伟大散文作家的名字都变成了传奇和神话，他们是那些雄伟文学计划的承包商，这些计划本质上是无名的，执行时是集体的，例如拉伯雷的《巨人传》或《战争与和平》。

对无名、"兼收并蓄"的散文的狂热，碰巧遇上我们的革命。诗歌本身需要散文。诗歌已因为没有散文而失去所有尺度。诗歌达到了一种不健康的繁荣，难以满足其读者的要求，读者要求它调整自己，向词语群众的纯粹运动看齐，避开作者的个性，避开所有偶然、个人和灾难性（抒情诗）的东西。

为什么恰恰是这场革命如此有利于俄罗斯散文的重生呢？因为它推广无名散文作家，那兼收并蓄者，那搜集者，他不是从自己灵魂的深处建造词语金字塔，而是法老的谦逊监督者，确保缓慢而诚实地建造真正的金字塔。

3

俄罗斯散文将随着第一位独立于安德烈·别雷的散文作家的登台而推进。安德烈·别雷是俄罗斯心理散文的高峰——他以令人吃惊的力量飞升,但仅仅以他各种高超的技巧改善了他的前辈们也即那些所谓的纯文学作家打下的基础。

他的信徒们,谢拉皮翁兄弟和皮利尼亚克,是不是真的回到纯文学怀抱因而是兜了一圈又回到原处?我们是不是真的处于新的《知识选粹》的边缘,在那里心理学和"日常生活"将复活旧长篇小说也即囚犯及其独轮车①的长篇小说?

情节一消失,"日常生活"就立即取而代之。在汝尔丹②之前,没人想到大家都在讲散文,没人知道竟存在着"日常生活"这东西。

"日常生活"是一种死情节,一种腐朽的情节,一种囚犯的独轮车,它背后拖着心理学,因为它需要有所依靠。如果没有活情节,那只好让死情节来担当了。"日常生活"总是一种外国主义、一种虚假的异国情调主义,而不是为自己本土、本国的眼睛而活:一个本土人只注意必要和有意义的。一个外国游客(即纯文学作家)则试图用他那不加区别的目光吸纳一切,并以他那无意义、不合适的饶舌谈论一切。

今天的俄罗斯散文作家如谢拉皮翁兄弟和皮利尼亚克,跟革命前

---

① 指用铁链把苦役犯的手脚与独轮车连在一起。曼德尔施塔姆以此来讽刺旧长篇小说的心理学。
② 汝尔丹要请人写既不是诗歌也不是散文的东西。他得到的回答是,除了诗歌或散文没有别的自我表达方式。他说:"千真万确,我自己讲了四十多年散文却不自知,真感谢你使我恍然大悟。"

他们的前辈和安德烈·别雷一样，仍然是心理学家。他们放弃情节。他们的作品不适合在吃饭时阅读。然而，他们的心理学铆上另一辆囚犯的独轮车——不是铆上"日常生活"，而是铆上民间故事。我愿意更具体地谈论这种差别，因为这是一个非常重要的差别。它们完全不同。民间故事更高级，质量也更好。

"日常生活"是一种对事物的夜盲症。民间故事则是语言学材料和人种学材料的一种有意识的巩固和积累。"日常生活"是情节的消亡，民间故事则是情节的诞生。只要你细听民间故事，你就会听到主题的生命怎样在其中激动着，情节怎样呼吸着，并且在每一个民间故事抄本中，都存在着情节的基础——兴趣就从这里开始，一切在这里都充满情节。它启动一切，它激起好奇心，它带来威胁。传种母鸡栖息在稻草堆上咯咯叫；同样地，一个民间故事散文作家咯咯叫地讲着，任何想听的人都可以坐下来听他讲。然而，事实上他正专心于更重要的东西——他正在孵一个情节。

谢拉皮翁兄弟和皮利尼亚克（他们的老大哥，我们不必分别对待他）不适合严肃的读者。他们因利用轶事而令人生疑，也就是说，他们用情节来威胁我们。他们的作品没有情节的痕迹，也就是说，不含较大的叙述性呼吸，但轶事却在每个僻静处和小孔猛拽着它的须，恰如赫列勃尼科夫在诗中所说的：

> 用双翼扇动它那有着最精致翅脉的金色花体字，
> 蚱蜢挺着它的大肚子，
> 伏在盛着各种芳草和信仰的箩筐里

皮利尼亚克、尼基京、费定、科济列夫和其他人，以及利金（另一名谢拉皮翁兄弟成员，他由于某种理由没有加入该兄弟社）和扎米亚京和普里什文，都是"各种芳草和信仰"。而那被热爱的轶事则是情节的第一次自由而舒畅的振翅，是精神的解放，摆脱了心理学那昏暗的葬礼大兜帽。

4

同时，我们应站稳脚跟。民间故事正像一只饕餮的毛虫般降临我们。一群蝗虫正扑向我们：一场观察、评论、笔记、格言、引号、闲谈的瘟疫。农作物正遭到舞毒蛾的大入侵。因此，情节和民间故事的更迭在文学中被正典化，民间故事生出情节，一如饕餮的毛虫生出精致的蛾。如果我们以前没有注意到这种更迭，那是因为民间故事没有尝试巩固其力量，从而不留痕迹地消失。但民间故事时期作为一个累积时期、饕餮的入侵时期，先于任何情节的繁荣。而由于它并不渴望文学，没有被标榜为文学，它仍旧只保存在私人书信中，在本土讲故事者的传奇故事中，在部分发表的日记和回忆录中，在申诉书和官方报告中，在法庭记录中，在告示牌中。我不知道——也许有人喜欢皮利尼亚克的谈话，这些谈话是如此酷似列斯科夫赋予他最早那些铁路谈话者，那些打破长途货运之单调的谈话者的谈话。但在我看来，皮利尼亚克最使人喜爱的东西，是执事与某个德劳贝在澡堂就宇宙的意义展开的史诗式谈话：它没有包含任何一个"什么"，也不包含哪怕一个抒情性的比喻，后者在散文中是如此难以令人忍受；但它包含一个诞生中的情节的基本游戏，如同在果戈理作品中——你应该记得，当你接近普柳什金家时，你无法立即辨认"那是一个男人或女人，不，是一个女人，不，是一个男人"。

直到如今，散文继续在"日常生活"与民间故事之间摇摆。谢拉皮翁兄弟、皮利尼亚克、扎米亚京、普里什文、科济列夫和尼基京对民间故事的利用，使他们的作品达到统一，并成为他们的活力的证据，因此我们不应去计较他们的种种分歧。他们如同民间故事的合法孩子，全都偏爱轶事。弗谢沃洛德·伊万诺夫对轶事没有任何偏爱，但上述有关日常生活的说法，也都适用于他。

如果你小心聆听某个民间故事繁荣时期的散文，你将听到类似蚱蜢在空中交配的紧张鸣响声——这就是当代俄罗斯散文的普遍声音。你不会想要去消除这鸣响声，因为它不是某个钟表制造商的发明，而是从无数振翅的芳草和信仰那里聚集的。在无可避免地紧接着的时期，众多情节繁荣的时期，蚱蜢的鸣叫被转化成云雀——情节——那响亮的歌声，于是我们听到云雀那高昂的鸣叫声，对此，诗人说：

> 盈巧、嬉闹、响亮、清脆
> 它震撼我，直到灵魂的深处。[1]

1922年

---

[1] 丘特切夫诗句。

关于俄罗斯诗歌的通信

在巴黎、布鲁塞尔、下诺夫哥罗德和其他世界著名的中心纷纷举办国际展览的辉煌年代,竖立风格雄伟的建筑物这种做法是被接受的。然而,那些展示艺术和国内工业、农业等的展棚的壮观,则是昙花一现:展览结束,那些木板便被匆匆运走。

俄罗斯象征主义的堂皇创造,使我想起那些展棚。我有时候想,巴尔蒙特、勃留索夫和安德烈·别雷是特别为某次很快就要拆除的国际展览而创造的。实际上,他们已被拆除。巴尔蒙特有其燃烧的建筑和宇宙主题,有其超人的大胆和超强的自恋,却没有留下几首不矫饰的好诗。勃留索夫还站着,在"展览"之后还幸存着,但我们都知道他是什么。而维亚切斯拉夫·伊万诺夫的宇宙诗歌所剩的,则只是一座拜占庭小礼拜堂,里面收藏着无数焚毁的神殿的余光。最后,别雷……这里我必须放弃我的建筑类比:别雷,真想不到,竟摇身变成贵妇人,在令人目眩的世界江湖骗术的辉煌中闪耀:神智学。

"你们是谁,当代诗人啊,相对于你们的前辈?"展棚教育出来的雄伟风格的一知半解者叹息道。"瞧，他们才是真正的诗人！何等的主题、何等的广度、何等的博学！……"

俄罗斯象征主义的一知半解者们从未想过，这可能是十九世纪九十年代沼泽中最大的毒蘑菇，用多件式十字褡优雅地打扮而成。

在十九世纪临尾，俄罗斯诗歌告别了费特和戈列尼谢夫-库图佐夫所唱的本土旋律构成的外省圈子，进入欧洲思想的国际领域，要求获得国际承认。《天秤星》的青年作家们——勃留索夫、埃利斯、吉皮乌斯——用新角度看一切。如今，当我翻阅一期期旧《天秤星》，那整个时代为之着迷的对发现的惊喜和狂热，仍使我振奋不已。普世思想即使在拥有土地的绅士们身上也从未消失过（尽管继普希金之后它以潜伏的形式留存于丘特切夫和索洛维约夫晦涩的创作中），如今它以咆哮的洪水般的方式冲掉俄罗斯诗学思想的国内残迹，并再次发现西方。西方以崭新和有诱惑力的面目出现；它立即被当作唯一的宗教受全盘欢迎，而事实上它只不过是互相冲突的理念和矛盾的合成物。俄罗斯象征主义无非是天真的西方化的一种迟到形式被转换到美学观念和诗学技巧的领域。他们并不是安详地坐拥西方思想的宝库，而是：

> 我们爱一切：巴黎街头的地狱
>
> 和威尼斯的寒冷，
>
> 远处柠檬树林的芬芳
>
> 和科隆大教堂烟雾缭绕的庞大体积……①

我们看到青春的激情、迷恋，但最重要的是不可避免地伴随着迷

---

① 勃洛克诗句。

恋——这是那个创造性的"我"的肥大臃肿和强烈个人主义的再生，这个"我"把它的边界与新发现的激情世界的边界混淆了。创造性的"我"失去它的显著特征和它的自我意识。它受到宇宙主题的病态水肿的感染。在这类环境下，诗歌中最有趣的过程——诗学角色的成长——把自己摧毁了。诗人们立即采取最高、最紧张的音高并震聋自己；他们无法辨认他们自己的声音的有机性质。

用勃洛克的诗学温度计来衡量我们的诗歌，是很方便的。他的温度计是活生生的，既量热也量冷，但量到的永远是热。勃洛克正常地发展：年轻时沉浸于索洛维约夫和费特的作品，逐渐变成一个受其英语和德语兄弟们教育的俄罗斯浪漫主义者，最后变成一个成熟的俄罗斯诗人，实现了普希金珍视的梦——成为自己的时代的匹敌者，表达自己的时代的文化。

如同一个土地测量员可以根据一次计算得来的面积，而在他的图表上标绘辽阔的领土一样，我们也可以用勃洛克作参照来衡量我们的过去。我们通过勃洛克看到普希金、歌德、巴拉丁斯基和诺瓦利斯，但我们是以新方式看，因为他们都以俄罗斯诗歌支流的面目出现，奔向未来，通过诗歌永恒的流动而联结和丰富起来。

勃洛克是从哪里来的……？这永远是一个令人好奇和令人迷惑的问题。他从德国自然哲学的迷宫里出来，从阿波隆·格里戈里耶夫的学生宿舍里出来，然后——多么奇怪！——他竟然使我们回到涅克拉索夫的七十年代，回到那个在小酒馆庆祝周年纪念和加西亚在剧院唱歌的时代。

库兹明从伏尔加河岸带来异见的歌声，从他自己的故乡罗马带来一部意大利喜剧，以及带来就已经变成音乐而言的整个欧洲文化的历史——从乔尔乔涅在皮蒂宫的《音乐会》^①到德彪西最近的音诗。

克柳耶夫来自巍峨的奥洛涅茨区，在那里，俄罗斯生活和俄罗斯农民语言歇息在希腊式的尊严和简朴中。克柳耶夫是一位民族诗人，因为在他诗中，巴拉丁斯基的抑扬格精神与不识字的奥洛涅茨讲故事者的先知式旋律和谐共处。

阿赫玛托娃把十九世纪长篇小说的所有巨大的复杂性和财富引入俄罗斯抒情诗。如果不是有托尔斯泰的《安娜·卡列尼娜》、屠格涅夫的《贵族之家》、陀思妥耶夫斯基的全部作品以至列斯科夫的某些作品，就不会有阿赫玛托娃。阿赫玛托娃的源头全部在俄罗斯散文王国，而不是在诗歌。她在发展强烈而独特的诗歌形式的同时，回望心理散文。

她的诗学形式全部源自民歌非对称的对句法，而这支细细的黄蜂刺有能力把心理花粉从一朵花搬到另一朵花。

因此，我们的诗人没有一个是没有遗产的；每位诗人都走了很远的路，并且还会走更远的路。

在俗艳的俄罗斯象征主义的荧光期，甚至在它出现前，因诺肯季·安年斯基就向我们证明一位有机的诗人应是怎样的：可以全部用外国木板来建造一艘船，但它必须有自己的形式。安年斯基从来不属于用俄罗斯象征主义那以黏土做的脚站起来的史诗式英雄；他有尊严地忍受他那顺从和克己的命运。维持安年斯基的诗歌的那种顺从精神反过来受益于他这样一种意识，意识到由于无可争辩地和完全地缺乏整体性的民族意义——悲剧的必要先决条件——因此俄罗斯现代艺术中不可能有悲剧。于是，这位生来要成为俄罗斯的欧里庇得斯的诗

---

① 皮蒂宫挂有提香的《音乐会》，曼德尔施塔姆可是记忆有误。不过，《音乐会》确实有浓厚的乔尔乔涅风格。——英译者注

人，不是启动一艘放诸四海的悲剧之船，而是向水面投下一个玩具，因为"我们的心对一个玩具受侮辱的感觉，比我们自己受侮辱还悲凉"。

1922 年

略谈格鲁吉亚艺术

俄罗斯诗歌有一个格鲁吉亚传统。当我们过去一个世纪的诗人触及格鲁吉亚,他们的声音就会呈现一种特别的女性的柔软,每一行诗似乎都沉入一种柔软、潮湿的气氛:

夜间的阴暗降临格鲁吉亚山岗……

在所有格鲁吉亚诗歌中,也许没有任何两行诗像莱蒙托夫的两行诗那样令人陶醉和兴奋:

一个惺忪的格鲁吉亚人
倒出甜蜜葡萄酒的泡沫

我想说,俄罗斯诗歌有它自己的格鲁吉亚神话,最早由普希金宣告:

>别向我唱，我的美人，
>
>忧伤的格鲁吉亚歌曲——

后来由莱蒙托夫发展成一个以传奇女主人公塔玛拉为中心的全面神话。

一个令人好奇的事实是格鲁吉亚而不是亚美尼亚变成了俄罗斯诗歌的神话式的应许之地。格鲁吉亚以其特殊的色欲主义和如此适合于格鲁吉亚民族特性的独一无二的爱情，以其轻松、贞洁的陶醉精神，以其整个民族灵魂沉浸其中的那种忧郁而喜庆的酩酊来引诱我们的俄罗斯诗人。俄罗斯诗人被格鲁吉亚的爱神引诱。异国风味的爱情总是比我们自己本土的爱情更让我们感到珍贵和贴近，而格鲁吉亚知道怎样去爱。古代格鲁吉亚艺术，格鲁吉亚建筑师、画家和诗人的手艺，都弥漫着细腻的爱和英雄似的温柔。

没错，正是这文化使我们陶醉。格鲁吉亚人用埋在地下的细长陶罐来保存葡萄酒。这其中包含着格鲁吉亚文化的原型——土地保存格鲁吉亚审美传统的细长而高贵的形式，并把充满发酵和芳香的容器密封起来。

这种陶醉的精神，这种神秘的内部发酵的产物（埋在地下的细长的葡萄酒罐），恰恰是不可能从一种文化的理性数据中，从累积的财富的库存中获取的。

俄罗斯文化从来没有把自己的价值强加给格鲁吉亚。该地区的俄罗斯化从来不超过行政上的例行公事。虽然沃龙佐夫-达什科夫领导的俄罗斯行政长官们肢解了该地区的经济生活，压制其社区组织，但他们永远无法侵蚀它的生活方式，只能以不大情愿的尊敬对待它。对格鲁吉亚的文化俄罗斯化甚至从来未被提及。因此，分成两个截然不同时期——苏联化之前和之后的格鲁吉亚的民族和政治自决，一定是对格鲁吉亚艺术和文化的信心的一次考验；而以赞赏的目光注视格鲁吉亚整整一个世纪的文化俄罗斯，现在焦虑地望着那个国家，仿佛随时准备背叛自己的文化使命似的。格鲁吉亚文化的精髓永远是它的东方倾向，尽管格鲁吉亚未曾与东方融合，而是保持其独立性。我会把格鲁吉亚列为世界的装饰性文化之一：这类文化因其与辽阔、充分地发达的外国领土接壤，可能会同化它们强大的邻国的某些典范，同时猛烈地抵抗它们内在的敌意本质。

今日格鲁吉亚的座右铭"离开东方，转向西方！我们不是亚洲人，我们是欧洲人、巴黎人！"听上去就像一阵呻吟。格鲁吉亚的艺术知识阶层何等天真！"离开东方"的倾向一直存在于格鲁吉亚的艺术中，但它是以崇高的审美形式和手段表达的，而不是以粗俗的喊口号。

踏入第比利斯的格鲁吉亚民族艺术博物馆，你就会看到你面前展现一长列画像，主要是妇女画像，无论是它们的技巧还是它们静态的深刻宁谧，都会让你想起德国绘画。然而，与此同时，平面的形式和线性的构成（线条的节奏）呼吸着波斯微型画技巧的气息。此外，你会一再看到一种金黄色背景和丰富的金黄色装饰。这些无名的杰作是格鲁吉亚艺术真正战胜东方的范例。相比之下，不久之前毕加索砸破的一把小提琴的跳舞的碎片，就可以忽略不计了，尽管这幅画现在已经俘虏了法国现代绘画……现今发生在小提琴上的事情，很久以前也同样发生在假僧侣遗物上——只有一把小提琴，它只被砸破过一次，但今日没有一个城市不展览它的碎片——这里有若干毕加索的珍品！

语言的生命是向每个人公开的——每个人都讲话并参与语言的运动，每一个被说出的词都在语言中留下活生生的犁沟。广告牌为我们提供一个神奇的机会去观察绘画语言的发展，尤其是第比利斯的招牌,这些招牌就在我们眼前长成了皮罗斯马尼什维利[1]那具有强大感染力的艺术。

尼科·皮罗斯马尼什维利是一个简朴、文盲的招牌画家。他用三种颜色在油布上画画:赭色、土绿色和黑色。他的顾客,第比利斯的店主们,需要有趣的题材,他则努力满足他们的需要。在他的一幅画里我读到他手写的题词:

沙米尔和他自已的户卫[2]

(我保留他的拼写)我们不禁要在他的"文盲"(在解剖学意义上并不正确)的狮子、他壮观的骆驼和他的帐篷所成就的辉煌面前鞠躬——那些骆驼与人物并立着,构成奇怪的比例;那些帐篷则仅仅通过色彩的力量就克服了他的绘画手段的单向度平面感。要是法国人知道皮罗斯马尼什维利,他们就会来格鲁吉亚学习绘画。巧得很,他们应该很快就会知道他,因为失察,他的东西几乎都已经被运往国外。

另一个代表欧洲价值的现代格鲁吉亚艺术的现象,是诗人瓦扎·普沙韦拉。他的作品正由国家教育部重新刊印,格鲁吉亚青年则已形成了某种瓦扎·普沙韦拉崇拜的风气。但是天啊,他对当代格鲁吉亚诗歌的直接影响是多么有限!……一场不折不扣的词语飓风横扫格鲁吉亚,把大树连根拔起:

你遇到的是和平的人们,
与战士们如此不同——

---

[1] 尼科·皮罗斯马尼什维利(1862—1918),又被称为皮罗斯马尼,格鲁吉亚著名的拙稚画家。
[2] 正确写法是"沙米尔和他自己的护卫"。

> 头发卷曲的黑暗敌人吃铁
>
> 并把大树连根拔起……

他的意象,几乎是中世纪的,有着史诗的庄严,包含一种自然力。它具体的事物、可触摸的事物沸腾着,日常的现实沸腾着。每一个发声都不经意地变成一个意象,然而词语还不足够——他必须在某种程度上用牙齿把每一个词撕成碎片,把格鲁吉亚诗歌的激情气质发挥到极致。

葡萄酒陈旧了——此中蕴含着它的未来;文化发酵了——此中蕴含着它的青春。请保存你的艺术:那些埋在地下的细长陶罐。

1922 年

关于抒情诗与史诗的评论
摘自一个访谈

曼德尔施塔姆：我同意特列尼约夫。我们必须写过去。现时人们都在说，我们有足够的抒情诗了，给我们一部史诗吧。我也想起了一部古法语史诗。一部很好的史诗。说实在的，我甚至从中抓取了一点东西，然而无头无尾。你也许会想起一位著名批评家在谈到歌德时说的话，他说在歌德最好的抒情诗里，总是留了点什么没说的东西。现在是我们把这种未说出的感觉引入史诗的时候了。

1923 年

狂　飙

从现在起，二十世纪头二十五年的俄罗斯诗歌应仅仅被当成俄罗斯诗歌来读，而不需要被视为"现代主义"，连同伴随着这个术语而来的所有含混和不屑。这个转变，是也许可称为两个诗歌系统、两个诗歌时期的脊柱缝合在一起的结果。

俄罗斯读者在过去二十五年经历了不是一次而是多次诗歌革命，因此已经逐渐习惯于从他们可以接触到的各种类型的诗歌创作中，几乎立即就抓取具有客观价值的东西。每一个新的文学流派，无论是浪漫主义、象征主义还是未来主义，最初都是在一种人为的膨胀情况下崛起的，夸大其独特品质，无视其外部历史局限。它不可避免地要经历一个"狂飙"时期。只有到后来，当该流派的主要代表丧失了视野的新鲜性和工作的能力的时候，他们在文学中的恰当位置才得到确立，他们的客观价值才得到澄清。此外，在"狂飙"的涨潮过后，文学潮流必须退回到它的自然渠道，而正是这些无比地更不显眼的边界和轮廓线将被后代记住。

俄罗斯诗歌在本世纪头二十五年里，经历了明确可界定的"狂飙"时期。第一个是象征主义,第二个——未来主义。这两大趋势都揭示了一个欲望,就是想继续留在它们各自的浪尖上,而两者都失败了,因为历史已经在为新的浪尖作准备,并在适当的时刻专横地命令它们撤退,回到文学的母性怀抱,回到语言和诗歌的普通元素。不过,虽然象征主义和未来主义从历史角度看是互补的,但它们的诗歌发展却是截然不同的。

象征主义的"狂飙"必须被视为把欧洲和世界文学引入俄罗斯文学主流的一个暴风雨般和充满激情的过程。因此,这个暴风雨般的现象具有一种基本上是外部的文化意义。早期俄罗斯象征主义像一股通风气流从西方吹进来。另一方面,俄罗斯未来主义更接近浪漫主义。它包含一场民族诗歌复兴的所有特征,尤其是它对民族语言宝库的再造和它对诗歌遗产的有意识的关注——这两点都说明它与浪漫主义的联系。与此相反,俄罗斯象征主义是一股外来力量、一个文化传播者,把诗学文化从一地带往另一地。这里我们看到象征主义与未来主义的根本差别:前者代表一种外部志向的模式,后者——内部志向的模式。象征主义的焦点是它对各种宏大主题怀着的激情,那是一些具有宇宙和形而上学性质的主题。早期象征主义是一个由宏大主题和带有"大写字母"的理念构成的王国,直接借用自波德莱尔、埃德加·爱伦·坡、马拉美、史文朋、雪莱和其他人。未来主义主要依靠诗学方法活着,聚焦于诗歌技巧而不是主题,即创造某种内部的东西,符合俄罗斯语言的本质。对象征主义者来说,主题立在前面像盾牌,把技巧隐藏起来。早期的勃留索夫、巴尔蒙特等人的主题是极其易懂的。然而,在未来主义者的作品中,很难将主题与技巧区分开来,而在没有经验者的眼中,仅会在譬如赫列勃尼科夫的创作中看见赤裸的超感①语言的纯粹技巧。

概括象征主义要比概括未来主义容易，因为后者的发展从来都不是很清楚，也不像象征主义那样戛然而止——象征主义是被各种敌意的影响消灭的。未来主义者几乎是不知不觉地拒绝他们的"狂飙"的各种极端，并根据语言和诗歌一般历史的精神，继续专注于追求似乎代表客观价值的东西。因此，概括象征主义相对容易。早期象征主义几乎没有剩下什么东西，可以说是因大主题的水肿而浮胀。巴尔蒙特的宏大宇宙赞歌，在诗学实践中被证明是不成熟和无技能的。以世界城市的歌手的身份进入诗坛的青年勃留索夫那被吹嘘的都市主义已被历史遮蔽了，因为诗人的声音和意象被证明远远不能与他最喜爱的主题兼容。安德烈·别雷的超验诗歌也被证明难以阻止他的形而上学沦为破烂和过时。维亚切斯拉夫·伊万诺夫和他那复杂的拜占庭加希腊的世界，表现稍微好些。事实上他和他的象征主义伙伴们差不多，都是开拓者和殖民者，但他不是把拜占庭和古希腊当成注定要被征服的异国土地来处理，而是正确地在它们那里察见俄罗斯诗歌的文化泉源。不过，由于他缺乏分寸感（这是象征主义者们的普遍特点），伊万诺夫使他的诗歌不胜负荷地承载数量惊人的拜占庭和希腊意象和神话，导致他的诗歌贬值。

至于索洛古勃和安年斯基，他们值得分别对待，因为他们从未参与象征主义的"狂飙"。勃洛克也应该分别对待，因为他的诗歌命运是如此紧密地与十九世纪俄罗斯诗歌的命运捆绑在一起。不过，在这里，我们应该讨论一下更年轻的象征主义者或阿克梅派的作品，他们不喜欢重复因大主题的水肿而浮胀的早期象征主义的错误。阿克梅派清醒地评估自己的强项和弱点，拒绝接受作为早期象征主义特征的宏

---

① 详见第46页注释。

大狂,其中一些诗人以技巧的高超来替代它,另一些以表达的清晰性,取得远非同样的成功。

没有任何诗歌遗产像象征主义那样在如此短的时期里变得如此破旧和过时。俄罗斯象征主义应该更合适地被称为伪象征主义,以突出它如此拙劣地体现在语言中的对大主题和抽象概念的滥用。整个伪象征主义,也即象征主义者们所写的数量庞大的东西,已经没人感兴趣,除了作为文学史。具有客观价值的东西,被掩埋在一大堆橱窗装饰、一大堆伪象征主义垃圾之下。一代最高贵和勤奋的俄罗斯诗人向那个时代及其文化工作缴纳了沉重的贡金。

让我们从俄罗斯象征主义之父巴尔蒙特开始吧。巴尔蒙特传世的作品惊人地少,不超过一打诗。然而,他留存下来的东西确实极佳,在其语音的出色及其对词根和声音的深刻感受方面,堪比最好的超感诗。要求不高的读者鼓励巴尔蒙特发展他诗歌中最糟糕的方面,这不是他的错。在他最好的诗例如《夜啊,请留在我身边》和《老房子》中,他从俄罗斯诗歌中提炼新声音,不可重复的声音,带有某种外国的、天使般的语音。这种特质也许是得益于巴尔蒙特的语音怪癖,得益于他对辅音的声音有一种异国情调的感知。我们正是应该在这里而不是在他诗歌中粗俗的音乐性里寻找他诗歌力量的源头。

勃留索夫最好的(非都市的)诗包含一种永不会过时的特点,这个特点使他成为最前后一致和灵巧的俄罗斯象征主义诗人。这就是他对主题的勇敢态度,他对主题的完美掌握,他彻底消耗主题的能力,也即从主题中提炼它能够和必须提供的任何东西,然后为它找到尽可能最相称和最大容量的诗节容器。他最好的诗都是他对他的主题取得绝对控制的范例:《俄耳甫斯与欧律狄克》《忒修斯与阿里阿德涅》《自杀的恶魔》。正是勃留索夫教会俄罗斯诗人尊敬主题本身。我们还可以从他最近的诗集《距离》和《最后的梦》学到一些东西,因为他在这些诗集里提供了他的诗歌的大容量和在一个节俭而克制的空间里对语义学上丰富而多样的词汇作出令人震惊的安排的范例。

安德烈·别雷的《瓮》以其来自德国形而上学词汇的敏锐的散文体，丰富了俄罗斯抒情诗，揭示了哲学术语的反讽声音。在诗集《灰烬》中，别雷灵巧地把复调，也即多声的元素，引入了涅克拉索夫的诗歌中，使涅克拉索夫的主题服从于一种非常原创的配器法。别雷的音乐民粹主义变成一种乞丐般的可塑性姿势，衬托他宏大的音乐主题。

维亚切斯拉夫·伊万诺夫比任何俄罗斯象征主义者都像一个真正的民粹主义者，将来也会比他们更有可读性。我们对他壮丽的诗歌的着迷大部分源自我们在语文学上的无知。在象征主义诗人的作品中，没有谁像维亚切斯拉夫·伊万诺夫那样，在其声音中如此清晰地回响着他的词汇的噪声，回响着急切等待轮到自己发声的大众语言之钟的强大喧嚷，例如他的《聋夜，哑夜》或《酒神的女祭师》等。他把过去视为未来的这种意识，使他类似于赫列勃尼科夫。伊万诺夫的拟古主义不是源自他对主题的选择，而是源自无能力作相对性的思考，即对不同时期作比较。他的具有希腊精神的诗歌似乎不是在希腊诗歌之后写的，也不是同时期写的，而是先于希腊诗歌写的，因为他一刻也未曾忘记他自己，未曾忘记讲他自己本土野蛮人的习语。

以上就是俄罗斯象征主义的奠基者。他们的作品并非一无是处。我们今天和将来都可以从他们每个人身上学到一些东西。现在让我们转向他们的同代人索洛古勃和安年斯基的作品，这两位诗人的命运从一开始就是苦涩地满足于不跟其他人一起犯历史错误，但也苦涩地满足于不享受第一波象征主义盛宴那令人精神焕发的风暴。

索洛古勃和安年斯基早在十九世纪九十年代就已经开始活动了，但完全默默无闻。安年斯基不寻常的影响力是在俄罗斯诗歌后来的发展中揭示出来的。作为俄罗斯现代抒情诗心理敏锐性的第一位教师，他把心理创作的秘诀传给了未来主义。索洛古勃的影响虽然几乎与安年斯基的影响一样有力，但他是在一种纯粹消极的风格中找到他的表达：通过把更早的衰落期俄罗斯抒情诗的技巧（包括纳德松、阿普赫京和戈列尼谢夫-库图佐夫）融入崇高的理性主义，他使这些技巧达致简朴和完美的极限，并且在清除了这些技巧中蹩脚的情感劣质货，又给它们涂上原创性的情欲神话的色彩之后，他使任何旨在重返过去的企图都变得不可能，似乎也使任何旨在模仿他的企图同样变得不可能。天生对平庸怀着同情，对濒死之词怀有一种温柔的溺爱，索洛古勃创造了一种对濒死和陈旧的诗歌表述的崇拜，给它们注入了奇迹般的生命最后一口气。因此，索洛古勃的早期诗歌和他对诗歌的陈词滥调发动犬儒而残忍的攻击的诗集《火圈》，不仅没有成为诱人的范例，反而成为一个不祥的警告，警告将来任何企图写这类诗的大胆蠢人。

与索洛古勃一样锲而不舍的安年斯基，把具有历史客观性的主题引入诗歌，把心理构成主义引入抒情诗。但他心中燃烧着向西方学习的欲望，却找不到合适的老师，于是被迫假装成一个模仿者。安年斯基的心理学论不是心血来潮，也不是精微感受力的一闪而过，而是一种真正的、坚实的建构。事实上，我们可以在安年斯基的《钢蝉》和阿谢耶夫的《钢夜莺》之间画一条直线。安年斯基教我们如何把心理分析当作抒情诗中的工作工具来使用。他是帕斯捷尔纳克出色地加以实践的俄罗斯未来主义的心理构成主义的先行者。但是即便今天，安年斯基也没有抵达俄罗斯读者；他只是通过阿赫玛托娃把他的方法粗俗化而为人知晓。他是真正最具原创性的俄罗斯诗人之一。他的诗集《安静的歌》和《柏木柜》中的每一首诗都需要被收入选集。

如果说俄罗斯象征主义有自己的维吉尔和奥维德们，那么它也有自己的卡图卢斯们，这与其说涉及年龄，不如说涉及创作类型。这里我们必须提到库兹明和霍达谢维奇。他们都是典型的次要诗人，声音的纯粹和魅力也符合次要诗人的特征。库兹明表现得好像世界文学更传统的路线未曾存在过似的。他对它怀着彻底的偏见，全心全意地致力于把小路线正典化，站在一个比哥尔多尼①的喜剧或苏马罗科夫的情歌高不了多少的水平上。他非常成功地在他的诗歌中营造了一种故意疏忽和说话笨拙的错觉，并穿插若干法国习语和波兰习语。他被西方次要诗歌例如缪塞的《新罗拉》激起热情，向读者提供一个错觉，仿佛俄罗斯诗歌语言中有一种完全人为的未老先衰。库兹明的诗歌是俄罗斯抒情诗的未老先衰的微笑。

霍达谢维奇发展巴拉丁斯基"我才能有限，我声音不大"的主题，并创作了早产儿这个主题的每一个可能的变奏。他的次要路线追随的是普希金时期和后普希金时期的二流诗人的诗歌传统，包括诸如罗斯托普奇娜伯爵夫人和维亚泽姆斯基王子之类的国内业余者的诗歌传统。然而，从俄罗斯诗歌业余爱好的最佳时期，从家庭相册、朋友书信、日常主题格言的时期走出来的霍达谢维奇，却把十九世纪文学沙龙中绅士阶层使用的无教养的莫斯科习语的错综复杂和温柔的粗糙带进了二十世纪。他的诗歌非常淳朴，非常文学，非常优雅。

在未来主义崛起之前，人们就已经对俄罗斯诗歌的全部著作发生浓烈兴趣，包括有力但笨拙的杰尔查文和丘特切夫——俄罗斯抑扬格的埃斯库罗斯。大约那个时候，就在世界大战爆发前，突然间所有老一辈诗人都被重新看待。一股重估和仓促纠正历史不公正和坏记性的热潮席卷每个人。基本上可以说，所有俄罗斯诗歌都作为一种超感，被读者新的好奇和新的耳朵打量和探听。在创造性的革命之前，先对

---

① 哥尔多尼（1707—1793），意大利剧作家。

过去进行一次革命性的重估。对过去的真正价值的肯定和伸张，是一次革命性的举措，不逊于创造新的价值。然而，很不幸，记忆与行动迅速分道扬镳，停止携手共进。未来的支持者和过去的支持者很快就形成敌对阵营。未来的支持者不加区别地拒绝过去，尽管他们的否定论仅仅是选择性饮食。他们以健康理由拒绝阅读老一辈诗人，或偷偷阅读，不愿公开承认。过去的支持者为自己开了完全同类型的食谱。我甚至想冒昧地说，直到最近以前，很多受尊敬的文人在最近被迫去阅读他们同代人的作品之前，都一直拒绝这样做。似乎文学史上从未出现过如此难以调和的敌意和如此缺乏理解。相对于俄罗斯这个张大的豁口，古典主义者与浪漫主义者的敌意简直就如同儿戏。但是一种有利于我们理解两代人之间这种文学激辩的标准很快便形成了：不明白新事物的人也无法理解旧事物，而理解旧事物的人也必然明白新事物。不过，对我们来说非常不幸的是，我们理解的过去不是根深叶茂的真正过去，而仅仅是"昨日"。"昨日"意味着轻易被吸收的诗歌，一种围栏里的鸡笼，一个舒适的小退隐处，家禽在院子里一边咯咯叫一边啄食。这不是献身于文字的劳作，而是离开文字的静养。把舒适的休息的世界与活跃的诗歌的世界分开的界线，如今大致被诗人阿赫玛托娃和勃洛克确定。然而，这倒不是因为在对阿赫玛托娃或勃洛克的作品作了某些删除之后他们本身变差了——阿赫玛托娃和勃洛克从来都不是为那些对语言有濒死意识的人而写的。如果这个时期的语言意识正在他们身上死去，那也是死得光荣。那是"理性动物身上我们称之为对痛苦的极度畏缩的东西"[①]，而绝不是他们的铁杆批评家和追随者那种近于无知的顽愚。

阿赫玛托娃使用她那个时代最纯粹的文学语言，以不寻常的坚定

---

① 丘特切夫诗句。

性把民歌并且不仅是俄罗斯民歌而且是一般的民歌的传统技巧引入她的诗歌。我们在她的诗歌中找到的不是心理造作，而是民歌典型的平行结构，民歌那种两个相连主题的强烈不对称，例如："我的接骨木在花园里，我的叔叔在基辅。"这就是为什么她以双诗节作意想不到的最后冲刺。她的诗不仅在结构上接近民歌，而且在本质上也是如此，因为它们总是始终如一地以挽歌形式出现。如果我们注意她那在一定程度上被咬紧的牙齿筛选过的纯粹文学词汇，我们就不难猜测在这位二十世纪俄罗斯文学淑女的身上活着一个老农妇——这个特质使她的诗歌变得特别有趣。

勃洛克是文学兼收并蓄的最复杂的现象，他是俄罗斯诗歌的搜集者，是从历史角度看已粉身碎骨的十九世纪所散落和遗失的一切东西的搜集者。勃洛克搜集俄罗斯诗歌这一有价值的工作，对他的同代人而言依然不明显；他们只是直觉地感到那是某种旋律魔力。勃洛克那种爱攫取的天性，他那种想把诗歌和语言集中化的努力，让人想起莫斯科大公国历史上那些领导人的政治直觉。在对待地方主义这件事情上，他的手是强大而严厉的：一切都是为了大公国，也就是为了历史上形成的、为统治者们所熟悉的传统语言的诗歌。未来主义全都在它的地方主义里：在王侯封邑的暴风雨式斗争中，在民俗和人种学的不和谐音中。试着在勃洛克身上找它吧！在诗学上，他的作品与历史闹不和，并可作为一个证据，表明语言的主权国家过着有自己特色的生活。

未来主义原应在根本上把矛头直指勃洛克这个还活着并且真正危险的诗人，而不是针对象征主义的纸堡垒。如果它没有这样做，那仅仅是由于它天生的虔诚感和文学礼貌。

未来主义以赫列勃尼科夫来对抗勃洛克。他们彼此有什么话说呢？他们的战斗到现在还继续着，尽管两个人都已经去世了。如同勃洛克，赫列勃尼科夫也把语言视为某种主权国家，但不是地理和空间意义上的国家，而仅仅是时间意义上的国家。勃洛克在骨子里是当代的；虽然他的年代会消逝并被遗忘，但是在未来世代的意识中，他将依然是他那个时代的当代人。赫列勃尼科夫不明白"当代"一词的意思。他是一切历史的公民，是整个语言和诗歌系统的公民。是某种白痴式的爱因斯坦，分不清哪个更近——铁路桥还是《伊戈尔远征记》？赫列勃尼科夫的诗歌是希腊语原义上的、非贬词意义上的"白痴式"。他的同代人以前不能，现在也依然不能原谅他在其作品中略去了对他那时代的暂时性精神错乱的任何指涉。那一定是多么地可怕啊，当这个对其听众毫不察觉的人，这个完全没有对自己的时代与其他时代作出区分的人，竟然是异乎寻常地喜欢宴饮交际，并且在一个非凡的程度上拥有纯粹普希金式的诗歌闲谈的天赋。赫列勃尼科夫说笑话，但没人笑。赫列勃尼科夫轻松、优雅地用典，但没人领悟。赫列勃尼科夫所写的大部分东西，按他的理解，无非是诗歌闲谈罢了，类似于《叶普盖尼·奥涅金》的离题抒情诗，或诸如普希金的"在特维尔为你自己叫一份帕尔马干酪拌通心面，再来一个炒蛋"[1]这样的句子。他写滑稽戏，例如《后部在前端的世界》；写悲剧丑角戏，例如《死亡小姐》。他为我们树立神奇散文的榜样，其清新和朦胧就像童话故事，而这是源源不绝的意象流和理念流互相挤着涌出意识的结果。他所写的每一行诗都是一首新长诗的开始。每第十行诗都有一句在寻找一块石匾或铜匾来安歇的格言。赫列勃尼科夫既不写抒情诗也不写史诗，而是写一本巨大的全俄祈祷和圣像书，在未来的千百年间任何人只要愿意就能从中找到可利用的东西。

有了赫列勃尼科夫，某个命运作弄之神又把马雅可夫斯基和他的

---

[1] 出自普希金诗《致索博列夫斯基信摘录》。

常识诗歌赐给我们，仿佛要作个强烈对比。所有诗歌都有常识。但是专业常识无非是教学工具罢了。教学法把已知的真理灌输给儿童的头脑，它利用视觉协助，即是说，利用诗歌工具。常识的感染力是学校教学法的一部分。马雅可夫斯基的美德在于以诗歌来完善学校教学法，在于把强有力的视觉教育技术应用于对大众的启蒙。像一个学校老师，马雅可夫斯基走来走去，拿着地球仪或某个别的视觉方法示范物。他用简单、有益健康的学校来取代当今谁也读不懂的令人厌恶的报纸。他是报纸的伟大改革者，他给诗歌语言留下深刻的印记，把句法结构简化到极致，把名词提高到句子中的尊长地位。语言的适切性和力量把马雅可夫斯基与传统的巡游演出主持人联系起来。由于赫列勃尼科夫和马雅可夫斯基都具有如此民族性的倾向，民粹主义即包了一层糖衣的民间传说在他们中间似乎也找不到自己的位置了。然而，民粹主义继续存在于叶赛宁的诗歌中，以及在一定程度上存在于克柳耶夫的诗歌中。这些诗人的重要性必须在他们丰富的地方主义里寻找，正是地方主义把他们联成这个时代的一个基本趋向。

阿谢耶夫完全站在马雅可夫斯基这边。他创造了熟练技工的词汇。他是一位诗人工程师、一位专家、一位劳工组织者。在西方，像工程师、无线电技工、机器发明者这样的人，在诗歌上是失语的，要么他们会读弗朗索瓦·科佩的作品。阿谢耶夫的特点是，作为一种有效率的机械装置的机器站在他的诗歌的地基上，尽管他的诗歌完全不谈机器。抒情电流的开开关关给人一种快速熔合和一种强大感情排放的印象。阿谢耶夫在与词语的关系上是极其抒情和清醒的。他绝不诗意化，而只是安装抒情电流，如同一个好电工，使用合适的材料。

在目前，那些拦住我们诗歌语言发展的人工堤防已经溃决，所有浮华或一律化的创新似乎都显得不必要，甚至反动。

诗歌中真正创造性的东西，并不是发明的年代，而是模仿的年代。当祈祷书被写下来,接着便是举行礼拜。供一般祈祷和日常使用的最新俄罗斯祈祷书,是帕斯捷尔纳克的《生活,我的姐妹》。自巴丘什科夫时代以来,俄罗斯诗歌再也没有响起如此新鲜和成熟的和声。帕斯捷尔纳克既不是捏造者也不是魔术师,而是俄罗斯诗歌一种新模式、一种新体系的奠基人,这新事物呼应了俄罗斯语言达致的成熟和成年。我们可以对这种新和声表达我们的任何祝愿;任何人都将使用它,不管他愿不愿意,因为从现在开始它已经成为所有俄罗斯诗人的共同财产。到目前为止,句子的逻辑结构都只是随着诗本身而结束,换句话说,逻辑结构是表达诗歌思想的最简明手段。然而,由于它在诗歌中的频繁使用,习惯性的逻辑进程已被抹掉,并变得实际上难以察觉。句法结构,也即诗歌的循环系统,已患上了硬化症。但有一位诗人已经抵达,来复活句子中逻辑结构的童贞力量。正是巴丘什科夫诗歌的这个方面,如此震惊普希金;而帕斯捷尔纳克也在等待他的普希金。

1923 年

人文主义与当今

有那样一些时期，它们认为人是微不足道的，人是要像砖头或砂浆那样被使用的，人应该被用来建筑东西，而不是相反——为人而建筑东西。社会建筑应该是以人的尺度来衡量的。但有时候它可能会与人作对，通过羞辱人和贬低人来饲养它自己的宏伟。

亚述囚犯像小雏鸡似的在一个庞大国王的脚下麇集，象征国家权力对人的敌视的战士用长矛刺杀被缚的侏儒，而埃及人和埃及建筑师则把人群当成取之不尽又容易获得的建筑材料。

尚有另一种形式的社会建筑，其尺度和标准是人。它不是用人来建筑，而是为人而建筑。它的雄伟不是建立在个体的微不足道上，而是建立在满足个体需要的最高方便上。

每个人都感到来临的社会建筑那纪念碑式的高耸。这座大山还看不见，但已经在把它的阴影投向我们，而我们，这些变得不习惯社会生活之纪念碑外形的人，这些习惯于十九世纪政府和司法的平坦性的人，则恐惧而迷惑地在阴影里移动，不敢肯定这到底是来临的黑夜的翅膀，还是我们必须进入的自家城市的阴影。

简单的机械式巨大体积和赤裸裸的数量是敌视人的,而诱惑我们的并不是一座新的社会金字塔,而是社会哥特式建筑:重量和力量的自由发挥,一个被设想成一座复杂而密实的建筑森林的人类社会,在里面一切都是有效和个人的,每一个细节都回应整体概念。

对社会建筑的直觉,即是说,对以远远超出人的实际需要的雄伟纪念碑似的形式来结构生命的直觉,是深深地根植于人类社会的,而不是听命于心血来潮。

一旦拒绝社会结构,那么最简单、最必要和获普遍接受的结构将会坍塌:人的家园、人类的居所将会倾颓。

在受地震威胁的国家,人们造平房,而从法国大革命开始,平坦的倾向,那种对建筑的拒绝,主导了十九世纪的整个司法生活,而整个十九世纪都是在对某场地震、某场社会冲击的紧张期待中度过的。

但地震没有放过哪怕是平房。混乱的世界突然闯进来——闯入英国人的家,闯入德国人的性情;混乱在俄罗斯火炉里歌唱,撞击我们的挡板和火炉门。

我们怎样保护我们的人类居所,避免如此威吓性的震撼,我们怎样确保居所的墙壁不会被历史的地震掀倒?谁敢说人类居所,人的自由的屋子,不应该屹立在大地上,成为大地最精美的装饰,成为存在中最稳定的因素?

最近几代人的种种司法创建,已被证明无力捍卫它们被创建出来捍卫并为之斗争的东西,而只是徒劳地高谈阔论。

没有任何与人的权利有关的法律、任何财产原则和不可侵犯的原则可以继续保护人类居所,没有任何法律可以维持屋子免遭灾难打击,为其提供任何保险和安全。

英国人比任何其他民族都更伪善地关注对个人自由的法律保障,但他们忘记了很多世纪以前"家园"的概念在他们自己的国家里诞生时，是作为一个革命性的概念，是作为对欧洲第一场社会革命的天然正当性的证明，该革命要比法国大革命更深地根植于我们的时代，也更酷似我们的时代。

来临的社会建筑的里程碑式的高耸，是以它这样一个要求为条件的，也即应根据普遍的家庭经济原则来组织世界经济，以满足人的更大需要，把人的家庭自由的规模扩大至全球范围，把他的个人炉床的火焰扇大至全球火焰的程度。

对于那些不明白这点的人来说，未来似乎寒冷而可怖，但是未来的内在温暖——效率、家庭经济和目的论的温暖——对当代人文主义者来说，其可触可摸就像当今白热的火炉的热度。

如果未来的社会建筑没有一个真正人文主义的正当性作基础，它就会把人砸个粉碎，如同过去的亚述和巴比伦。

人文主义的价值现在变得稀珍，仿佛停止流通并转入地下隐藏起来似的，这一事实本身并不是坏兆头。人文主义价值仅仅是撤退而已，把自己像金币那样隐藏起来，但它们像黄金储备一样，保障了当代欧洲各种理念的整个流通系统，转入地下反而能够更全面地控制这些理念。

向金币过渡，是未来的事情，而在文化领域摆在我们面前的是以欧洲人文主义传统的金币取代那些临时理念——银行纸币。人文主义瑰丽的弗罗林将再次鸣响，不是对着考古学家的铁铲，而是当时机成熟，它们将会认出它们自己的日子，回响如普通硬币从一只手传到另一只手时的叮当声。

1923 年

亨利-奥古斯特·巴尔比耶

1830年的七月革命是一场经典地不成功的革命。人民的名字似乎从未被这样犬儒地滥用过。实际上，这场革命无非是两个君主制之间的一座步行桥：查理十世的波旁君主制和路易·菲力浦的奥尔良君主制。这是一座从半封建的复辟通往路易·菲力浦真正的资产阶级君主制的步行桥。前者虔诚、伪善，且没有处理经济问题的才干，难以理解无论是时代的精神还是时代的需要。它得到在前次移民潮中留下来的勇猛者和富裕地主的支持。另一方面，路易·菲力浦是一位受金融家和股票经纪人拥戴的国王，是工厂主的庇护人。对他，资产者们都乐意服从，因为他们看到他是他们的同类。1830年至1848年欧洲革命的浪潮刚好碰上了铁路时代的开端，这个时候蒸汽机真正地崛起了。在所有地方，城市无产阶级都在战栗，仿佛它已经感到蒸汽那前所未有的新力量在它的胸膛里咯咯作响。但这只是最初的震颤。运动还没有真正到来。

与此同时，1830年巴黎革命那生动如画的、戏剧性的一面，是壮丽辉煌的，与其实际成就一点也不相称。巴黎在某种程度上再次复制了1793年的出色产品。这三天——7月27、28和29日——给巴黎人留下深刻的印象。几天里震撼空气的强大警报，特别铭刻在他们的记忆中，因为巴黎贞女院①被起义们占领了。仿佛一场飓风横扫这座城市，街边树倒下，街灯柱被连根拔起，马车被推翻，街垒被革命蜂巢的古老艺术用零零碎碎的东西筑起，看上去就像鸟巢：这就是三天的七月风暴过后留下的场面。

这三天应该有一位自己的诗人，也确实得到了。亨利-奥古斯特·巴尔比耶不是一位革命者。他生于1805年，是一位律师的儿子。革命前，他一直是公证人德拉维涅（那位著名浪漫派作家的兄弟）的文书。公证人办事处成了一大群有浪漫倾向的青年作家、被雨果迷住的戏剧狂热分子和风光如画的中世纪的崇拜者的聚会地点。巴尔比耶与他们有共同品味，而如果不是因为1830年，他将依然是一个永远苍白、平淡的浪漫主义者。

有趣的是，在7月那几天，巴尔比耶并不在巴黎。他早前离开巴黎，只是在这场斗争在街上留下崭新痕迹，以及权力分配已经发生的时候才回到巴黎。巴尔比耶不是"三天"的目击者。他的诗歌诞生自一种对比感，也即那场短暂的飓风的宏伟与它留下的满目疮痍。巴尔比耶在《巴黎杂志》发表他那首著名的诗《猎物》之前几天，新闻记者吉拉尔丹写信给他："民众反抗的日子，那些勇敢和热情的分秒，已过去两周。现在反抗的情况已经完全不同了，它是所有那些想找工作的人的一场起义。人们狂热地奔向前厅就如同他们狂热地埋身于战斗。从早上7点开始，一群群队伍穿着燕尾服，奔向首都的各个角落。他们的人数随着每一条街道增长：走路的，坐马车的，坐敞篷车的，满头大汗，气喘吁吁，帽子上别着帽章，纽扣孔别着三色丝带。

---

① 指巴黎圣母院。曼德尔施塔姆在这里语带反讽。

你看见这伟大的群众降临部长们的宫殿，奔向前厅，围攻办事处大门，如此等等……"

在《猎物》发表之后，巴尔比耶的文学敌人指责他剽窃，几乎是把那篇报纸文章改头换面。然而我相信，这种利用报纸新闻，把它作为灵感来源的能力，一点也不会降低诗人的成就。相反，这只会扩大他的成就。

《猎物》在《辩论报》刊印出来。油墨还未干，诗人的名字便已经家喻户晓。他的名声一锤定音，仅以一首诗，然后消退。巴尔比耶是用什么艺术表达方法和手段，给同代人留下如此震惊的印象的呢？

首先，如同他的先行者谢尼埃，他使用阳性的抑扬格诗行，这种诗行受格律约束，其充满活力的重音适用于强有力的、演说式的语言，适用于表达民众的敌意和激情。

其次，他不受文学语言的端庄稳重的限制，而是知道怎样利用粗俗、尖刻和犬儒的词语。这完全符合法国浪漫主义的精神，而法国浪漫主义一直都在为一种翻新的、更新的诗歌词汇而奋斗。

第三，巴尔比耶证明自己是宏伟诗歌比喻的大师，这类比喻似乎注定要服务于演说家的讲坛。巴尔比耶直接从他狂热地阅读的但丁那里学习诗歌的形象描写；确实，我们不可忘记《神曲》是它那个时代最伟大的政治讽刺作品。

巴尔比耶那部诞生于1830年的大爆发的《讽刺诗集》，一首接一首像连珠炮：《猎物》、《雄狮》（"人民加入激烈的斗争，/三天里一头解开脚镣的雄狮震怒，/我看见那雄狮热切地跃起，/向它的敌人猛扑过去。"）、《九三年》、《暴动》，尤其是最后两首《名望》和《偶像》，它们是针对人们对拿破仑的崇拜而写的。巴尔比耶对拿破仑的憎恨使他与所有其他浪漫派作家区别开来。他为拿破仑保留了最粉碎性的、但丁式的意象。对他来说，拿破仑依然活着。他把拿破仑崇拜的毒害视为最危险的流毒，因为这种崇拜打击该时代的民主士气，并且这种崇拜是在最好的诗人和艺术家的实验室里培养的。

继《讽刺诗集》的连珠炮之后，宏大风格的呼吸便离开了巴尔比耶。他还将活很多年，直到1882年。他去意大利和英国旅行，唱过古代天蓝色石窟和墓地的赞歌，并留下一系列具有正义和人道精神的感伤之诗。

巴尔比耶很早就抵达俄罗斯，尽管受到尼古拉审查制度的禁止。莱蒙托夫在狱中全神贯注阅读他的作品，并受到巨大的影响。彼得舍夫斯基小组的成员都熟悉巴尔比耶，并翻译他的作品。十九世纪六十年代那代人尽管无法适当地评估巴尔比耶的诗学力量，却能够把他当作讽刺家来欣赏。比较典型的是《欧洲导报》杂志主编斯塔休列维奇，他对巴尔比耶原文中的"神圣的杂种"的说法大为震惊，要求他的译者软化它或用另一种表达法替代它。涅克拉索夫把巴尔比耶的诗改写成《先知》（"别说他忘记谨慎"）。同代的革命诗，走的是非常不同的方向，没有经历巴尔比耶的古典影响。我们在莱蒙托夫的声音中听到他的回响，甚至在丘特切夫写到拿破仑时听到他的回响。然而，使我们着迷的并非仅仅是巴尔比耶诗歌中的激情，而是某种近乎普希金式的特质：有能力在单独一行诗里，在单独一个恰当表达里，定义一个重大历史现象的本质。

1923年

一支诗人大军

1

而他们多达数十万

在法国公立高中，作诗法——写诗的艺术——是一个学科。法国少年根据一种古老、久经考验和真正的格式，练习十二音节的亚历山大体诗歌。

在法国公立高中，除了官方诗歌几乎没有任何其他诗歌。年轻人因为"学院"诗而获得桂冠和奖项，这种诗歌表面上是有文化的，但实际上是严重地有缺陷和虚假的。

显然，学校的学习毁掉了对写诗的喜爱，而年轻一代即普通的资产阶级青年，一离开高中便扔掉课本，连带抖落身上的诗歌尘埃。

在俄罗斯，年轻人写诗是如此普遍，简直应该作为一种重大社会现象，并应该像任何大规模活动那样被研究，这类大规模活动虽然无用，却有深刻的文化和心理原因。

哪怕仅仅是粗浅地与写诗的圈子为伍，也会使人陷入一个痛苦、病态的世界，一个怪癖者的世界，那些其意志的中枢神经和大脑的中枢神经都有病的人的世界，那些无能力在生存斗争中适应、常常不仅脑力委顿而且体力委顿的彻底失败者的世界。

约十年前，在"流浪狗"咖啡馆自我优越的时期，年轻人的诗歌有一种完全不同的特征。由于无所事事和有物质保障，不急于选择一个职业的年轻人，特权机构的懒汉，妈妈的宝贝，都热切地把自己打扮成诗人，并备足这个行业的所有随身物品：香烟、红酒、迟迟不回家，以及放荡不羁的生活。

这代人如今已经退化，他们的玩具和随身物品都破碎了，而在诗人群体中你很难再碰见无所事事和有保障的自我优越的诗人。

在极其艰难的生存斗争中，数以万计的俄罗斯青年在学习和日常工作之余抽空写诗。（诗）卖不出去，充其量也只是赢得少数几个熟人的赞赏。

这当然是一种病，而这种病并非偶然。它袭击约十七岁到二十五岁的年龄组别，是一点也不奇怪的。在这个丑陋、隐遁的形式中，出现人格的苏醒和形成，尽管这无非是发育不全的性成熟，企图赢得公众的赞赏，也即可怜但正常地表明一个基本需要，需要使自己依附社会，成为社会生存游戏的一部分。

这类无用但坚持不懈地活动的人，有一个基本特征，就是鄙视任何专业；他们几乎总是缺乏任何严肃的专业教育，缺乏对任何明确行业的喜好。有关诗歌开始于任何其他行业结束之处的想法，当然是错的，因为诗歌活动与专业活动（数学、哲学、工程或军事）的结合，只会产生辉煌的成果。政府官员、哲学家或工程师常常在一个诗人身上焕发光彩。诗人并不是一个没有专业的人，不适合任何别的事情，反而是一个超越其专业并使该专业屈从于诗歌的人。

这种对专业的鄙视还有一个附加物，而在这点上我要特别强调，即失去任何对生活的享受；只有生理上的冷漠，对所有体育和运动的无知和厌恶，还有长期的贫血，失去真正的健康。

在我们艰苦的过渡时期之后，诗人的数量大幅增加。由于广泛的营养不良，这样的人大量增加：他们心智的觉醒有一种病态的特征，无法在任何健康活动中找到宣泄渠道。

饥荒年代、定量供应、物质匮乏与大众诗歌写作的最高峰同时发生，绝非巧合。在那些年间，诸如"多米诺"、"诗人咖啡屋"和各种"马厩"店①应运而生，年轻一代，尤其是首都和省会城市的年轻一代，必然疏离正常工作和专业知识，因为只有专业教育才能提供一种解毒剂去对抗"诗歌病"。这是一种真正而严重的疾病，因为它扭曲个性，剥夺一个青年的牢固基础，使他变成笑话和几乎被不加掩饰地厌恶的对象，失去他的其他同龄人都得到的尊重。

一个染上"诗歌病"的人，就是患上了彻底的迷失方向，不仅在他自己的艺术和文学流派上，而且在对社会、历史和文化的一般关注的问题上。

不妨试试把话题从所谓的诗歌转到另一个问题上，你就会听到冷漠和无助的回答，或仅仅一句："我对这个不感兴趣。"更有甚者，一个患上"诗歌病"的人甚至连诗歌本身也不感兴趣。他通常只读两三个他试图模仿的当代作者。他对历代俄罗斯诗歌的发展一无所知。

在大多数情况下，诗歌作者都是非常可怜的漫不经心的诗歌读者。对他们来说，写作被假定为仅仅是悲伤。他们的品味极其不连贯，缺乏任何训练，是天生的非读者，无一例外地对有关开始写作之前要学会阅读的忠告感到受侮辱。

---

① 指莫斯科文学波希米亚的聚集地特维尔大道的咖啡馆和餐馆夜总会。

他们从来不会想到，读诗是一门最崇高和艰难的艺术，读者的工作之可敬，一点也不亚于诗人的工作。他们不满足于读者的谦卑工作，因而，我强调，他们是天生的非读者。

很自然，我这里所说的一切，都与一个广泛的现象有关。稍后我将尝试更详尽地探讨它，界定它，并举出若干典型的例子。

我只想说，"诗歌病"的浪潮必将不可避免地随着国家的总体恢复而消退。最新踏入青年期的人群中，正产生更少的诗人、更多的读者和健康人。

你也许会问，为什么我们不效仿法国资产阶级学校，在我们的学校教育中引进诗歌写作和作诗法的课程，以显示它的困难和对它的尊重。

对此我的回答是：法国学校作诗法的教学是荒唐的，因为必须存在历时数百年不变的公认诗歌方法，例如古希腊的韵律学体系，这种教学才有意义。

俄罗斯和欧洲诗歌如今都在经历一次根本性的转变，因为缺乏传统和正典模式的学校，都不知道该教什么，充其量只会教出一些模仿者和小诗人。

让年轻人用一种公认和流行的方式学习写作以获得简单的读写能力是一回事。因为读写能力是可以教的。

模仿个别作者则是另一回事。因为那是模仿者的品味和良心的问题。

他们是谁，这些无法用眼睛直视你的人，这些已失去对生活的爱和生活意志的人，这些徒劳地想令人感兴趣而自己却对什么也不感兴趣的人？接着我将严肃认真地谈论他们，如同对待病人。

2

他们是谁？

我的第一个例子，涉及我在某份现已停刊的沉闷、过时的月刊编辑部的遭遇。一个讨人喜欢的年轻人走进来，他衣着讲究，不自然地大笑，言谈举止都很世故，但完全放错了位置。在使房间弥漫了烟草的浓雾之后，在他眼看就要离开的时候，他显然想起了什么，于是很随意地跟留胡子的主任，一个被意识形态和诚实弄得昏昏沉沉的男人说："告诉我，你们能不能刊用一些亚济科夫诗歌的法文翻译？"大家都瞪眼看着——简直像精神失常。他来这里想提供法语诗歌，更有甚者，是亚济科夫的法译。当他们很礼貌地咕哝着对他说，他们不能用他的译文的时候，他乐呵呵地离开，很坦然。这个青年的疯狂形象，在很长时间都一直留在我的记忆中。它创下了一个无用的纪录。一切都是无用的：亚济科夫对于他，他对于该杂志，还有亚济科夫的法语翻译对于俄罗斯。我不知道他带着这样的产品去见人是否容易，但他是一个废物、一个纨绔子弟并以此为荣。

有一次，我一进入我的房间便发现一个阴郁的成年男人站在那里，坚决而沉重，充满仇恨地怒视我。他戴着一顶帽，提着一个厚厚的公文包。他脸上既没有一点礼貌的暗示，也没有微笑，也没有哪怕是常见的恳求；他的表情是敌意的，他的眼睛充满仇恨。他带着强烈的敌意宣布说，"你们那群人"——他带着些许的恶心这样表示——中有很多人聆听他，认可他。突然间他坐下来，从公文包里抽出五本皮面笔记："我这里有戏剧、悲剧、诗歌、抒情作品。你想听我读哪个？"它必须被大声读出，它必须被慢慢读出。要求，再加上某种难以消解的仇恨。"我不知道我喜欢什么,你需要哪种东西。你们那群人喜欢它。每一种口味我都有一点。"在他被礼貌地打发走之后,我有一个印象:一个疯子刚来过我的房间。但我错了:他是一个理性的、成年的男人,一个有家庭的男人,本职是一名技工,但不成功。他放弃工程学,在某地工作,养一个家。但有时候他被一股阴暗、动物般的仇恨"压倒",甚至仇恨他自己的皮面笔记本。然后他冲进别人的屋子里,坚称某"群"人赞扬他,有人帮助他和认可他。跟他交谈是不可能的。他侮辱你然后砰地关上门。如果跟他交谈,那就很可能要在某个小酒馆里以一场暴风雨式的告白和泪流满脸告终。

再一个例子:他有一双蓝眼睛,健康的外表,一种德国人的礼貌,一个店员的整洁,眼睛里还有一种舒伯特式的浅蓝色雾蒙蒙。他的到来并没有什么不正常:没有什么迫不得已或损及人际关系的东西。他仅仅是随便地说声打扰了,然后留下一部手稿,笔迹看上去像小孩子写的。里面究竟是什么内容?德国浪漫主义的高贵精神,诺瓦利斯的主题,奇异的巧合,一种真正的高贵精神的颓败创作,以发音不清的可怜旋律构成。他是一家乐器店的店员,一位前钢琴调音师,半德国血统。"瞧,就读读诺瓦利斯、蒂克、布伦塔诺吧。这是一整个世界,似乎跟你是一路的。"但是他没有读过他们,他对这一切毫无概念——他更喜欢写。他将要么从这种高贵病中完全恢复过来,要么变成一个真实的人。

在饥荒时期一个年轻人去找一位古典诗人,念亚述语诗歌给他听。为了强迫诗人听,他给诗人带来一点糖。他确信总的来说一切都是胡说八道,任何东西都可以伪造,所以他带来糖和亚述神话,作为礼物献给诗人。他羞于贫困和任何一种邋遢——他以他奇怪的献祭品来维持他的自尊。命运把他抬得很高:现在他经营一家国际集邮公司。他只保留了他的怀疑主义、他对他的亚述语老师的不屑,还有就是确信任何东西都可以伪造。

西伯利亚、塔什干，甚至布哈拉和花拉子模，都向莫斯科和彼得堡派送诗人。所有这些人都觉得空手去莫斯科是不可能的，因此他们给自己装备了他们可以准备的无论什么东西：诗歌。他们带来诗歌而不是金钱、内衣裤、介绍信，作为建立人际关系的手段，作为征服生活的手段。新生婴儿哭叫，那是因为他呼吸和活着。后来他停止哭叫并开始咿呀学语，但是内心的哭叫并没有消退，而一个成年人同样是用那个压抑在内心的新生婴儿的古老哭叫声来哭叫。社会礼节淹没这哭叫——它是一个纯粹的深渊。年轻人和成年人的诗歌常常就是这哭叫，一个新生婴儿那返祖性的、无休止的哭叫。

词语无足轻重：这哭叫是永恒的——我活着，我需要，我有病。

他来自伊尔库茨克，一个无比自爱的工人，当他们把真相告诉他，说这东西"很差"时，他一点也不担心；他不是带来诗歌而是带来一种不折不扣的哭叫。他觉得这哭叫就像马雅可夫斯基与意象派之间的某种杂交。它什么也不像。短行，两三个词，它分裂、啃咬、哽噎、窒息、狂怒、消退，然后又在某个地方攀爬、咆哮，词语无足轻重，词语不服从，一切都不是以他想要的方式说出来，而是一阵古老的咆哮：我活着，我需要，我有病。也许还有来自一个成年和有意识的男人的呼救！有数以万计这样的人。最重要的是，他们必须得到帮助，这样他们才会停止叫喊。当他们放下诗歌，放下这返祖性的号叫，他们就会开始咿呀学语，他们就会开始说话，他们就会开始生活。

我纳闷他们怎样听自己，因为这是非常重要的。麻烦在于，他们淹没自己，被自己的声音的巨响震呆了。有些干脆大喊，不顾语法结构、感觉、逻辑；另一些一路通过鼻子歌唱；还有另一些喃喃自语，以阿拉伯风格摇来摆去。有一个发明了一种朗诵式叠句，开始用一种哑默的旋律歌唱。如果你看一眼写着这类诗的纸，你就会想："写这东西的人毕竟不傻——他怎么有可能在里面发现什么？"不过，还是听听他怎样读它：它是如此庄严和带鼻音，以致它再也不像俄罗斯语言了。你会误以为这是礼拜仪式上念的东西，而说话者是先知。那几个仅剩的唯美主义者强调形容词词尾——这"的"那"的"；粗俗诗歌的欣赏者以一种创新性的方式朗诵，仿佛他们正在用发誓和威胁来诅咒和攻击听众似的。当然，那声音是工作的工具，如果没有朗诵，像几何平面那样，将是不可设想的。诗人用声音工作，声音。没错。但是这些人的声音是他们自己的敌人。没有任何东西可以跟这类声音协调。

另一个典型特征是他们都渴望看到自己被出版，不管在哪里出版或如何出版。他们相信只要他们被出版，就可以开始一种新生命。什么也不会开始。出版不是什么大事。哪怕好诗歌也不会惊动文学高地。年轻女孩和年轻女士们，诗歌的女裁缝，你们这些喜欢把自己叫作玛雅并带着敬畏回忆一位伟大诗人屈尊的抚摸的人。你们的情况要简单得多：你们写诗是为了被爱。要阻止这个趋势，我们将形成一场俄罗斯青年的共谋：我们将不会对写诗的青年女士们望一眼。

谁会写诗？但这个问题需要回答吗？没错，我们都穿鞋，但制鞋的人很少。有多少人能读诗？然而几乎所有人都写诗。

1923 年

为索洛古勃周年纪念而作

今天,列宁格勒和整个俄罗斯文学界都在庆祝费奥多尔·库兹米奇·索洛古勃创作四十周年。虽然索洛古勃的诗歌的来源,是与遥远的过去——八十年代和九十年代——相连的,但它的本质却是与遥远的未来相扣的。

在青年索洛古勃和他的同代人发表和出版的所有诗中,索洛古勃的诗立即就因为它们独特的力量、它们自信的和谐和它们高尚而人性的清晰度而鹤立鸡群。

俄罗斯诗歌经过漫长的间歇期之后,第一次好像突然有一种意志力的本质在回响着——一种生命意志,一种存在意志。

整整一个人,一个渴望存在的圆满、因意识到他与这个世界的联系而颤抖的人,从那些半生物中间,从生活和文学的那些杂种狗中间脱颖而出。

在那些悲伤的年代,甚至没有什么东西获得一个适当的名称:散文被称为纯文学,而可怜的诗意化则被称为诗歌。具有新闻主义说服力的作家倒是不缺,抒情性的抽泣此起彼伏。在这样的条件下,似乎已没有庄严的余地，甚至没有有意义的余地。但索洛古勃却肩负起一个巨大的任务。他以人类精神的集体力量，赋予他的年代一个时代的意义，还以这种集体力量把他的同代人虚弱的含糊不清提升至表达永恒、古典的准则的高度。

他的来自过去的遗产，仅包含若干词语，少得可怜的词汇，以及寥寥几个意象。然而，就像一个玩弹子游戏的孩子，他教我们以毫不掩饰的自由和灵感来玩这些即使是少得可怜的时间的礼物。

对我这一代人来说，索洛古勃在二十年代是一个传奇人物。我们问自己：这个其老旧的声音回响着如此永恒的力量的人是谁？他年纪多大了？他从哪里获得他的自由、他的无畏、他的温柔和予人安慰的甜蜜、他的哪怕是在最深的绝望里也显示出的精神清晰度？

最初，由于我们的不成熟，我们以为索洛古勃无非是一个慰藉的信使，嘀咕着一些催眠的词语；一个技巧纯熟的歌手，唱着催人入眠的歌谣。但最后我们逐渐明白，索洛古勃的诗歌是一门行动的科学、意志的科学、勇敢和爱的科学。

索洛古勃的诗歌从丘特切夫的阿尔卑斯峰顶流下来，像一些清澈的山溪。这些山溪如此靠近我们的住所、我们的家，哗啦啦响着。然而，某处，在玫瑰色的阿尔卑斯山的严寒中，丘特切夫的永恒之雪正在融化。索洛古勃的诗假设那永恒的冰雪的存在和融化。那儿，在那峰顶，在丘特切夫的阿尔卑斯山上，是这些诗的来处和源头。这是一次降临，降临山谷，降到了生活和居所的水平。这是俄罗斯诗歌那白雪皑皑、永恒地寒冷的存储的一次降临（也许它们那冰冷的淡漠太静止不动和太自我主义，只有勇敢的读者才能接近）。丘特切夫的白雪在融化，已融化超过半个世纪了；丘特切夫正降临我们的房屋：它是第二次行动，如同吸入之后呼出那样不可或缺，如同在一个音节中一个元音紧跟着一个辅音；它不是一个回声，甚至不是一次继续，而是物质的循环，是带着阿尔卑斯山和带着平原的俄罗斯诗歌中的自然的伟大循环。

> 我不明白为什么
> 一种奇迹般的力量
> 在荒凉、垂死的大自然
> 再创整体生命的胜利。

存在着由多个时代构成因而需要解释的声音，也存在着丧失声音的多个词不达意的时代。从词不达意中诞生了最清澈的声音。从清澈的绝望到欢乐只需要一步。而索洛古勃所有的诗都是面对未来。他生于无时间性，逐渐储满时间；他懂得如何呼吸，并教我们如何爱。

我们的子子孙孙将会理解索洛古勃，并以他们自己的方式理解他，而对他们来说《火圈》将是一本忧伤地烧旺起来的书，它把我们慵懒的本性转化成纯粹、轻逸的灰烬。

费奥多尔·库兹米奇·索洛古勃爱俄罗斯诗歌中所有真正新的东西，而这是极少有人能够做到的。他向我们招手示意的，不是老调和陈腐的形式。他的诗歌的最大教益是：如果你可以，如果你能够，就创新；如果你不能，那么就向过去告别，但要以你会用你的告别把过去烧旺起来的那种方式告别。

1924 年

戏剧界的一个革命者

恩斯特·托勒尔的《群众人》①仍未在俄罗斯演出过，它无疑是一部有一个未来的戏剧，不管其艺术成就和戏剧成就如何。它应该与诸如列昂尼德·安德烈耶夫的《一个人的一生》这样的戏剧作品归入同一类别。它那原始然而出色的象征主义演出形式，它那简明、严谨的情节，都是既有力又基本的，使它成为一部人人能懂的戏剧。

恩斯特·托勒尔是一位勇敢的德国斯巴达克同盟革命者，也是年轻的德国编剧艺术协会"戏剧自由"社的创办人之一。不过，仔细点检查，至少就尽可能从托勒尔自己作品的角度来判断而言，与他的团体联系在一起的戏剧自由实际上是在戏剧领域以外：它并不是戏剧自由。一股强大而高贵的社会直觉——德国无产阶级那勇敢而革命性的自由，赋予托勒尔的理念以活力，像飞溅的浪花一样贯穿他的戏剧，清洁他的戏剧。这种社会直觉实际上并没有为戏剧本身创造什么东

---

① 托勒尔这本戏剧原文为"*Masse Mensch*"，一般译为《群众和个人》《群众与人》等，也有译为《群众人》《大众人》《群体人》的。曼德尔施塔姆在俄语中把它译为《群众人》。

西，反而是通过戏剧发挥作用，仅仅把戏剧作为工具来使用，服务于另一个目的。因此，尽管恩斯特·托勒尔充满感染力、能量和紧张，但是他不能被视为编剧艺术中的革命者。然而他却是戏剧界的革命者；他熟练地利用传统手段，在这个例子中，是利用德国象征主义戏剧的技巧，使戏剧来适应他自己的好战目标。对俄罗斯观众来说，这些技巧极容易让人想起列昂尼德·安德烈耶夫，想起安德烈耶夫的"流派"[1]；想起最近那令人痛苦的记忆（愿上帝不要让这种事情再发生），也即"他""她""它"[2]和其他戏剧角色在易受影响的俄罗斯知识阶层造成的恐慌。但是当我们拿托勒尔的种种实验与它们的俄罗斯亲属在革命前的作品作比较，我们发现何等有利于托勒尔的差别。我们在托勒尔的作品中看到的不是苍白、知识分子的无能，而是生命力、真正的感染力，以及一种铁一般的革命意志：

> 我们不知从什么时候就被囚禁在
> 一座座高耸城镇的深渊里；
> 我们，躺在机械性
> 和嘲弄系统的祭台上。我们，
> 在泪水之夜里满脸浮肿，
> 我们不知从什么时候就没有母亲——
> 我们在工厂的深渊里呼喊：
> 我们什么时候可以活在爱中？
> 我们什么时候可以自愿工作？

---

[1] 曼德尔施塔姆曾在《时间的喧嚣》中对安德烈耶夫的《一个人的一生》表示强烈谴责。
[2] 安德烈耶夫《一个人的一生》中的角色，没有姓名，仅以"他""她""它"称呼。

什么时候是拯救?

在托勒尔的大合唱中,有某种普罗米修斯式和原始日耳曼式的东西。他可以在《国际歌》不同变奏的基础上创作一首真正的赞美诗:

从全世界的沉睡中醒来,

奴隶和所有工人,

雷声轰鸣你们权利的消息,

你们的日子正来临,你们的星光在照耀。

托勒尔的感染力是壮丽的,是崇高悲剧的感染力:

工厂属于工人,

而不属于我的资本老爷。

我们弓着背把他们垫高去贪婪地

浏览远方的财富和策划奴役

外国老百姓的战争的

时代已经过去了……

因此,最令人气恼的莫过于,作为剧作家的托勒尔竟然完全成了慕尼黑现代主义运动象征主义的俘虏,他所有的悲剧感染力竟然都无助地悬挂在象征主义的人体模型上。

一个完全忠实于生活的处境,突显了《群众人》的情节:一个来自良好资产阶级家庭的妇女,某个官僚、公共检察官或著名律师的妻子,参加了工人运动,并且,作为领导人和煽动家,主动承担大众无情的行动的全部责任。然而,在最后时刻,她的决心抛弃了她,人道主义的成见（"你爱怎样都可以，就是不能有暴力"）占了上风，她什么也没做成。没人想听她的；她不适合担当领导人，被一个真正无情的领导人取代。这个显然是工人运动的业余爱好者的女人，在托勒尔这部戏剧中仅仅以大写字母被称为"女人"。除了有一个丈夫，她没有任何现实属性。丈夫尽管有一个大写字母，却是一个现实主义者，且几乎达到日常滑稽人物的程度，他的说话方式呼应他的教育水平和他的地位，而这破坏了情节整体上哀婉的音调。戏剧中的主角"无名者"，就是那个"群众人"。

完全地抽象，这个"群众人"没有哪怕一丝个性。人体模型的感染力。我们会被告知，要求集体意志和集体行动的代表们有个性是荒唐的，被告知托勒尔在塑造"无名者"时刻意地磨掉所有棱角。而我会回答说，"群众人"也必须被视为一个人，每个"群众人"也是一个独特的"群众人"。"群众人"的戏剧化，如同个人主义者浮士德的戏剧化，要求戏剧塑造。否则结果将不是戏剧力量，而是某种在空间里到处游荡的陈词滥调。整部戏剧流溢自和完全包括在那个女人与无名者之间的论争：它是一场彻头彻尾的政治集会。集会在不同的谵妄场面之间交替：在银行家场面中，股市以电影摄制的速度显示；在监狱放风场的场面中，在一个对最近的将来的幻想中，被处死的囚犯的鬼影跳起象征式的舞。我们认出囚犯就是银行家。不用说，把群众行动解释成集会是幼稚的。集会本身恰恰就是行动；并不是群众事业和群众的成熟所养育的社会革命的集会式人物，而是发源于商业环境的革命，使哪怕是托勒尔笔下最有力的场面也变得不现实和难以令人信服。决定革命进程的重要事件绝不是在集会中诞生的。你也可以通过用电话联络三个在各自家中的人来描写群众行动。几乎所有欧洲革命戏剧都因为天真地把群众行动与集会混为一谈而变得瞩目地雷同。就连剧本提纲也处理一样的咖啡馆、会议厅或诸如此类的东西。然而，由于托勒尔创造了一部真实的、尽管存在艺术缺陷的悲剧的伟大感染力，他的一切都得到原谅，绝对是一切，包括把群众行动与集会混为一谈，以及银行家的鬼影随着"无名者"吹奏的管乐器跳起象征性的列昂尼德·安德烈耶夫式死亡之舞。

托勒尔以异乎寻常的力量并置两个原则：人文主义与新的集体紧迫性，前者是旧世界最好的东西，后者为了行动而使人文主义处于从属地位。并非没有理由的是，"行动"一词在他的戏剧中回响如一个风琴，淹没所有其他声音。他把旧世界所能够搜集的捍卫人文主义的最强烈、最热情的词语，放进了女主人公的口中，她因为自己分裂的思想感情而毁灭。那个女人的悲剧是托勒尔自己的悲剧。他以行动的名义克服并超越了他的人文主义，这就是为什么他的集体主义狂喜如此有价值。恩斯特·托勒尔的戏剧《群众人》是德国革命精神最高贵的里程碑之一。

1923 年

一月九日的血腥神秘剧

当一位戏剧导演筹备一场史诗式的演出，他要召集一大群演员，安排他们的角色，用强大的电流给他们注入动作，于是他们便在他的手指下活灵活现；他们制造噪声，他们叫喊，像劲风吹袭下的芦苇来回折腾。历史事件没有导演。在没有任何指示或事先取得同意的情况下，参加者被一种说不清的焦虑所驱使，被逐出舒适的居所，进入街道和街心广场。一股神秘力量把他们抛向城市广场，任由他们受未知力量的摆布。

如果他们中间有一个保民官，其声音可以从这些基本的人类力量中创造一个结构、一种秩序，那就很好；如果有一个强大的目标——夺取一个要塞或夷平一座巴士底狱，那就很好。然后这被一支棍子捅开的蚁冢，就会变成一个有序的系统，直奔中心，那里一切都将不可避免地得到解决，那里一次事件将不可避免地发生。

在一月九日这个悲剧日子，那场盛大的史诗级演出不得不在没有中心、没有事件的情况下完成；麇集的人群未能成功去到冬宫。

彼得堡工人并非命中注定要去见沙皇，这场根据一个严格界定的计划酝酿的人民运动被历史的意志砍头了，而这个伟大日子的演员没有一个执行导演的指示，没有一个成功抵达那座大如湖泊、中央有大理石柱天使雕像的马掌形广场。

彼得堡工人的队伍在抵达最后一个收费站之后，有多少次被驱散，一月九日的神秘剧有多少次被重演？队伍在这座伟大城市的各个区域同时发展，在莫斯科各收费站和纳尔瓦收费站背后，在奥哈，在瓦斯列夫斯基岛，以及维堡收费站……还有几座具有同等权利的小剧院，而不只是一座巨型剧院。每一座都独立地应付自己的任务：削弱对沙皇的信心，以及用雪中之血写下弑君的礼赞。

每一个儿童帽子或手套，每一块妇女在当天怜悯地掷到彼得堡雪上的手帕，都将继续成为宣布沙皇必死、沙皇将死的宣言。

在俄国革命的整个编年史中，也许没有任何其他日子像一月九日那样渗透着实质。那时候，人们对那天的重要性的意识，超过了那天的明显意义；这种意识像某种不祥、负担沉重、无法说清的东西压在他们身上。

从一月九日得到的教训——弑君——是真正的悲剧教训：除非沙皇被杀，否则活不下去。一月九日是一出只有合唱队表演的悲剧：它没有主人公，没有精神领袖。加蓬神父留在背景中。行动一开始，他就已经什么也不是，他就已经哪里也找不到了……有多少人被杀，有多少人受伤——而他们中间一个著名人物也没有……（只有塔尔列教授头部被马刀砍伤——他是唯一的名人……）合唱队被遗忘在舞台上，被抛弃，自生自灭……任何熟悉希腊悲剧规则的人都会明白，不可能见到比这更可怜、更令人心碎、更惨痛的场面了。正是在这个时候人们意识里的悲剧深度被点燃。当子弹开始呼啸，人们狼狈地乱跑，怀着动物性的恐惧跌倒在地面上，忘记彼此。

典型的说法是开枪之前没人听到信号。根据各种道听途说，这场大屠杀显然是在没有警告的情况下开始的。没有人听见俄罗斯帝国最后的号角声——它死亡的痛苦，它临死的呻吟——在一月霜冻的空气中回响。俄罗斯帝国像一头野兽那样死去——没有人听见它最后的喘息声。

一月九日是一出彼得堡悲剧；它只能在彼得堡发生。这座城市的设计，街道的安排，还有建筑的精神，给这次历史事件的本质留下难以磨灭的痕迹。一月九日不可能在莫斯科发生。那天的向心力，那沿着半径从周边向中心的有规律的运动，可以说，一月九日的整个动力是由彼得堡的建筑和历史设计决定的。彼得堡的建筑理念不可避免地导向大一统的概念。彼得堡，连同它所有残破、枯黄、灰绿色的街道，自然而然地流入冬宫广场的强大花岗岩水库，流向被一个带有四匹扬起前腿竞跑的骏马的青铜拱门切成两半的马掌形红色建筑群。

人们没有拥向参议院广场上的青铜骑士，是因为只有整个俄罗斯才有资格跟他较量；骑马跟他比武的时刻还没到来。

人们拥向冬宫广场就像砌砖工去那里砌最后一块砖；从而完成了他们的革命建设。工人建造冬宫：接着他们出发去考验沙皇。

考验失败了。因为沙皇早就被摧毁了。冬宫已经变成一个棺材和一片荒地，冬宫广场——一个豁开的深渊，世界上结构最完善的城市——一大堆无意义地聚集的建筑物。

怎么办？只有奥布霍夫斯卡雅医院及其栅栏、庭院、停尸间没有被砍头：它知道该做什么。像一个老姑妈在有人死了和有人出生了的时候来访，这个皮肤发黄的老接生婆接收了数以千计被意外杀死者——每一只被击落的飞禽身体上都一个不起眼的伤口或镶着一颗铅弹。

在那个黄色的冬日，没有人知道她在接收新生、红色的俄罗斯，没有人知道每个死者都是一个新生儿。

即便是遥远的西伯利亚的聪明的农民,也都还不知道他注定要救谁,他也没有作好长途旅行的准备。

被砍头的彼得堡屹立着,包裹在阴郁的裹尸布里;街道上篝火在冒烟;过时而多余的巡逻队在街道角落冻僵了。然而,一座没有一个灵魂的城市是不可想象的:新的、解放的彼得堡灵魂已经在大雪中漫游,如同柔嫩、忧伤的普赛克。第一支工人队伍失败了。它从砖块和木门出发,迈向涅瓦河的花岗岩圣杯,迈向庇护所般的纯粹建筑群及其海军大楼神龛和圣伊萨克大教堂石棺。但这支队伍再次组织起来:十二年后,整个彼得堡,连同其所有肮脏、黄色、盒子似的房子,从其棚屋、工厂、荒地中起来反抗,从四面八方拥向冬宫广场,去完成它很久以前动工的大厦的建设,以最后一块自由地砌上的砖头为那座建立在工人骨头上的雄伟而辉煌的、用工人的劳动筑成的强大堡垒正名。

1922 年

雅克出生又死了

在俄语里，一个表述直接引语的句子是通过破折号和引号而与其解释分开的——"多么美好的一天"——他说，咧着胡子里的嘴傻笑。所有的书都是这样用的，尽管没有人这样说话或讲故事。我不知道为什么这个方法在普通的书里几乎难以被觉察，即是说，在用原文写的书中，而在译本中它却像一个单调的纺锤那样嗡嗡响。

我也不知道为什么最近我老是被一个荒谬的、极端的句法结构所困扰，它在某种程度上是这个混凝纸的文字世界的纸板金字塔的合成物："雅克出生，活了一辈子，死了……"

他是谁，这个雅克？他出生在香槟、都兰还是阿尔萨斯？他是不是被一本黄色封面小说的作者放进战争绞肉机里折磨，或他是不是被某个叫作伯努瓦的勇猛配角追捕，一直追到突尼斯，追到阿拉伯人那里？他是不是拒绝了他的未婚妻？他是不是继承了一笔遗产？他是不是某个模范采石场的工人们的恩主？

这有任何差别吗？！……翻译作品类似于《传道书》，啊，虚空的虚空。那座纸板金字塔将屹立很长、很长时间："雅克出生，活了一辈子，死了……"

"翻译"这个词有某种邪恶、凶残的含糊性，类似于以同一个动词的不同形式出现的含糊性："追求"和"杀人"[①]。

对外国作者的翻译，在俄罗斯出版史的一整个时期里泛滥成灾，像遮天蔽日的蝗虫降临思想和文字的田野。这翻译，当然只是"翻译"，也即浪费前所未闻的大量人力、精力、时间、毅力和新鲜的人血。戈东诺夫在莫斯科发生瘟疫的时候，下令建造苏哈列夫塔，而沙皇的粮食配给和铜币格里夫纳对十七世纪的失业者来说很有可能大派用场。啊，世界文学出版社，1919年饥荒的知识阶层的苏哈列夫塔，我真不知道应该赞美你还是诅咒你。只有那些其名字可在世界伟人祠里找到的作者，才会被列入翻译计划，并被印在仿羊皮纸上，像五十周年纪念版那样浮夸奢华。在世界文学出版社的粮仓里，谷粒稀少：被啄走了，而大摞大摞积压的手稿则堆至天花板。

毫不抵抗的路线通往捐送！钢笔在粉红色、痛风的手指里唧唧叫。两千个新的、更灵活的陈词滥调被添加进伊里纳尔赫·韦坚斯基[②]的方法里。没有人问一下自己到底想不想翻译司汤达，或有没有人想读他翻译的东西。佛教的祈祷轮正在转动。簿记部计算有多少页。

曾经有一个时期，一本外国书被翻译成俄语是一次事件，对外国作者是一个殊荣，对读者也是一个难得的机会。曾经有一个时候，同等级别的译者翻译同等级别的作家，只为语言的光荣而较量，翻译就

[①] "追求"和"杀人"：俄语"ukhazhivat"和"ukhodit"是同一个动词的不同形式，前者包含"照顾、追求（女人）"等意思，后者包含"杀死、摆脱某人"等意思。

[②] 伊里纳尔赫·韦坚斯基是俄罗斯翻译家，以翻译英国小说尤其是狄更斯和萨克雷的小说而闻名。

像嫁接外国水果，又像锻炼精神肌肉的有益体操。普希金和俄罗斯翻译界的优秀天才茹科夫斯基，都非常重视翻译。

衰落约略开始于十九世纪六十年代，精神脏活、知识散工这类完全虚假的观念开始流行，俄罗斯文化的腐蚀性疾病开始蔓延，头脑的价值开始低廉化。劳动也许是沉重和单调的，但绝非"脏"活，不管是码头工人的劳动还是译者的劳动。当一个女学生可以去莫斯科找工作或做翻译，当书店的蜘蛛意识到廉价脑力劳动可以成为有利可图的生意，肮脏、低水平读物的生产便开始了。像斯塔休列维奇这类人，不敢在他们的《导报》刊登列斯科夫的作品，却又愚钝地抱怨文学稀缺，于是便给他们厚厚的刊物填满了"雅克"们，而微胖的女士们则忙于丑化埃德加·爱伦·坡，坡的故事在她们那个时代被翻译时，其恐怖成分被净化，因为这些故事对它们的女译者来说，似乎太可怕了。

在十九世纪七十年代一部典型的廉价小说中，作者在描写当时的一种新鲜事——马拉街车——时，讲述一次无意中听到的谈话：某个可怜的娜斯坚卡，为阿普拉克辛商店街的商人们缝制衬衣，却被他们骗了。她说到她怎样必须去"商店"，那里有人"给"她一本书，让她翻译，一页五卢布，预支两卢布。至少那时候一切都是公开的，虽然对娜斯坚卡来说这是一件苦差，但那"商店"跟其他商店并没有什么不同。

译者的最大奖赏，是看到他翻译的书被同化，成为俄罗斯文学的一部分。自从巴尔蒙特、勃留索夫，以及泰奥菲尔·戈蒂埃的《珐琅和玉雕》俄译本以来，我们能够再举出这样的例子吗？

近年的翻译文学，尽管具有普适性，却过于精致，过于准确和学究。它由一支翻译先锋队生产，显得勉强、可有可无，因而最终是不必要的。即便是一部外国作品的最谨慎的翻译，如果它不是由内心的必要性激发的，那它就不是某个民族文化的活生生的回声，而是在语言的下意识工场里留下极其有害的足迹，阻挡它的去路，腐蚀它的良心，使它变得顺从、躲闪和毫无人格地讨好。

沿着毫不抵抗的路线，廉价脑力正被一普特①一普特地运往商店的谷物称盘。

各种极其复杂但并非完全是偶然的环境因素的聚合，造成我们现在面对一种痛苦、丢脸的疾病：在我们国家，一本书已不再是一次事件。是的，以其特有的方式，每一期报纸也是一次事件、一次搏动、一种受我们尊敬的鲜血，而一本书却只是半磅什么——是什么有什么差别吗——半磅弗谢沃洛德·伊万诺夫、皮利尼亚克或"雅克"。一本书不会在道德败坏中幸存下来，它的病是接触性传染病。我们一定不要让数十万不受尊敬或半受尊敬的书在市场上泛滥，尽管它们是可以推销或流通的。

所有的书，不管好坏，都是姐妹，而俄语书，"雅克"的姐妹，因与"雅克"的相近性而受苦。如果一个国家的宝贵脑力的一颗粒子在翻译厨房狼吞虎咽的火炉里燃烧，如果哪怕是宝贵的黄金储备的一部分被有意识和持续地熔化进外国货币，必须有严肃的理由和正当性。我看到很多随你爱怎么列举的理由，但没有正当性，也永不会有正当性。

某个令人厌恶的乞乞科夫式傻相闪耀在"雅克"脸上。有人做了一个猥亵的姿势，用下流的假声问道："嗯，兄弟，生活在俄罗斯不乏味吗？……"

1926 年

---

① 俄罗斯的重量单位。1 普特＝16.38 千克。

诗人谈自己
对问卷"苏联作家与十月"的回答

十月革命不能不影响我的创作,因为它带走我的"传记"、我的个人意义感。然而,我感激它,因为它彻底终结了我的精神安全和终结了一种由非劳动所得的文化收入支持的文化生活……我感到受惠于这场革命,但我把才能献给它,只是它至今还不需要。

作家应成为一个怎样的作家这个问题,我是完全不懂的:回答这个问题无异于发明一个作家,即是说,替他写他的作品。

更重要的是,我深信,尽管作家有种种局限和需要依赖社会力量,但现代科学并不拥有任何手段来造就这种或那种令人满意的作家。基本的优生学提醒我们注意一个事实,也即任何种类的文化杂交和嫁接都可能产生最意料不到的结果。国家争取读者是一个较有可能的办法,而这方面已存在着一个直接手段:学校。

1928 年

劣作之潮

直率地说，当前泛滥在俄罗斯市场上的外国纯文学翻译无非是一股劣作之潮。"辛克莱""皮兰德娄"或"莫伯桑"的名字出现在一本书的封套上，并不意味着那本书真的属于那个特定的外国作者。只懂得本国语言的普通读者，遭出版商有计划、有步骤地诈骗。个人消费者和图书馆都被卷入利益受损的交易。这个"公开的秘密"，要坦白而直接地揭露出来，是需要勇气的：在我们的出版社里，外国书的翻译完全不是被当成文学，而只是**不必缴付版税的大字版本**。即使是最漫不经心的读者，也会注意到，所有外国作家——从阿纳托尔·法朗士到最新的廉价小说家——在俄语译本中实际上都讲着同一种拙劣的语言。我国译者（懂外语的潦倒、失业的知识分子）经常受雇的那个松垮、琐碎和混乱的社会环境，给他们所有的劣作烙上了无法消除的平庸印记。他们不仅披露了作者，而且披露了他们自己。我们从他们手中接受的外国的丰富性，是以一种下贱、刻意降低的面目出现的。

在我国，外国书是免版税的，适合所有实际用途。译者和编辑因此得到的稿费相对于一本原作，是如此微不足道，简直不足挂齿。

出版社漠视翻译产品的质量，却又对其销量怀着浓烈的兴趣。与翻译成俄文的书相比，当代俄语书可以说是难以卒读的。外国纯文学实际上淹没了当代俄罗斯纯文学。

出版社出版其作者已死的书，是极有利可图和方便的。首先，它们不必经他同意；其次，它们可省却与他作无休止的争执，免掉这种既疲累又有风险的烦事；第三，不管出版成什么样，他都不会抗议。

然而，除了这个可怜的经济理由外，我国翻译作品患严重慢性病还有另一个理由。这就是文化上的理由。

在任何国家，翻译质量都是该国文化水平的指示器。其指示作用就像肥皂销量或识字率的统计数字。在我国，翻译的质量实际上陷于绝望的境地。

更有甚者，出版社的行政官员和业务经理都在译者的身上挽回损失。国家出版社这个文化看护者，这个被我们委以文化事业这一进步部门之重任的出版社，不仅没有提高译者低微的稿费，还在上次开会检讨它与我们的译者的标准合同时，把报酬降得更低。

公众可知道出版社付给译者多少报酬？公众可知道译者是从哪里招聘来的？他们可知道那三几位总算在这个凶险的领域生存下来的大师和专家处于怎么样的地位？

一家出版社付给我们的译者每印张（每四万个字母）三十至六十卢布。再看它怎样支付！是真正虐待狂式的分期付款！收到稿件后，付一半，要到出版之后才给另一半。从收到稿件到书籍出版，时间长达数个月。还不是这么就完了。译者花费甚巨：一个打字员（每印张四至六卢布）、复印原著等。

翻译本身受到的对待就好像把谷物从一个布袋倒进另一个布袋。为了防止译者在搬运过程中隐藏或偷窃任何谷粒，他获得的是以俄文计算的报酬，而不是以原文计算的，以此作为控制谷粒的手段。于是乎，为了这个看似是微不足道的理由，书本一年胀得比一年大，然后一身水肿，重病不起。那些多出来的篇幅，是译者为了糊口而增加的。

翻译是文学中最艰难和责任最重大的工作。它基本上是在外来材料的基础上创造一个独立的语言系统。把这个系统转换成俄语系统，需要巨大的努力、专注、意志，丰富的创造性、知识的新鲜性、哲学的感性、庞大的词汇量，以及细心聆听节奏、把握一个片语的画面并把它传达出来的能力；更有甚者，这一切都必须在最严格的自我控制之中完成。否则翻译只能算是篡改。翻译的过程需要庞大的神经能源的支出。这种工作耗尽和抽干大脑，甚于其他种类的创造性工作。一个优秀的译者如果没有作好准备，很快就会筋疲力尽。必须有适当的工作环境。我们必须研究译者易于患上的职业病并采取预防措施。我们必须为我们的译者提供保险，确保他们得到定期的休息。国家出版社、土地与工厂出版社和青年近卫军出版社可有采取过任何预防措施？

如果我们想翻译出优秀的外国文学，就必须铲除这种生产劣作的麻木体制的根源，可是它实际上一年比一年恶化。

一部福楼拜的小说和一部廉价小说的价钱几乎一样。文学翻译的新手、粗浅涉猎者和成熟的一流巧匠，几乎获得同等的待遇。与此同时，原创散文作品每页报酬的比例则介于一百五十至五百卢布之间。难怪出版社，连同他们的工作"体制"，不仅令文人望翻译却步，而且也令普通文化水平的读者望翻译却步。

国家出版社最近承担起翻译十八卷歌德全集的任务。国家出版社这种勇敢，或者更确切地说，这种厚颜无耻，委实令人吃惊，它图谋歌德一生的作品，却完全无视整个翻译行业的情况。

结果是，它那庞大的文化功能大部分由那些没有才能、二流的求薪者完成。

人们为水井被放毒、为运河和水道遭危害和污染、为公用厨房的坛坛罐罐质地不好而告上法庭。但是，至今仍没有人为向我们的读者提供世界文学的工场的可怕环境（如此糟糕，你简直无法相信）而承担责任，或对那些把普通苏联读者的头脑与西方和东方、欧洲和美洲，与人类过去和现在的创造性生命联结起来的传送带造成的损失承担责任——这种前所未有的蓄意破坏虽然每天都在发生，却未被注意地逍遥法外。必须在每个十字路口用扩音器把它张扬出来！让我们的公共机构积极地支持我们刚刚开展的运动。我们需要从根本上改革整个出版事业：必须进行逐个阶段的整顿、修正和重建，最后以法令的胜利告终。让所有这些阶段公开，在报章广而传之，接受权威公共机构的监督。

每个出版社的各个部门都坐着本社编辑，他们领月薪，他们必须让数十页打印好的手稿通过他们的曲颈甑。在大多数情况下，这些编辑都是有文化修养和文学才干的人。他们快捷地"抓紧"他们的工作。一部手稿在他们手中变得面目全非。你以为他们拿原文来校对译文，使其接近于原文？才不是哪！一个编辑通常并不编辑，而是净化译文。他把译文修剪成基本的识字程度，把句子磨光，删除荒诞之处，消灭成千上万个"这""那"。在这过程中，只有当他碰到某个明显的荒诞之处，他才会瞥一眼原文。如果要逐字校阅，逻辑上就需要抓起手稿揉成一团丢进废纸篓，但这是不可能的，因为手稿是已经预订好并付了钱的，而那位译者，无论好坏，毕竟是出版社的一个主顾。

在这些编辑中，不乏一些还过得去的译者。但是编辑都不想干那个行当。

巧得很，并非所有编辑都在做最适合于他们的工作，上述有关译者的话，也同样适用于编辑，至少部分如此。

可有人把译者的名字告诉我们？没有。报刊也应对此负责。评论家受到一般人的感染，不尊重技艺，不尊重艺术，不尊重译者的才能。评论外国文学的人经常对文学形式视若无睹。

没人敢相信我国的翻译作品是怎样选择出来的。在列宁格勒国家出版社，从外国订书曾经是家常便饭。它们要受几个方面的小心检查。首先，在外国的官方供应者会提供必要的粗浅资料。接着，有经验的评论家会通览数十种、数百种书，因为关于那些甚至还未出版的书的评论往往比那些发表在厚厚的杂志里的评论更有文化素养、更有文学性，也更实在。在经过这种方式筛选出来的四五十本书中，会有三四本被拣出来准备翻译。只有到这个时候，在经过意识形态领导人的同意之后，才会有一两本书最后提交翻译。目前，各出版社实际上已停止从外国订书，理由是财政紧张。译者们自己也成为掮客；他们有自己的代理。巴黎和纽约的亲戚决定苏联读者应读些什么："给我一点活干吧。""嗯，你有什么好推荐的？如果合适，那么我们……"这是现时出版社内的典型对话。像商人待嫁的女儿，出版社把双手叉在腰际，等求婚。译者开始与天真的外国作者通信。我知道有一些事例，翻译授权都是通过这种半文盲但充满活力的手段获得的。

我们出书不应以欠缺外汇信贷为借口。必须强制移除业余译者这种主动做法。在我看来，就选书以及合格的评论家而言，似乎欧洲和美洲那些无产阶级作家的协会可以提供比某个人在巴黎或伦敦的亲戚好得多的服务。最后，关键在于建立一个跨出版社的"信息部"，负责选书和荐书。

一本书的命运取决于为出版社写评论，以供"内部使用"的评论家。他握住一本书的生杀大权。每一篇评论都必须写得发表出来时不至于尴尬，文责全由作者自负。然而，这些评论常常变成麻木不仁的官僚式公文，琐碎、丢人、枯燥，根本不可能发表。我们的评论家被视为二流主顾，一点也不亚于我们的译者。

评论家生产"略胜于意见"的文字，而编辑委员会则完全不理会书的内容，就根据这类官僚报告来定夺是否出版那本书。

修改本的情况跟翻译、评论和编辑一样糟糕，如果不是更糟糕的话。出版社的"学者"喜欢修改甚于翻译，因为修改本"生产"起来更廉宜、更快捷。此外，修改本是受约束和标准化的。我们不敢苟同他们对文本的虚伪虔诚。我们尊重学术版本，但另一个时代和另一种文化的作者不是我们盲目崇拜的对象。我们的时代不仅有权以自己的方式阅读，而且有权雕刻、重塑、创造性修改和突出任何看来是重要的东西。普通读者不仅提高对塞万提斯、华尔特·司各特和斯威夫特的了解，而且还进一步接近这些作家。只有通过修改本，剔除冗长的段落和赋予该书一种可为读者感受的节奏，我们的读者才能被引入所有的历史世界。修改原作比翻译原作更为困难，责任也更重大，但是必须给予修改者足够的时间。他不可匆促，他的工作必须获得合理的报酬。这些，我们的出版社目前都欠奉。

我们必须就出版外国文学召开一次全苏会议。让作家联盟和最重要的出版社带头召开这样一次会议。会议的节目和参加者应有限制，还必须事先制订计划，以免沦为胡扯。此外，代表各种组织的作家和各出版社的负责人、外国文学专家和公认的翻译大师也必须出席。会议应讨论如何创造健康的环境，如何带动和利用现有的力量和人才，以及如何合理组织翻译文学的出版。会议应制订成立"外国文学研究所"的成熟计划，研究所应永久设立"翻译理论与实践部"，举办一系列翻译欧洲和东方语言、翻译乌克兰语和苏联其他语言的作品的研讨会。研究所必须由有效的、思想成熟的管理层领导。《外国文学导报》必须变成与其名字相符的杂志，并全面重组。研究所必须直接参与出版社的工作。

这个权威的研究所必须稳固地提高外国文学翻译作品的文化水平，为我们提供必要的人员。作家联盟、共产主义学院、国家美术科学研究院，还有国家出版社、土地与工厂出版社和青年近卫军出版社，以及新闻研究所，都必须直接和有组织地参与创立这个研究所。

1929 年

第三辑

科米萨尔热夫斯卡娅[1]

我不愿谈论自己,而宁愿追踪时代的路线,时间的喧嚣和萌芽。我的记忆敌视一切个人的东西。如果由我来决定,那我只会在回忆过去时做个怪相。我永远无法理解托尔斯泰们和阿克萨科夫们,所有那些巴格罗夫孙子们[2],他们都沉溺于充斥着大量家庭回忆录的家族档案。我重复一遍——我的记忆不是怀着爱意而是怀着敌意的,它致力于不是重造过去而是与过去保持距离。一个平民知识分子不需要记忆——他只要说说他读过什么书就够了,这就是他的传记。在那些快乐的世代眼里,史诗是用六音步诗行和编年史讲述的,而在我眼里,只有元音连读的记号。在我与时代之间,隔着一个深坑、一道护城河,充满着喧闹的时间,那里才应该是一个家庭和对一个家庭的回忆的地方。我的家庭希望说什么?我不知道。它从出生开始就张口结舌,但它还是有东西可说的。在我的头顶上和在我很多同代人的头顶上,高悬着先天的张口结舌。我们不是学习说话,而是学习嘟囔——

---

[1] 本文为《时间的喧嚣》(1925年)第十三章。
[2] 阿克萨科夫著有多卷本的《家庭纪事》,包括《巴格罗夫孙子的童年》。

只有倾听时代膨胀的喧嚣，只有被时代浪尖上的泡沫漂白过了，我们才能够获得语言。

革命本身就是生与死，它无法忍受有人在它面前喋喋不休地闲聊生与死。它喉咙干渴，但它不愿从陌生的手中接受一滴潮湿。大自然——革命——是一种永恒的干渴、一种炎症（也许它羡慕那样一些时代，可以用一种安静的家庭似的办法止渴，也即仅仅走到羊群喝水的槽里喝个够。这种恐惧是革命的特色，这种对从别人手里接受任何东西的顾忌；它不敢，它害怕走近存在的源头。）

但这些"存在的源头"为革命做过什么？它们的圆形浪潮的流动是非常冷漠的！它们为自己而流动，它们为自己而联合起来组成一股潮水，它们为自己而沸腾和喷溅！（"为我吧，为我吧，为我吧！"革命说。"你自己来吧，你自己来吧，你自己来吧！"世界回答。）

科米萨尔热夫斯卡娅有女学生的直背，细小的头；细小的声音则仿佛是为教堂歌唱而造就的。布拉维奇演布拉克法官，科米萨尔热夫斯卡娅演海达[①]。她觉得走和坐都很无聊。结果她总是站着。例如，她会走向易卜生那位教授的客厅窗口的蓝灯笼，长久、长久地站在那里，平坦、微弯的背对着观众。科米萨尔热夫斯卡娅的魅力的秘密是什么？为什么她是这样一位领导者，某个贞德？为什么，相比之下，她身边的萨维娜显得像一个快断气的贵妇，被一次外出购物折腾得精疲力竭？

事情的真相是，科米萨尔热夫斯卡娅表达了俄罗斯知识阶层的新教精神，那种表达该阶层对艺术和戏剧的观点的特殊新教。她被易卜生吸引并在那出体现新教礼节的教授戏剧中把精湛演技发挥得淋漓尽致，并不是没有理由的。知识阶层从来就不爱戏剧，并努力以尽可能

[①] 指易卜生戏剧《海达·高布乐》中的人物。

最适度和礼貌的方式展示它的崇拜。科米萨尔热夫斯卡娅走到半路上迎接这种戏剧中的新教，但是她走得太远，超出了俄罗斯戏剧的界限，几乎变成欧洲戏剧。首先，她丢掉戏剧中所有中看不中用的东西：烛光的热度、正厅前座的红花坛、包厢的缎面安乐窝。一座木结构的阶梯式剧场，白墙，灰色帷幕——干净如游艇，简朴如路德会教堂。然而，科米萨尔热夫斯卡娅拥有一位伟大悲剧演员的一切天赋，只不过这些天赋仍处于胚胎形状。与那时——也许还与当下——俄罗斯的伟大演员不同，科米萨尔热夫斯卡娅拥有一种内在的音乐感；她会根据吐字的需要而提高或降低声音。她的表演有四分之三是口头的，只伴随着最基本的、俭朴的姿势，即便是这类姿势也不多——诸如双手举到头上扭一扭之类的动作。在创造易卜生和梅特林克的戏剧时，她是在探索欧洲戏剧，而她真诚地确信欧洲无法提供比这更好和更伟大的东西。

亚历山大剧院玫瑰色的肉馅饼似乎与这个总是在过着大斋节的虚幻、幽灵般的小世界格格不入。科米萨尔热夫斯卡娅的小剧院本身被一种排他性的宗派忠诚的气氛所包围。我不认为这里为戏剧的未来打开了任何前景。室内剧是从小小的挪威走向我们的。摄影师。兼课教师。法官。一部遗失的手稿的滑稽悲剧。这位来自克里斯丁亚那①的药剂师②竟然能够把一场风暴诱入一位教授的鸡舍里，并把海达和布拉克那不祥地礼貌的争吵提升至悲剧的高度。对科米萨尔热夫斯卡娅来说，易卜生是一家外国酒店，仅此而已。科米萨尔热夫斯卡娅冲出俄罗斯戏剧生活就如同冲出疯人院。她自由了，但是戏剧的心脏却停跳了。

---

① 克里斯丁亚那是挪威首都奥斯陆的旧称。
② 指易卜生，他曾当过药剂师。

当勃洛克俯身看着弥留之际的俄罗斯戏剧,他想起了卡门这个名字——即是说,科米萨尔热夫斯卡娅与之相去实在太远的名字。她的小剧院总是时日不多。人们在这里呼吸着一个戏剧奇迹的虚假和不可能的氧气。勃洛克在其《木偶戏》中怀着恶意取笑这种戏剧奇迹,而当科米萨尔热夫斯卡娅上演《木偶戏》,她也是在嘲笑她自己。在咕哝与咆哮、悲鸣与慷慨陈词中,她那近似勃洛克的声音越来越大,越来越成熟。戏剧曾经并将继续通过人类的声音活下去。彼得鲁什卡为了改变自己的声音而用铜片顶着上颌。彼得鲁什卡还是要比卡门和阿伊达,比慷慨陈词的猪鼻子好。

马泽萨·达·芬奇[①]

当一辆其空座位酷似毛绒团花的四轮敞篷马车，或一辆有着婚礼粉红色顶篷的单马大型四轮马车，朝着城北酷烈的荒芜地带飞驰而去的时候，嘚嘚的马蹄声可在四个街区外听到。那匹马，双腿擦出火花，以如此强劲的力量撞击灼烈的石头，让人觉得这些石头已形成一道阶梯。

那里是如此干燥，就连蜥蜴也会渴死。一个穿凉鞋和绿袜的男人，被这风驰电掣的马车的外观所吸引，站在那里从后面久久望着它。他的表情是如此惊讶，仿佛他们是在把一根迄今未用过的阿基米德杠杆运往山上。接着他走向一个女人，那女人坐在公寓里，把窗口变成柜台，做着以物易物的买卖。他用吉卜赛银戒指敲了敲一个甜瓜，问她能不能切下一半卖给他。但是当他走到街角，他又折返，用两根手卷的香烟换那个西瓜，然后迅速离去。

城北的房子在某种程度上具有兵营或堡垒的特色；它们给人一种舒适的稳定感和自然老去感，如同老人。撇开考古学和不太远的古迹

---

① 本文为《费奥多西亚》（1925 年）第四章。

不谈，是它们最早把这块荒地变成城市。

　　艺术家马泽萨·达·芬奇的父母的屋子，羞怯地把做家务和充满活力的后部，朝向采石场。散发《圣经》似的古旧气息的脏羽毛床褥在炎日下摊开着。兔子们融化如消毒过的绒毛，到处乱跑，像溢出的牛奶散布在地面上。而在不太远、不太近，刚好应该的地方，立着那座殷勤的临时窝棚，门敞开着。在双桁端上悬挂着一件洗过的巨大衣物。道德高尚的舰队在好战、母性的风帆下前进，但属于马泽萨的那一翼以其装备的耀眼和丰富而让人难以抗拒：黑色和红莓色女衬衣，及膝丝绸男衬衫睡衣，就是新婚者和天使所穿的那类，一款是轻罗绸做的，一款是贝多芬式的——我当然只是指衬衫——还有一款类似睡袍，有着类人猿似的长臂，加了自制的袖口。

　　洗好的衣物在南方很快就干了：马泽萨直接走进院子里，下令立刻全部取下来熨好。

　　他选择给自己取名字，而对那些探询他的名字的人，他只是不大情愿地解释说，他喜欢达·芬奇这个名字。他在这个非正式名字的前半部分"马泽萨"中，保留了家族血缘关系：他的父亲，一个矮小而非常体面的人，不怕晕船，用帆船运载布料去刻赫，并被简单地称为马泽斯先生。马泽萨就这样给家族名字加了一个阴性词尾，变成自己的名字。

　　谁不知道著名的莱昂纳多的工作室，那船上一般的混乱？各种物件在他那富有创意的工作室的三个面向的旋风中翻腾；鸽子通过屋顶窗进来，用它们的粪便玷污宝贵的织锦缎，而大师本人更是以先知式的盲目，乱碰撞文艺复兴时期不起眼的日常生活用品。马泽萨从他这位非自愿的教父那里继承了这一富有成果的三个面向的喧闹，而他的卧室则类似于一艘扬帆出海的文艺复兴船。

　　天花板下悬着一个大摇篮，马泽萨日间喜欢在摇篮里休息。一簇簇轻飘飘的绒毛沉醉在浓密而高贵的黑暗中。一把被马泽萨固执的心血来潮扛进房间里的梯子，靠着夹层楼面，而在夹层楼面上归类的物件中，突出了几盏沉重的铜灯的框架，那是马泽萨祖父生前挂在一间犹太教卡拉派信徒祈祷室里的。一个绘有悲伤的犹太教狮子的搪瓷墨水瓶口里，伸出几根有胡须的、破裂的笔，它们已经很久没沾过墨水了。在书架上，在丝绒布覆盖下，是他的藏书：西班牙语《圣经》、马卡罗夫的词典、列斯科夫的《神职人员》、法布尔的昆虫学和贝德克尔的巴黎旅游指南。床头柜上有一个寄自阿根廷的旧信封，旁边摆着一个显微镜，它给人一种马泽萨每天早上醒来就会朝里面窥视的假象。

在这座被弗兰格尔的雇佣兵队长占领的小城，马泽萨完全不被注意又快乐。他散步，吃水果，在免费游泳池里游泳，梦想着购买消费合作社收到的白橡胶底鞋。他与人民和整个世界的关系建立在模糊性和甜蜜的缄默上。

他会下山，在城里挑一个受害者，纠缠他两三个钟头，有时候六个钟头，然后迟早会带着他穿过曲折的街道并把他送回家。在这样做的时候，他会像一只捕鸟蛛，作出某种黑暗、只有他才有的特殊本能动作。他对每一个人说同样的话："到我家去吧——我们有一座石屋！"但在石屋里和在别处是一样的：羽毛床褥、光玉髓宝石、照片和机织餐巾。

马泽萨只画自画像，特别擅长画喉结。

当衣物熨好了，马泽萨便开始准备在黄昏时外出。他没有洗澡，但他充满激情地沉浸于凝视那面银色的女子镜。他的眼睛变暗。他圆圆的女性肩膀颤抖。

白色的网球裤、贝多芬式衬衣和运动腰带，都不能满足他。他从衣柜里拿出晨礼服，穿起了全套晚服——从凉鞋到刺绣无檐小圆帽都无可挑剔——白色大腿上套着两条黑色舍维呢鳍①,走出门,来到已浸泡在费奥多西亚羊奶色月光中的街道上。

---

① 舍维呢鳍形容一种羊毛织料的裤管。曼德尔施塔姆曾在《埃及印记》里,把外套的衣袖折叠起来放进行李箱形容为"把两鳍折叠起来,几乎没有一条皱纹,像一只嬉戏的舍维呢海豚"。

不提供信息的询问处[①]

五月的彼得堡不知怎的让人想起一个不提供信息的询问处——尤其是宫殿广场区。为这个历史性会议的开启而作的一切准备实在可怕：一张张白纸，一支支削尖的铅笔，一瓶开水。

我再重复一遍：这个地方的雄伟之处是不向任何人提供信息。

那一刻几个聋哑人正经过广场：他们的双手正快速纺着一条纱线。他们在闲聊。他们中的长者负责掌管梭子。其他人协助他。一个男孩子老是从一边跑过来，五指张开，让人觉得他是在要求把斜系在他身上的纱线解开，以免损害编织。他们总共——他们有四个人——显然刻意要有五股纱线。有一股是多出来的。他们一边讲着燕子和乞丐的语言，一边用空气缝制一件衬衫，不断在用大针脚缝着。

长者在一阵暴怒中把纱线全部弄乱。

聋哑人消失到参谋部大楼的拱门里去；他们仍在纺着纱线，但现在平静多了，仿佛他们正把信鸽放往不同的方向。

---

① 本文为《埃及印记》（1928年）第五章，标题系译者所加。这里询问处指电话地址询问处，当时没有私人电话指南之类的印刷品。

乐谱对眼睛的抚慰一点不逊于音乐本身对耳朵的抚慰。钢琴音阶的黑键像点灯人爬上爬下。每一个拍子都是一艘满载着葡萄干和黑葡萄的小船。

一页音乐作品首先是战斗中小型舰队的部署，其次是一个计划，根据该计划，集合在李子核里的黑夜将会沉没。

肖邦玛祖卡中琶音的骤降，李斯特练习曲中挂满小鸣钟的宽阔楼梯，莫扎特带花坛的悬空花园，在五条线上颤抖着——这些与贝多芬奏鸣曲的小型灌木丛毫无共通之处。

乐谱的幻影城市耸立如滚烫的沥青中的椋鸟笼。

舒伯特的音符葡萄园总是被啄至见籽，并被一场场风暴鞭打。

当数以百计的点灯人带着小梯子在街上到处忙碌，把降半音悬挂在挂钩上，加固升音的风向标，拆下筋骨强健的拍子的所有广告牌——这当然是贝多芬；但是当八分音符和十六分音符的骑兵队戴着纸制羽彩帽、别着马头徽章、插着小旗子投入奔袭——这同样是贝多芬。

一页音乐作品在一座古老的德国城市是一场革命。

巨头儿童。椋鸟。他们正在卸掉王子的座驾。棋手冲出咖啡屋，挥动着后和兵。

乌龟把柔软的头伸出来，在竞赛中较量——这是亨德尔。

但巴赫的一页页作品是何等好战——那一束束令人惊叹的干蘑菇。

在波克罗夫教堂附近的花园大街上，耸立着一座防火瞭望塔。在一月冰冻的日子里它发出葡萄串般的警报信号——集结大部队。那里离我学习音乐的地方不远。他们教我怎样根据莱谢蒂茨基的体系摆放双手。

让倦怠的舒曼挂起音符，仿佛它们是被拿出来晾干的亚麻布，而楼下的意大利人漫步，鼻子翘在空中；让李斯特最困难的段落，挥舞它们的拐杖，拖着消防梯跑来跑去。

大钢琴是一头聪明又本性善良的家养动物，有纤维、木质结构的肉、金色的血管、永恒地发炎的骨头。我们保护它免受感冒侵袭，用轻如小奏鸣曲的龙须菜喂它。

天啊！别把我变成像帕尔诺克①那种人！赋予我把自己与他区别开来的力量。

因为我也曾站在那朝着黄色售票窗缓慢地移动的可怕、有耐性的长队里——先是在寒冷的户外，继而是在亚历山大剧院前厅那低矮的澡堂天花板下。我害怕剧院就如同害怕没烟囱的小屋，如同害怕乡村澡堂，那里有人会为了一件半身外套或一对毡靴而犯下凶残的谋杀罪。我也仅仅由彼得堡支撑着——有各种音乐会的彼得堡，黄色、不祥、阴郁、寒冷。

我的笔已变得不听使唤：它已经碎裂，黑血朝四面八方喷射，如同电报局的柜台笔，一支公用笔，被穿毛皮外套的恶棍们毁坏了。它曾以它那燕子似的繁荣，它那原创性的笔调，交换诸如"看在上帝的分上来吧""想念你"和"爱你吻你"之类的语句，而写这些话的人都是些老色鬼，对着被他们自己的呼吸温暖起来的毛皮衣领低语他们的小情话。

煤油灯的存在先于便携式汽化煤油灯。云母窗和可折叠灯塔。如同比萨斜塔，煤油灯向帕尔诺克点头，露出它的族长式灯芯并以一种本性善良的方式讲述青年人在热炉中的故事。

---

① 《帕尔诺克是埃及印记》的主人公。论者普遍认为他有曼德尔施塔姆的自传成分。

我不怕前后不一致和差距。
我用长剪刀剪纸。
然后粘在丝带上做成流苏。
一部手稿永远是一场风暴,被撕碎啄碎。
它是一首奏鸣曲的初稿。
草草记下好过写。
我不怕接缝或凝胶的黄色。
我是裁缝,我是闲人。
我画穿袜没穿鞋的马拉特①。
我画圣马丁鸟。

在我们家里,我们最怕的东西是"煤烟子"——就是来自煤油灯的黑烟。"煤烟子、煤烟子"的叫喊声听上去就像"着火了,我们着火了",于是大家都会跑进灯盏耍诡计的那个房间。他们会挥动手臂,停下来闻闻空气,那空气密集地充满着活生生、须状、飘扬的茶叶。

那犯罪的灯盏被处以极刑——调低灯芯。

接着那些小小的屋顶窗会立即被打开,于是一股香槟似的霜冻的空气会涌进来,匆匆灌满整个房间——房间里"煤烟子"的须状蝴蝶栖息在床罩和枕头套上——像流感的空气,像肺炎的氯化贡。

——别进去那里——屋顶窗——母亲和祖母低语。

但哪怕是钥匙孔它也要强行穿过——那被禁止的冷风,那来自白喉症空间的奇迹般的客人。

乔尔乔涅的犹滴从艾尔米塔什博物馆的太监那里偷偷溜出来。

---

① "马拉特"在俄语里含有上面提到是"草草记下"的暗示。

慢跑的马匹扔掉它的骸骨。

小银杯斟满了百万街①。

该死的梦！该死的这无耻城市的一个个广场！

他作了一个虚弱、恳求的手势，丢下一张洒了香水、涂了粉末的纸，坐在路缘石上。

他回想他不光彩的胜利，他的约会（为此他曾在街上羞耻地等待），啤酒店里可怕如龙虾钳的电话机……无用、烧断的电话机的号码……

一辆敞篷四轮马车的豪华咔嗒咔嗒声在一片可疑如胸甲骑兵的祈祷的寂静中蒸发。

做什么好呢？向谁抱怨呢？向哪位六翼天使托付这颗羞怯的、音乐会的灵魂，这颗属于低音提琴和伴音之覆盆子乐园的灵魂呢？

丑闻是俄罗斯散文或俄罗斯生活本身在十九世纪四十年代某个时候发现的魔鬼的名字。它不是灾难，尽管它模仿灾难：一次恶臭难闻的转变，使狗头从人肩上长出来。丑闻带着一本由文学签发的肮脏、过期的护照，它是文学的恶少、文学宠爱的后裔。一小粒谷物消失了：一颗顺势疗法的糖衣果仁，一小剂量又冷又白的物质……在那些遥远的日子里，男人必须诉诸布谷鸟决斗——决斗者站在黑暗的房间里开枪，把子弹射向中国瓷器柜、墨水瓶和家族肖像——那小丸子被称作"荣誉"。

有一次，几个留胡子的文人，穿着宽得仿佛充了气、膨胀成喇叭的裤子，爬上一位摄影师的棕鸟笼，拍了一张壮观的达盖尔银版法照

---

① "百万街"音译为"米利翁纳亚街"。

片。他们五人坐着，四人站在胡桃木椅子背后。在照片中，他们前面是一个穿切尔克西亚族人外套的小男孩和一个留着长鬈发的小女孩，还有一只小猫在这群人的脚腿间穿梭。它被移除了。他们的脸上全都表达了一个令人愁眉苦脸的严重问题：现时一磅象肉多少钱？

那天傍晚在巴甫洛夫斯克一座度假别墅里，这些写作的绅士因为煤炭的事情而斥责一个可怜的少年伊波利特，从而糟蹋了他读完他的格子笔记本的机会。又一个想成为卢梭的人！

他们看不到也不理解这座有着干净、像船一样的线条的城市。

而那小恶魔，丑闻，把自己安置在拉兹德泽伊街的一个公寓里。在挂上了一块写着律师名字的铜牌之后——那个公寓至今保持不变，如同博物馆，如同普希金之家——它便在绒垫睡椅上打呼噜，在门厅里来回跺着脚（住在丑闻之星下面的人们，从来不知道何时及时离开），因求宠而被人讨厌，说冗长、啰唆的再见，穿着别人的高统橡胶套鞋瞎忙。

先生们，文人！如同轻便舞鞋属于芭蕾舞女演员，高统橡胶套鞋——属于你们。试穿一下，交换交换——这是你们的舞蹈。它在黑暗的接待室里表演，但有一个苛刻条件：不尊敬屋子的主人。二十年这样的舞蹈创造一个时代。四十年——历史。这是你们的权利。

芭蕾舞女演员的醋栗微笑，

轻便舞鞋的呢喃与滑石摩擦，军事复杂性与管弦乐团勇敢的力量隐藏在发光的壕沟里，乐师们被他们的树枝、根茎和琴弓搞糊涂了，像树神

芭蕾舞团伴舞队的植物性服从，

对母性的壮丽蔑视：

——她们刚与不跳舞的国王和王后玩六十六点游戏。

——吉塞勒青春焕发的祖母四下里倒奶,很可能是杏仁奶。

——任何芭蕾舞在某种程度上都属于农奴制。不,不,在这点上你不能跟我争论!

一月份日程表,连同它的芭蕾舞山羊,它的多个世界的奶场,它的一副新打开的扑克牌的噼啪声……

乘车赶到猥亵地防水的马林斯基歌剧院大楼背后:

——密探似的黄牛,黄牛似的密探,

你在寻找什么,亲爱的,在天寒地冻里?

有些人拿到票进去

其他人被骗得七窍冒烟。

——不,无论你说什么,但古典舞在根本上有一个可怕的威胁——一块"国家冰"。

——你怎么想,安娜·卡列尼娜坐在哪里?

——想想吧:古代有圆形剧场,而我们在现代欧洲有楼厅包厢。都在最后审判的湿壁画上和在歌剧中。完全一样的世界观。

弥漫着篝火浓烟的街道旋转如旋转木马。

——车夫,去"吉塞勒"——也就是马林斯基!

彼得堡的马车夫是一个神话,一个摩羯座。他应该被放进黄道带。在那里他将不会迷失,连同他的老妇人钱包、他的狭窄如真理的雪橇滑板,他的燕麦声音。

准写和不准写的文学[1]

事情已经来到这样一个点上,我在文字行业中只珍惜伤口周围的生肉,只珍惜精神错乱的赘疣:

整个沟壑被猎鹰的尖叫
划破至见到骨头。[2]

这就是我需要的。

我把世界文学的所有作品分为准写的和不准写的。第一类的是垃圾,第二类——被偷走的空气。对于那些事先获准写东西的作家,我想当着他们的脸吐痰,用棍子敲他们的头,让他们全坐到赫尔岑之

---

[1] 本文为《第四散文》(1930年)第五章。
[2] 曼德尔施塔姆译自格鲁吉亚诗人瓦扎·普沙韦拉的诗句。参见《略谈格鲁吉亚艺术》。

家①的桌子前,每人面前摆着一杯警察茶,手拿着一份戈尔恩费尔德②的尿液分析。

我会禁止这些作家结婚和生孩子。他们怎么可以有孩子呢?毕竟,孩子必须为我们而继续下去,最终必须为我们说完必须说的最重要的东西。但他们父亲已经把未来三代人都出售给麻脸魔鬼了。

现在有一页文学了。

---

① 赫尔岑之家是作家联盟的总部,亦用作无家可归的作家的栖身之所。
② 戈尔恩费尔德(1867—1941),著名批评家和文学研究者。以独立观念而闻名,甚至连他的反对者也佩服他。他与曼德尔施塔姆的冲突被认为是"俄罗斯文学史上最不幸的插曲之一"。

我用声音工作[1]

我没有手稿,没有笔记本,没有档案。我没有笔迹,因为我从不书写。在俄罗斯只有我用声音工作,而我周围是一大群完美的猪猡在写作。我究竟是哪路子作家?滚出去,你们这些白痴!

另一方面,我有很多铅笔,它们全都是偷来的,有不同的色彩。你可以用吉列刀片削尖它们。

吉列刀片连同其锋利、微微的锯齿状边缘,我总觉得是钢铁工业最高贵的产品之一。好的吉列刀片刮起来像莎草,在手中弯曲但不会折断——有点像某个火星人的名片,或某个衣冠楚楚的魔鬼的便条,中间被钻了一个洞。

吉列刀片是死亡托拉斯的产品,其股东包括大批大批的美国和瑞典狼群。

---

[1] 本文为《第四散文》第六章。

在我生命中某一年[①]

在我生命中某一年，一群来自那个我以我灵魂的全部力量鄙视它，我既不希望属于它也绝不会属于它的部落的成年人，竟然想出一个主意，打算联合起来对我施行一个丑陋又恶心的仪式。这个仪式的名字是文学剪枝或文学抹黑，它是按照作家部落的习俗和日程需要来举办的，受害者是由长老们投票选出的。

我坚持认为，作家行业，就其在欧洲尤其是在俄罗斯的发展而言，是与我引以为荣的犹太人这个可敬头衔难以兼容的。我的血液，负担着养羊人、族长和国王们的遗产，所以反抗写作部落那变幻不定的吉卜赛性格。当我还是小孩的时候，一群吵吵嚷嚷的肮脏的吉卜赛人绑架了我，在很多很多年里，他们沿着淫秽的路线游荡，充满激情地想说服我学习他们唯一的技艺，唯一的本领：盗窃。

作家行业这个族类从其厚皮散发讨厌的气味，并展示最污秽的食物准备。这是一个在自己的呕吐物中扎营和睡觉的族类，被逐出城市，又在乡村被追猎，却无论何时何地都靠拢当局，而当局则让他们

[①] 本文为《第四散文》第十二章。

在红灯区拥有一个位置，充当娼妓。因为文学无论何时何地都总是完成一项指定任务：协助长官使士兵们保持服从，协助法官执行对在劫难逃者的报复。

作家是鹦鹉和教皇的混合物。他是最崇高意义上的鹦哥。如果主子是法国人，他就讲法语。但如果被卖到波斯去，他就会用波斯语说"鹦哥蠢货"或"鹦哥想吃饼干"。鹦鹉没有年龄，也不知道黑夜与白天有何区别。如果他开始使主子感到不耐烦，便会被盖上一块黑布，而就文学而言，那就是黑夜的代替物。

炸面圈的价值[1]

不管我多么辛苦工作,无论是肩上横扛着一匹马,还是推动磨石,不管我做什么,我都永远不会变成一个工人。我的工作,不管是什么形式,都被认为是恶作剧的、意外的。

这是一个你怎么看的问题。对我来说,一个炸面圈的价值在于那个孔。但炸面圈的生面团怎么办?你可以吃掉炸面圈,但那个孔还在那里。

制作布鲁塞尔花边是真正的工作,但它的重要组成部分,那些支持设计的部分,是空气、穿孔和缺席。

至于我,兄弟们,工作得不到任何利润。它甚至没有被我记录在案。

我们有一部工作的《圣经》,但我们不懂得欣赏它。我是指左琴科的短篇小说。这位唯一向我们展示工作中的人的生活的作家,已经被踩在泥地里。但我要求苏联每个城镇都竖立左琴科的纪念碑,或至少在夏园里有一座,就像为克雷洛夫爷爷建的那座。

---

[1] 本文为《第四散文》最后一章。

就是这样一个人,他的工作呼吸着缺席,他的工作中生活着布鲁塞尔花边!

夜里,在伊林卡一带,当百货商店和托拉斯都休息了,并以它们的母语交谈;夜里,在伊林卡一带,笑话和趣话泛滥成灾。

一个德国手摇风琴师经过,用一个手摇风琴演奏舒伯特,这样一个失败者,这样一个寄生虫……Ich bin arm——我很穷。

睡吧,我亲爱的……

维伊在红场阅读电话指南。

来自埃里温市的亚美尼亚人带着漆成绿色的鲱鱼经过。Ich bin arm——我很穷。

达尔文的文学风格[①]

1

自然科学家并没有选择自己的写作风格的自由，也找不到现成的。每一种科学模式都必须有自己独特的组织科学材料的方法。它在形式方面总是支持某一独特的意识形态及其伴随而来的目标。科学的文学形式问题在自然科学中尤为明显，因为自然科学在危机时刻总是成为意识形态的战场。只有当我们全面研究人们对自然的态度的历史之后，我们才可以理解那些制约着自然科学的文学风格变化的规律。

达尔文从未宣称自己是一位自然哲学家。他从未把任何目的论属性强加于自然。不仅如此，他还一而再地拒绝仁慈的自然这一概念，至于自然中的意志或理性动因这一概念，就离他更远了。他在科学写作的形式方面，换句话说，他在逻辑上和风格上的技巧的总和，是来自纯粹的生物学的观点。

[①] 原名《论博物学家》（俄文直译为《关于博物学家的笔记》）。为了不与后面的同名文章和笔记混淆，这里采用本文的另一个名称《达尔文的文学风格》。

达尔文的著作是在自然科学中的浅薄之风已达到破天荒的不成比例之际出现的。业余自然研究在英国和欧洲大陆到处泛滥。受过教育的小康市民和绅士都在研究植物，收集标本，并用笔记本记录他们的观察和描述。德国浪漫主义者和英国讽刺作家都对他们大加嘲弄。查尔斯·狄更斯的《匹克威克外传》事实上是对这类业余活动的一次尖刻的讽刺。我们知道，匹克威克先生和他在俱乐部的追随者们，都是博物学家。然而，他们完全无所事事。他们竟能让自己专注于这种只有魔鬼才知道是什么的消遣，而他们的滑稽表演是年轻姑娘和街头顽童取之不尽的笑料。这类德高望重的绅士配备了捕蝶网和植物背囊，却没有任何普遍的目的来指导他们。他们疯狂的观察和描述变得形同漫画。然而，在乡绅和牧师所从事的这种纯粹属于家务式业余活动的同时，也兴起了一股研究世界地理的热潮。乘船环游世界成了一种教学时尚。不仅金融界的精英，而且整个中产阶级，现都想方设法通过为他们的子弟在商船或军舰觅得一官半职来给他们的子弟提供环游世界的机会。

这种对自然的新式好奇，与林奈对于知识的渴求和拉马克对知识的探究截然不同。这个以达尔文乘坐"比格尔"号航行开始，以著名艺术家克劳德·莫奈乘坐"布里吉特"号环游世界告终的时期，是一个对分析式观察趋之若鹜的见习时期，人们以实践活动和个人首创精神作为牢固的基础努力论证他们对世界的体验。

达尔文的科学描述惊人地逼真。他利用阳光、空气和阴影，以及精心计算的距离，在他的写作中制造最大可能的效果。结果是捕捉到某动物或昆虫在不知不觉中呈现其最典型姿态的引人入胜的画面：

这只叩头虫，当它仰天躺着准备跳起时，头和胸廓会向后移动，以使胸脊撑起，靠在鞘尖上。在继续向后移动的过程中，那条脊因肌肉的充分调动而弯得像一个弹簧；这时昆虫依靠的是它的头部和鞘翅的末梢。

现代读者很难充分欣赏这一描写所蕴含的绝对前所未有的新鲜性，在今天看来，它简直像来自纪录片。为了充分领会达尔文革命性的文学科学风格，让我们拿这幅对一只甲虫的彻底实用性素描与帕拉斯[①]的一段描写相比较。帕拉斯是林奈的信徒，也是《穿越俄罗斯帝国各省地理游记》的作者，以下是他对"亚洲蠓虫"的描写：

高如跳蛛科甲壳虫，但外表圆，胸呈球状。绿腹绿脚，暗胸，铜色头。翅光滑，黑中微紫。触须长度匀称，前脚稍长。该品种见于恩德尔斯科湖一带。

帕拉斯替这只昆虫做悉心的服饰打扮和化妆，仿佛就要在中国宫戏或宫舞中表演似的。它被呈现得像一件珍宝或纪念品盒子里的一幅肖像。林奈的归类系统依赖这类描写：自然有一个聪慧的计划，它可以通过归类而被直接理解，因为在辨识的过程中蕴含着狂喜，所以两者是一回事。林奈写道："心脏结构优雅，所有的血管都通向它，它是血液循环的唯一起因。"

在分隔林奈与达尔文之间的近一个世纪中，进化论者居维叶、布丰和拉马克支配着自然科学领域。在这期间，博物学著作中对于结构性和解剖性的特征的描写盖过纯粹的美学特色。封建帝国的微缩绘画艺术开始衰落。然而，在本质上，没有什么改变。

[①] 即彼得·西蒙·帕拉斯（1741—1811），普鲁士动物学家和植物学家，长期在俄罗斯工作（1767—1810）。

把自然视为亘定不变的系统这一概念被一种看法取代，这种看法认为存在着一条有机生物的活链，它永远在运动，总是在朝着完美奋进。自然神论者拉马克并没有把上帝看成一个大设计师，但却把上帝看成一位不插手内政的宪政君主。拉马克的分类系统多少有点是人工的，把各种最多姿多彩的现象都包揽进去，像一个网，向所见一切撒去。博物学家接着除了像以往一样体验狂喜之外还能干什么？然而，那种狂喜已不再是由孤立的、个体的自然现象所引发，而是由一个个根据逐渐发展的次序排列起来的范畴和群组所引发。

法国大革命也对博物学家的风格产生重大影响。布丰利用他自己的科学论文作为煽动革命言论的讲台。他颂扬马群自由自在地生活的自然状态，然后规劝我们以它们为榜样，赞美骏马那市民式的勇武精神。

拉马克最好的著作都写于国民公会高峰时期，他一再滑入一种立法的声调。他不是描写而是颁布自然法则。

达尔文著作瞩目的散文特质在更大的范围内是以历史为先决条件的。达尔文清洗科学语言，消除浮夸、修辞学和目的论感染力的每一个痕迹。他敢于散文化，恰恰是因为他要说的实在太多，根本不觉得需要向任何人表达狂喜或感激之情。

2

《物种起源》由十五章构成，每章又分十至十五个其长度不超过星期日《泰晤士报》通俗文艺栏的小节。该书以这种风格编排，是为了让读者可以从任何一处窥见全貌。无论达尔文讨论什么，无论科学思想的曲径把他引向哪里，他都总是提出一个自足的特定问题。读者在每一个拐弯处都碰到事实，并非只是偶然的孤立例子。事实像一群部署中的军队展开在他面前。科学真理的潮汐就像童话故事的节奏，使每一章每一小节都栩栩如生。达尔文的科学例子，只有从普遍经验的角度看才显出意义。

《物种起源》最初出现时，就以其革命性内容和创新的思想震撼广大读者。然而，达尔文那种既创新又有力的风格，却未被注意，尽管广大民众能够理解他的理论，大部分要归功于这种风格。

林奈时代的博物学家所运用的旧科学风格只包含两个元素：一方面是浮夸的套语和形而上的或神学的朴实，另一方面是消极的、沉思性的描写。布丰和拉马克则给科学风格引进了市民的、革命的和政论家的修辞学。

达尔文对自然的态度恰似一个战地通讯员、一个采访者，或一个大胆的记者，偷偷在事件的现场猎取新闻故事。达尔文从不描写任何事物，他只刻画其特征。在这个意义上，作家达尔文是把英国广大读者的普遍口味与博物学结合起来了。我们一定不要忘记狄更斯和达尔文是同代人，两人又都是因同一理由而受到广大读者欢迎的。

达尔文从不用官方文件中常见的那种繁文缛节的方式描写一株植物或一只动物的外貌。他利用自然就像一个人利用一个庞大、高度系统化的卡片目录。他把分类学调低到它相称的位置：它已停止以本身为目的。结果是，他在编排科学材料时获得了更大程度的自由。他还取得了多种多样的演绎式论证和日益增强的阐释能力。

由于达尔文极端厌恶教条，故他总是仅限于简单记述他如何形成自己的信念。因此，他在讲述陆地食肉动物如何变成两栖动物以及在解释这种转变时，一次无意中的口误便出卖了他：

> 如果换成另一个例子，而又有人问我一只食虫的四足动物如何能够变成一只飞翔的蝙蝠，那么这个问题便会困难得多，而我

将给不出答案。然而我认为这类困难没有什么重量。

达尔文在"比格尔"号航行期间所写的日记把那种新的警觉标准引入自然科学，这个特点继续在《物种起源》中发挥作用。然而，在《物种起源》里，达尔文把他的报道的范围扩展到世界各地从事同一工作的无数收件人。他的实验室很广阔。它包括畜群农庄、家禽园、养蜂场，以及属于专家和业余爱好者的温室。不仅如此，所有这些志愿助手都证明是达尔文的工作不可或缺的。《物种起源》的作者在书中与他们保持定期通信，不断提到他们，并表达了对他们的感激之情。

达尔文与自然科学界的国际精英的联合给他的风格输入了一种安全的自信心，并给他的论证增添了力量，那是一种同道握手的力量。这位博物学家在世界各地都如坐家中。大不列颠商船的旗帜飘扬在达尔文每一张书页上。

我们还应提到达尔文对普通读者的偏爱，他想跟普通绅士——例如某位艾略特爵士——交流思想的愿望。达尔文写作时，就像一个指望广大读者支持的人。

忽略科学写作的形式方面，就像忽略文学作品的内容一样不正确，因为艺术的要素都体现在两者之中。经过数世纪的努力之后出色地精妙起来的动物学术语，已经获得一种异常强大的形象容纳量。我们在达尔文著作中碰到的那些植物和动物的恰当名称，听起来仿佛它们是最近才发明的。

同一群公众阅读达尔文和狄更斯。达尔文在科学上的成功在某种程度上可以跟文学上的成功相比。普通读者厌恶狄更斯的前辈们强塞在他喉咙中的那种说教的、感伤的、甜中有苦的文学。读者宁愿读特征刻画（自然的照相式图画、社会反差），而不读地球上任何别的东西。

查尔斯·达尔文的散文风格出现的时间真是太恰当不过了。他的科学散文，以地理学的枯燥大气层的视角，以炸药包般爆炸的丰富例子，而被当成一种文学的、传记的文件来接受。也许读者最终是被这个事实所折服，也即达尔文从未让文学的、目的论的狂喜掩盖他以如此出色的明晰性所肯定的自然法则和趋势。

这位博物学家的感知力既是他思想的工具，又是他的文学风格。生机勃勃的明晰性，像温和的英国夏天一个美丽的日子，以及作者身上某种可以被称为科学气候的特质，也即适度升起的情绪——这一切汇集于达尔文的著作中，以同一种情绪感染读者，帮助读者理解达尔文的理论。

没有人能比达尔文自己更好地普及达尔文的理论。我们研究他的科学风格是十分重要的，尽管要模仿它是徒劳的，因为他置身其中的历史环境是绝不会重复的。

1932 年

《达尔文的文学风格》补编[①]

我从童年起就习惯于把达尔文视为无非是一个思想平庸的人。他的理论让我觉得是一种可疑的浓缩：自然选择。我不明白，为了这么一种简明而模糊的结论，值不值得去麻烦自然。现在，由于我对这位知名博物学家的著作已较为熟悉，我已急剧改变我不成熟的评价。

我必须马上记下来：是达尔文从他这位自然科学家的文学风格中抹掉了所有演讲术、修辞学和虚夸的痕迹。

事实的金币维持他的科学事业的"平衡"，恰如英国银行地库里的百万英镑确保了国家货币的流通。

组织科学材料是这位博物学家的风格。

达尔文的科学实验有一种普及、系列的特点。

[①] 原名《〈论博物学家〉补编——达尔文的文学风格》。所谓"补编"是指这些材料是根据曼德尔施塔姆的笔记本整理而成的。

林奈式的博物学家的注意力只集中于一个单独现象。描述。如画的景物。布丰和帕拉斯的"微缩图"。神学。感激。情感。对大自然的颂扬。

林奈、布丰和拉马克的著作中都有演讲术。

达尔文的著作是散文体的。普及。它瞄准普通读者。它的语调是谈话式的。

达尔文的方法是记号的系列发展。大量的例子。混杂系列的选择。他的论证的中心是列举有用的例子。

真实性的潮汐如同音乐呈示部的节奏。(物种起源。)一种自传性的质量。地理学家的散文的要素。通过环游世界进行学校教育("比格尔"号)。

视觉的角色。感知力量发挥了思想工具的功能。

林奈在他那传道士的布道坛上颂扬生物优雅而得体的结构。〔他的系统为他的弥撒服务。〕〔他展示的事物——为了称赞和证明造物主的智慧——极少,仅仅是各种好奇、各种稀珍和各种美。〕布丰建构他自己辉煌的论文……

> 大自然的造物主为人配备了五官;全都是完美地建构的。

> 心脏结构优雅,所有的血管都通向它,它是血液循环的唯一起因。

> 当然,我们总是不断地对上帝感到惊奇,看到心脏、肺和其他体内器官如何受到一个多骨的结构的保护。

> 掩盖我们的身体的皮肤,是由最出色的纤维构成的,彼此交

织,并且以非凡的方式到处散布着血管和神经末梢。它可以神奇地伸拉,然后又收紧。

林奈《自然系统》

《物种起源》震惊达尔文的同代人。人们受到这本书吸引。它的成功堪与歌德的《少年维特的烦恼》匹敌。它显然被当成一件文学盛事;而它的形式之新颖被认为是既重要又严肃的。

〔与其他书相反〕这本书是精心计算要来吸引最广泛读者的。〔它是报纸、社会政治新闻写作和政治小品栏的直接继承者。〕它是被当成大众科学新闻写作来读的。

达尔文总是针对专业博物学家或广大的业余圈子说话。他有一种创造自己的"公众"的倾向,也即有教养的资产阶级上流社会。

达尔文的自然科学著作作为一种文学的整体,作为思想和风格的体积,一点也不亚于一份永远搏动着的大自然的报纸,翻腾着生命和事实。

达尔文组织他的材料就像一个庞大而有影响力的——我们不妨更直率些——政治组织的编辑。

他并非单干。他有大量的撰稿人——散布在联合王国的每个国家、殖民地和领地,散布在世界各国的通信者。

"我获得了,"他说,"可以在各国通过朋友的帮助所能购买和以某种方式获得的(鸽子的)每个品种。我尤其受惠于艾略特爵士……"

英国商船的〔商旗〕飘扬在他的著作的书页上。

具有商人的普通常识,知道何时采取主动,面对竞争时那种团结和勇敢的感觉,自信心和多少有所保留的和善——这些,都是对达尔文的科学想象力起作用的杠杆。

此外,这些因素对他的风格和行为的影响,对他的阐述的基本形式的影响,是同等重要的;它们浸透他的写作,并决定了他的毕生工作的文学结构。

当然,一个博物学家的风格是了解他的世界观的钥匙之一,如同他的感知力量、他的观看方式是了解他的方法学的钥匙。

> 我是因为受到这些真相的震撼和很想拿它们来跟我的学生交流,才第一次明白到这种必要性,也即建立应用于所有动物的总原则,以及先揭示整体然后才进入细节和详情。
>
> (《动物学的哲学》)

相对于自然科学中的神学家、演说家和立法者,谦逊的达尔文深入事实之中,小心翻查自然之书——不是当成一部《圣经》——什么样的《圣经》——而是当成商人的手册,当成股票交易指南,当成价格、招牌和用途的索引。

他的笔记卡片系统,那个他在自传中提到的庞大且继续在增长的卡片目录,在他的科学风格中留下了决定性的记号。

达尔文避免去照抄每只动物或每株植物的整个冗长的"警察"记录。他进入一种与自然的关系,如同某位战地通讯员,或采访者,或某位终于取得目击资格的绝望记者。他从不描述,他只刻画特征,并且是在这个意义上……

分类学——林奈式自然科学的骄傲——喜欢描述的艺术。它造成对于细微的、自足的思考性特征刻画的卓越精通。在没有才能的蹩足文人当中,它催生了一种"警察"记录的累积,而在具有艺术才能的博物学家当中,它发展成设计、微型画、花边……

具有消极思考性质的自然描述是一种独立性的精通和高度原创性的艺术,它在十八世纪下半叶达到顶点。这种体裁其中一个最出色的例子,是帕拉斯院士在1767年编辑的《穿越俄罗斯帝国各省地理游记》……

在帕拉斯的著作中,眼睛的精微和敏感,对于细节的专注和描述的极度精湛都达到最大的极限,达到微型画的高度。〔帕拉斯所描述的亚洲蠓虫被打扮得仿佛就要在中国宫戏或宫舞中表演似的。这位博物学家追求魔术般的画面效果。〕

亚洲蠓虫。高如跳蛛科甲壳虫,但外表圆,胸呈球状。绿腹绿脚,暗胸,铜色头。翅光滑,黑中微紫。触须长度匀称,前脚稍长。该品种见于恩德尔斯科湖一带。

……这位博物学家追求魔术般的画面效果。〔他没有提到该种昆虫的解剖学结构。〕

大约在达尔文登场之时,微型画家的艺术,自然科学精英的艺术,正在经历崩溃的最后阶段。林奈式分类学的原则被拉马克动摇了。

资产阶级不再需要一种赞颂现实之理性基础的自然科学意识形态。

狄更斯在揭露当代英国社会的过程中扮演的正是同一个角色。英国当时有年轻的纺织工业和封建司法机器……

达尔文没有涂写和编辑目录，而是提出一个新的原则：自然科学巡逻职责的原则。《物种起源》作为旅行日记，一点不逊于《"比格尔"号航行记》。〔这位博物学家在船长的桥楼履行他的巡逻职责。〕

……新资产阶级主动把孩子们送上环游世界的航船。乘坐一艘护卫舰环游世界被纳入每个有严肃未来的青年人的教育计划。无数的艺术家、学者和诗人加入这次环游世界的教学。这就是为什么我们会在达尔文的科学著作中碰到地理学家的散文的各种元素，一个殖民地传奇故事或一个航海者故事的各种雏形。〔他熟练地把目击者叙述的证据与学者引证交织起来。〕

不喜欢直接引用原文是达尔文的特色。他极少逐字引用原文。他往往以最隽永的形式引用另一种意见，用简明、有力而又绝对客观的方式更改其措辞。

若要定义达尔文的科学语言的语调，莫过于把它称为*科学谈话*。既没有一般专业讲座的色彩，也没有学术课程的特征。不妨想象一个学者式园艺家带着他的客人在其物业四周转悠，在他的花圃间停下来作出解释；或一个业余动物学家在动物园里接待好友。

达尔文对他那个阶级的大多数有教养的代表们的异乎寻常的友善，他对他们的支持的信心，他罕见的坦率，他的科学思想、他的表达方式的亲切，是阶级团结和一种与国际资产阶级科学力量进行广泛合作的愿望的结果。

我们还应提到达尔文对一般读者的吸引力，他有一股强烈的愿望，要让受过中学教育的资产阶级，要让他认为自己也是其中一员的普通绅士看得懂。难怪这位他那个时代最博学的人站在学术等级制的头顶向广大读者直接讲话。直接向公众讲话对他来说很重要。而公众也确实比学者式空谈家更理解达尔文。他给他的读者带来某种实际的东西，与他们的安乐感有着惊人的一致性；他满足了一种社会需要。

因此，达尔文在把那广阔的全景逐渐摊开在读者面前时，才会这么友善，才会力求避免使用科学术语。

作为一种文学体裁，《物种起源》代表着一种大范围的自然科学思维的形式。与音乐创作相比，它既不像奏鸣曲，也不像交响曲，既没有那些渐强段落，也没有那些缓慢的和暴风雨式的乐章，而更接近于组曲。它包含一个个小小的独立章节……

那种论证的能源是以"量子"的方式，以一组一组的方式释放的。累积与释放，吸入与吐出，潮与汐。

达尔文严格遵守他的论证的信条。在以不同的方式寻求起点时，他创造了真正混杂的系列，即是说，他把各不相同的，互相矛盾的以至颜色各异的动物汇集在一起。

这里，科学的要求快乐地与一项最重要的美学基本法则相一致。我想到了鼓励艺术家寻求把众多不同声音、各种不同来源的概念甚至对立的形象统一于一个形式的那种混杂法则。

在达尔文的视野里，整个有机世界总是以统一的整体出现的。他以令人震惊的自由和放松的方式与品种最繁多的生物打交道。

这位博物学家的眼睛就像食肉性鸟类的眼睛，具有调节的能力。它可以变成军事望远镜，具备最远程的视力，或者以同样快速的方式变成一个珠宝商的放大镜。

在《物种起源》中，对动物和植物的描述不只是为描述而描述。这本书充满各种自然现象，但是这些现象只有在最需要的时候才被推翻；它们在论证中扮演积极角色，然后把它们的位置让给后来者。尤其是，达尔文喜欢使用一种系列铺展记号以及互相穿插的系列的碰撞。他把重要记号逐渐积累起来，从而催生了他的渐强音阶。

达尔文以测量体质的方式来建构他的科学论证。他在长度、宽度和深度上扩展他的实例的协调性，利用他原先选择的材料来取得他的效果：

> 我只要援引三个本能的例子：布谷鸟把蛋下在别的鸟巢里，蚂蚁的奴隶本能，以及蜜蜂构筑蜂巢的本能。

没有把事物概念化的天才和自然科学家那种想实验的强大直觉，达尔文是不能取得这样的成果的。这里我想起了选择、收集和挑选数据的真正能力，这种能力支持了科学论证，并为归纳提供了极佳的条件。

证据的潮与汐活跃了《物种起源》的每一个小章节。

但是，对任何作家来说，最令人诧异和最有指导意义的，是达尔文十分关注不要让读者深陷于事实、深陷于"自然"而不能自拔〔要有一层层的光和空气〕。在这里我们看到作家达尔文和他不厌其烦的关注，也即要使每个细节获得最有效的具体亮度。

自然科学家的实验精神的健康性情可见于对科学材料的自由布置。达尔文展露了布置事实的绝妙口味。他让它们呼吸。他把它们散布在浮雕状的星座中，他把它们集合成一个个闪亮的团块。

令人振奋的大气式的清晰度，如同某个英国夏日，这就是我想说的"美好的科学气候"；没有什么不是美好的，只要作者那高昂的情绪感染读者，并帮助他消化达尔文的理论。

法国人[1]

  然后我极力伸展视野，把目光伸入大海的宽高脚杯，让每一微粒和泪珠都浮上表面。

  我极力伸展视野，如同一个羊皮手套，伸展到一个鞋楦上，伸展到大海的蓝色邻区上……

  迅速而贪婪，带着封建的愤怒，我勘察我权限内的领地。

  你就是这样把目光伸入一个溢满的宽高脚杯，好让一颗微粒冒出。

  只有到这个时候，我才开始明白颜色的强制性力量——明亮的蓝色和橙色运动衫的刺激——以及明白到颜色无非是意识到一次比赛的开始，它被距离染色，被限制在其空间里。

  时间随着沙漏在博物馆里循环。高脚杯被喝空，砖粉下沉，来自瓶子上端的同一股金色西蒙风的小溪，从瓶子上端流下，现在该来到杯底了。

  你好，塞尚！亲爱的老祖父！工作大师。法国森林最好的橡实。

---

[1] 本文为《亚美尼亚之旅》(1933年) 第五章。

他的油画在一个乡村公证人的橡桌上被核实过。塞尚就像一个心智健全、记忆牢靠的男人留下的遗嘱一样无可争辩。

我着迷于他老人家的静物。那些玫瑰一定是在早上剪下来的——牢牢地捆紧、无比年轻的茶玫瑰。跟小勺小勺的浓郁香草冰淇淋一模一样。

另一方面,我不喜欢马蒂斯,这位富人的艺术家。他画布的红颜料就像苏打水那样起泡。他还未体验过成熟的水果的快乐。他那遒劲有力的画笔并没有治疗视力的功效,而是为视力提供一头公牛的力量,令你的眼睛充血。

我受够了他的棋毯和宫女画!

一个巴黎东家的波斯怪念头!

凡·高便宜的植物色素是无意中仅以二十苏购得的。

凡·高吐血如同配备家具的房间里的自杀者。夜间咖啡店地板向下倾斜,潺潺流动如带电的疯狂中的水沟。台球桌狭窄的凹槽如同棺材板的凹槽。

我从来没见过这样吠叫的颜色!

还有他那火车售票员的植物园风景!郊区火车的煤烟刚被一块湿破布抹掉。

凡·高那些涂满了灾难的炒蛋的画布,清晰如助视用具,如贝尔利茨语言学校的图表。

访客以小步走动,仿佛在教堂里。

每个房间都有自己的气候。莫奈的房间里缭绕着河流的空气。望着雷诺阿的水,你会感觉到你掌心的水泡,仿佛你刚才一直在划船。

西涅克发明玉米太阳。

一个女导游带领一群文化工作者在画前围观。

看着他们，你也许会说是一块磁铁在吸引一只鸭。

奥尚方以利用红粉笔和灰石板色松鼠反衬黑石板，以及通过改变玻璃吹制术的形式和脆弱的实验室设备，而创造了真正令人震惊的画面。

此外，毕加索的深蓝色犹太人向你点头，就像毕沙罗的紫灰色林荫大道也向你点头；那些林荫大道流动如一个巨大的抽奖机，连同它们那些双轮双座马车的小车厢，扬到肩后的钩杆似的鞭子，落在亭子和栗树上的飞溅的大脑碎片。

但这还不够吗？

笼统化站在门前沉闷地等候着。

对那些从无危险的幼稚现实主义瘟疫中康复过来的人，我愿意建议他们采用以下的观画法。

在任何情况下都不要像进入小教堂那样进去。不要激动，不要冷漠，不要被画布粘住⋯⋯

径直往前走，像林荫大道上的闲逛者那样大踏步！

穿过油画空间的巨大热浪。

冷静地，而不是急躁地——就像鞑靼儿童在阿卢什塔给他们的马匹洗澡——把你的目光浸入那新材料的周围环境里，但要永远记住眼睛是一只高贵但执拗的动物。

站在一幅画面前，当你的视觉的体热尚未对它作出调整，当眼睛的晶状体还未找到其适当的调节，那情形就像穿着皮袄在隔着风暴的窗子后唱小夜曲。

只有当你达到这种适当的均衡，并且只有在那个时候，才可以开始修复那幅画的第二阶段，清洁它，去掉旧的清漆层，去除外面的也是最近的野蛮层。这是把画与一种阳光灿烂、牢靠的现实联系起来的阶段。

眼睛是一个拥有自己的声学的器官，它以极其微妙的酸性反应，加强图像的价值，夸大它自己的成就，达到冒犯它所呵护备至的官能的程度，把画提高到它自己的水平，因为绘画与其说是一种统觉——即是说，外部认识——的现象，不如说是一种内分泌物的现象。

绘画的材料的组织是为了不使任何人失去任何东西，所以它有别于自然。但是抽奖机的可能性是与其可行性成反比的。

只有到现在，进入画的第三阶段也是最后阶段才开始——直面它背后的意念。

现在，移动的目光向意识递交大使的国书。于是观者与画之间达成一个冰冷的条约，一种相当于国家机密的东西。

我离开绘画大使馆，走到街头上。

在见过这些法国人之后，阳光立即显得像某种日食的亏缺阶段，而太阳本身则似乎被包裹在银箔内。

在合作社入口附近站着一位带着儿子的母亲。那男童憔悴又服从。两人都穿着丧服。那女人正把一捆萝卜插入手提网包。

街道的尽头仿佛被双筒镜撞碎，挤压成歪块；而这一切，遥远而扭曲，全被塞进一个网袋。

论博物学家[①]

拉马克用手中一柄剑为活的大自然的荣誉而战斗。你以为他像十九世纪那些科学野蛮人那么容易安于进化论？但我觉得拉马克在替大自然尴尬，他的羞耻感灼烧他黝黑的脸颊。为了一件称为物种易变性的区区小事，他无法原谅大自然。

前进！拿起武器来！让我们洗脱进化论的耻辱！

阅读分类学家（林奈、布丰、帕拉斯）会对性情起奇妙的作用；会使眼睛直视，把一种矿物的石英质宁静传递给灵魂。

这是那位卓越的博物学家帕拉斯所描写的俄罗斯：农妇们从桦树叶和铝的混合物中提取染料"马里奥纳"；椴树皮自己剥落变成韧皮纤维，随时供织成凉鞋和篮子；农民用某种稠油做药；楚瓦什姑娘把发绺上的小饰物弄得叮当作响。

谁要是不爱海顿、格鲁克和莫扎特，就永不会明白帕拉斯半句话。

他把肉体的浑圆和德国音乐的礼貌输入俄罗斯平原。他用乐团首

[①] 本文为《亚美尼亚之旅》第六章。

席似的白手采集俄罗斯蘑菇。潮湿的羚羊皮、腐臭的鹿茸——但是你撕开往里瞧：天蓝色的。

谁要是不欣赏海顿、格鲁克和莫扎特，就永远不会明白帕拉斯的任何东西。

让我们谈谈阅读的生理学。这是一个丰富的、用之不竭的，并且似乎是被禁止的主题。在物质世界的所有物件中，在所有物质实体中，书是激发人类最大程度的自信心的物件。一本牢牢地摆在读者的桌面上的书，就像一张摊开在画框上的画布。

当我们完全浸淫于阅读活动中，我们尤其佩服我们的遗传属性，我们尤其在一定程度上体验着把我们自己归类到不同时代、不同阶段的那种狂喜。

但是如果说林奈、布丰和帕拉斯给我的成熟日子增添色彩，我却要感激一头鲸鱼唤醒我对科学的孩子般的敬畏。

在动物学博物馆，你听见：滴……滴……滴。完全没有实际经验可言。

啊，关掉那水龙头！

够了！

我已经与达尔文签订休战条约，并把他放在我想象的书架上的狄更斯旁边。如果要让他们一起用餐，他们这次聚会的第三位成员应该是匹克威克先生。谁都无法抗拒达尔文的和善的魅力。他是一个不自觉的幽默家。随时随地触发的幽默源自他的天性，去到哪里它跟到哪里。

但是，和善是创造性认知的一种方法吗，是获得生命感的合适手段吗？

在拉马克那沿着生物梯向下爬的运动中，存在着但丁的伟大性。有机存在的低级形式就是人类的地狱。

这只蝴蝶的灰色长触须有一种芒，恰似一个法国院士领口的小叉，或放在棺材上的银色棕榈叶。它强壮的胸廓，状似小船。一个微不足道的头，就像猫头。

它那布满大眼睛的翅膀是由一名曾经到过塞斯梅和特拉法尔加的将军的精致的旧绸衣做成的。

我突然有一个疯狂的愿望，想通过那只怪物涂了颜色的眼睛看看大自然。

拉马克感觉到动植物分类系统中各纲之间的鸿沟。他听到进化线的停顿和省略。

拉马克对着放大镜痛哭。他是自然科学中唯一的莎士比亚式人物。

瞧——这红脸、半可敬的老人跑下生物梯，像一个受到某个政府部长青睐或刚被情妇哄得满心欢喜的青年人。

没有谁，哪怕是冥顽不化的机械论者，会把一种有机体的生长物看成是外部环境易变性的结果。这样的结论太放肆了。环境只不过是邀请有机体来生长罢了。它的功能体现于某种仁慈，这种仁慈逐渐地、不断地被那种把活的身体与死亡绑在一起的、最终赐予它死亡的严酷性所取消。

因此，对环境来说，有机体是可能性、欲望和期待，而对有机体来说，环境则是一种邀请的力量：与其说是掩护不如说是挑战。

当乐团指挥用他的指挥棒在乐团中奏出主题，他并非声音的实际成因。声音早就在那里，在交响乐的总谱中，在演奏者的即兴串通中，在挤满礼堂的听众中和在乐器的结构中。

拉马克的著作中出现寓言中的野兽。它们使自己适应生活条件。以拉封丹的方式。鹭的双腿、鸭和天鹅的颈、食蚁兽的舌、某些鱼的眼睛等对称或不对称的构造。

如果你喜欢，你可以说是拉封丹为拉马克的学说铺设道路。他那些永远在进行哲学思考和道德说教的理性化的野兽为进化论提供丰盛的活材料。它们已经在它们自己中间分摊进化论的授权。

哺乳动物的偶蹄理性用圆角包扎哺乳动物的手指。

袋鼠用逻辑的跳跃向前运动。

根据拉马克的描述，这种有袋动物前肢软弱，即是说，这些前肢已安于毫无用途；后脚则发展得很强壮，即是说，深信自身的重要性；以及一篇强大的论文，叫作尾巴。

孩子们已安分地在克留洛夫爷爷的——即是说，拉马克—拉封丹的——进化理论的基座上玩沙。当这个理论在卢森堡公园找到庇护所，立即就长满了皮球和羽毛球。

当拉马克竟愿意赏脸去愤怒，并把一切沉闷的瑞士教育学砸个稀巴烂的时候，我高兴极了。马赛曲闯进"大自然"这概念！

雄性的反刍动物突出前额。它们还没有角呢。

但是，源自愤怒的内在感觉直接把"流液"引向那前额，协助形成角和骨的物质。

我脱帽让这位老师先走。但愿他充满青春力量的雄辩雷霆永不静息！

"仍然"和"已经"是拉马克思想的两个亮点，进化荣誉和照相凹版的精子，形态学的信号员和先锋。

他是旧时调音人家族的一员，用瘦削的手指在人家别墅里把钢琴弹得叮当响。他只获准弹出半音音阶和幼稚的琶音。

拿破仑允许他替大自然调音，因为他把大自然视为这位皇帝的物业。

县城集市动物园的影响以及林奈对它的依赖，在林奈的动物学描述中是明显的。巡回展览棚的主人或被雇来招徕顾客的兜揽者拼命炫耀他的商品的优势。这些表演者在拉拢生意时，做梦也没有想到他们会在古典自然科学的风格发展中扮演某个角色。他们撒弥天大谎，空着肚子胡扯，但他们同时被自己的骗术迷住了。总会有什么出来救他们，但他们也为他们的专业经验和他们的技艺的持久传统所救。

林奈在乌普萨拉度过童年，他不能不去那个集市或怀着喜悦聆听来自那巡回动物园的解释。像各地的孩子一样，他在那个穿着长靴扬着鞭子知识渊博的大块头面前听傻了眼。那可是一位寓言动物学的博士，当他对着那头美洲狮挥舞他巨大微红的拳头时，总不忘对它啧啧称奇。

在把这位瑞士博物学家的重要成就与巡回马戏团穿梭表演中那位吹牛者的雄辩术联系起来时，我一点也没有贬低林奈的意思。我只是想提醒你，博物学家也是讲故事的能手，是新的和有趣的物种的公开展览者。

林奈《系统自然》中各种彩色动物画像可以毫不逊色地挂在有关七年战争的图画或有关"浪子"的石印油画旁边。

林奈给他的猴子涂上最温柔的殖民地颜色。他会把画笔蘸满中国漆，和着棕红色辣椒、藏红花、橄榄油和樱桃汁来画。而他甚至能够熟练而快乐地完成他的任务，像一名理发师给市长刮胡子，或一个荷兰主妇在一座大肚咖啡厂里磨她膝上的咖啡。

林奈的猴房焕发的哥伦布的光彩，委实令人愉悦。

这是亚当在一名巴格达巫师和一名中国和尚的协助下把荣誉证书颁发给哺乳动物。

这幅波斯微型画用它那惊恐而优雅的杏仁眼斜视你。

圣洁而肉感，它使你相信生命是一件不可割让的宝贵礼物。

我喜欢穆斯林珐琅和多彩浮雕！

继续我的比喻，我愿意说：那位美丽妇人的烈性牡马的眼睛斜视但亲切地望着读者。那些手稿的烧焦的卷心菜根茬像苏呼米烟草那样吧嗒吧嗒嚼着。

多少鲜血溅在这些不可接触者身上！征服者怎样享受！

美洲豹有着受惩罚学生的狡猾耳朵。

垂柳卷成球状，漂浮着。

亚当和夏娃开会，穿着天堂最新的流行服装。

地平线已经被废除。没有远景。富于魅力的迟钝弥漫着。雌狐步上楼梯的高贵，以及园丁向风景和建筑物倾斜的感觉。

昨天我读菲尔多西，似乎觉得一只熊蜂正坐在书上汲取它。

在波斯诗歌中，大使级的风礼物般从中国送来。

波斯诗歌用一把银勺舀起长寿，并以一千年的三倍五倍馈赠给任何一个想要的人。这就是为什么杰姆吉德王朝的统治者们都像鹦鹉那么长寿。

当菲尔多西喜爱的那些人在做了难以置信地长时间的好人之后，突然无缘无故地变成恶棍，完全听命于主人奢华而专横的文学兴趣。

《王书》里的大地和天空受尽了甲状腺肿之苦——它们全都令人愉悦地凸眼。

我是从亚美尼亚国家图书馆馆长马米康·杰沃尔基扬那里获得菲尔多西的。他给我一大堆蓝色小册——八册，我想。这些高贵的散文译本的文字——冯·莫尔的法文版——散发出玫瑰油的芬芳。

马米康咬了咬他那下垂的州长唇，用难听的骆驼声给我朗读了几行波斯文。

杰沃尔基扬雄辩、聪明而且谦恭有礼，但他的博学过于耸人听闻和急切，他的讲话使人想起一个胖律师。

读者必须在这位馆长的办公室里，在他的亲自监督下满足他们的好奇，而摆在这位主管桌面上的书本，则散发着粉红色的雉鸡肉、苦涩的鹌鹑、麝香似的鹿肉和调皮的野兔的味道。

《论博物学家》补编

自从我的朋友——不,这有点过了,应该说"熟人"——把我诱入他们的自然科学家圈子以来,我眼前便升起一片宽阔的绿坡。一扇新门在我面前打开,通向明亮而活跃的场域。

我们走进有机生命的神秘。事实上,对一个成年人来说,最困难的事情莫过于从无机思维(我们在生命最活跃的时期也即思想只是行动的附属物的时期练成的模式)过渡到有机思维。

这个任务在一个印象派氛围下〔那里艺术家任由空气摆布,把一层色彩涂在另一层色彩上〕,在无忧无虑的彩虹色空间里解决。

我所见过的最和平的纪念碑,耸立在尼基茨基大门[①],在颗粒状花岗岩的襁褓中。一个被判活刑的思想家的形象。

拉马克感到动植物分类系统中各纲之间的裂缝。〔进化路线上有

[①] 指著名生物学家季米里亚泽夫的纪念碑。

间隔。空虚的空间向我们张开大口。〕他听见进化路线上的停顿和省略。他预告真理，并在遇到缺乏证据时噎住了。（因此，才有那个关于他害怕具体东西的传说。）〔拉马克〕尤其是一个立法者。他像法国国民议会那样说话。他集圣茹斯特和罗伯斯庇尔于一身。他与其说是证明自然是什么，不如说是命令自然是什么。

〔在拉马克那沿着生物梯向下爬的运动中，存在着但丁的伟大性。有机存在的低级形式就是人类的地狱。〕

拉马克对着放大镜痛哭。他的失明相当于贝多芬的耳聋。

寓言中〔智慧的〕野兽一再出现在拉马克的著作中。它们使自己适应拉封丹描写的生活条件。鹭的双腿、鸭和天鹅的颈——〔这些都是热心而冷静的寓言那善良、理性的足智多谋的例子。〕

在胚胎学中没有也不可能有任何语义学倾向。它充其量也就是写一句铭文。

小时候在中世纪小镇乌普萨拉，林奈不能不喜悦于巡回动物园的解释……

观众对动物的理解很简单：每一头动物都仅仅是因为它的天然特征，因为它的基本特点而作为*畸形物*被展览〔仅仅因为它存在这一事实〕。动物被截然划分为两个类别：较没趣的国内品种和"海外"品种。而作为"海外"、进口品种的先辈，真正难以置信的野兽是被想象出来的，对它们而言不存在什么准入或通过，因为在任何地图上找出它们的位置，将是最尴尬的事情。

帕拉斯[①]

没有人像帕拉斯那样揭开覆盖俄罗斯风景那块马车夫般倦怠的灰色裹尸布。在它那使我们某些诗人陷入绝望、另一些诗人陷入抑郁的狂喜状态的［想象的］单调中，帕拉斯发现了［颗粒状碎片、材料和地层的难以置信的多样性的］生活的丰富内容。帕拉斯是一个才华横溢的土壤科学家。有纹理的长石和蓝色的黏土感动他的心……

他在发现辛比尔斯克黄白色群山的深海本源时，体验到真正的自豪，并欣喜于它们的地理高贵性。

在阅读帕拉斯时我会呼吸短促，而且不能匆忙。我缓慢地阅览那些染了水彩的俄里。我和一位睿智而慈爱的旅行者坐在我的驿马车里。我感受螺旋、弹簧和枕头。我吸入被阳光晒暖的树脂和毛皮味道。随着我们在布满轮印的道路上颠簸，我左摇右晃。帕拉斯望出窗

---

① 本文是《亚美尼亚之旅》补编的第六部分，原收录于伊琳娜·谢缅科编辑的曼德尔施塔姆《笔记本 1931—1932》，并被编者冠以《帕拉斯》的篇名。关于帕拉斯，参见第 225 页注释。

外，凝视伏尔加的陡坡。接着我变换位置，挤到行李箱旁。溪流奔涌，沿着白泥灰曲折穿行。〔燧土……奔流阶级……但在马车里……

让我们想象帕拉斯的旅伴不是别人，正是尼·瓦·果戈理。一切对他来说都将不一样。他们将怎样一路争吵和争辩。马车继续努力在犁过的土地上转动。〕

〔俄罗斯广阔性的画面，被帕拉斯在无限小的幅度中塑造出来。你会说：这些并不是果戈理的马匹被套在他的驿马车上，而是金龟子。某类蚂蚁排成纵队拉着它，从公路到公路，从马车道到马车道，从楚瓦什乡村到酿酒厂，从酿酒厂到含硫溪流，从溪流到奶和蜜的河流、水獭的繁殖地。〕

帕拉斯只知道和喜欢相近。他用华丽的连字字体，把相近性与相近性连在一起。他通过小钩子和小铰链来扩大他的地平线。他坐着他那辆蚂蚁拉的驿马车，轻易和未被觉察地从一个地区驶向另一个地区。

帕拉斯吹莫扎特曲调的口哨。他哼着格鲁克。谁要是不欣赏亨德尔、格鲁克和莫扎特，就不可能领会帕拉斯的神髓。他是真正为敏感的耳朵写作的作家。他给俄罗斯平原带来了德国音乐特有的身体圆满感和文明的礼貌感。〔他不用稀薄或表面的植物颜料。他用紫檀描绘自然、着色自然、提炼自然。他从陡坡和松林抽取精华。辛比尔斯克犁过的田野和桦树林、吉尔吉斯的草原在他的阿尔扎马斯制造厂的大锅里冒泡。他从桦树叶和明矾的混合物里提取染料，用于染下诺夫哥罗德农妇穿的紫花布，以及用于染天空的蓝图。〕

〔风俗、习惯、仪式、婚礼和丧礼、妇女头饰、当地手工艺品和工业〕，旅行者看见的一切，都只是颜色和设计，印在大地的画布上，印在大地的毛巾上。

帕拉斯是一个非凡的德国人。似乎他竟然可以纵横于俄罗斯，从莫斯科到里海，抱着一只被宠坏的西伯利亚大雄猫。〔他所见数量巨大〕〔他作了准确的观察、热情的描述；他是地理学家、药物学家、染匠、鞣皮工、制革工；他是植物学家、动物学家、人种学家；他写了一本实用而迷人的书，散发着来自刚画过的画布和蘑菇的清香，并且他一次也未曾把他的猫从怀中抖落，相反，他给它长着灰毛的聋耳挠痒，因而在整个旅程中未曾滋扰过它。〕那只猫无疑是耳聋的，耳背有一道灰纹。

但是，如果他突然决定再次出去骑马，很可能就会落入普加乔夫的手中。他甚至有可能用拉丁语替他写宣言或用德语替他写命令。事实上，普加乔夫喜欢有教育的人。他肯定不愿意看到在帕拉斯还活着的时候自己被绞死。在彼得·费奥多罗维奇的大臣官署里，有另一个德国人，一个叫作希瓦尼奇或斯万维奇的中尉。他草草写下若干什么也不是的东西……他最终在澡堂里结束生命。

帕拉斯那本皇皇巨著是用惊人地干燥的中国纸印制的。书页是宽阔而有颗粒的。阅读这位博物学家会对你的性情产生神奇的影响；会使眼睛直视，把一种矿物的石英质平静传递给灵魂。

阅读的生理学仍然有待研究。更有甚者，这个主题截然不同于目录学，并且必须与大自然的有机现象联系起来讲。

一本使用中的书，一本摆在读者的桌面上的书，就像一幅摊开在画框上的画布。

一本书虽然还不是读者的能量的产物，但它已经是读者传记中的一条裂缝：虽然还不是被发现物，但它已经是一种开采。一块有条纹的长石……

我们的记忆，我们的经验，包括其豁口，我们各种感知和各种联想的转义和隐喻，全都成了书本那贪婪和难以控制的占有物。

而它那所有权的力量的奸诈，就像军事诡计一样变幻莫测。

阅读之魔从文化沙漠的深处挣脱出来。古代人对此一无所知。他们不在阅读过程中寻求幻觉。亚里士多德不带感情地阅读。最好的古代作家是地理学家。不够胆量旅行的人，也不敢写作。

现代文学向读者提出很高的要求（很不幸，很少得到遵从，且往往被玷污），这使很多作家感到头疼：从来不敢去描写任何你灵魂的内在活动不能以某种方式表达出来的东西。

［因此，作者的要旨侵扰你的过去经验。］

我们读书是为了刷新我们的记忆，但问题就出在这里，因为你只能在记忆的过程中读一本书。

当我们完全沉浸于阅读活动，我们尤其钦佩我们自己的普通属性。在一定程度上，我们体验把我们自己归入各种年龄和阶段的那种狂喜。

［在尼基茨卡亚大街的动物博物馆阴暗的前厅，一个放置在陈列柜里的鲸鱼巨颌被冷落，令人想起一张巨大的犁。每当我去那里探访科学朋友，我总是对这个非凡展览赞叹不已。

但是，如果拉马克、布丰和林奈给我的成熟年份着色，那么我必须感谢［尼基茨卡亚大街的］鲸鱼在我身上唤起我对科学的童稚式敬畏。

现实具有某种延续性的特征。

与现实相一致的散文，不管多么富于表述力和细腻，不管多么有效和忠实,都永远是一个断裂的系列。

只有被纳入作为一整个系统的延续性的散文,才称得上是真正美丽的散文,尽管没有任何力量和方法可以证明这点。

因此,一个散文故事无非是那连绵不绝的延续性的一个断裂的迹象。

持续不断地填满现实,一直都是散文的唯一主题。然而,模仿这个持续过程将会把散文的现实引入一个死角,因为〔它只与间隔有关〕连绵不绝的延续性总是永远要求越来越新的冲动和决定因素。〔我们需要连绵不绝的延续性的迹象,它绝不是自我生发的物质〕

一种没有间隔的首数①是不可能的。

对物质的永久准确的描写,有赖于其光照效果:所谓的延德耳效应(在超显微镜中分子的斜向指标)……但如此一来一切又得从头做起;描写光,等等。

理想的描写将被简化成一个无所不包的语句,在其中把全部的客观现实表达出来。

〔但是散文作家的语言绝不会形成,绝不会成型,无论它如何装配……〕

对散文来说,**内容**和**地点**是重要的,但形式不是内容。

散文的形式是合成。

散布在各自合适的地点上,在语义学上重要的词汇粒子。

散布这些粒子的地点的不确定性。安排的自由。在散文中永远是"圣乔治节"。

---

① 据英译者解释,"首数"是数学术语,又称特征数。一个对数的"首数"是整数,其"小数余数"则位于小数点右边。例如在"4.1976"中,"4"是首数。

笔记、杂感、残篇

一、(1931)

A. 论涅克拉索夫

1931年5月2日。论阅读涅克拉索夫。《弗拉斯》和《可怜的骑士》①。

涅克拉索夫:

> 他的谵妄,他们说,
> 总是被同一个幻象纠缠:
> 他看到这世界正在消逝,
> 他看到地狱里所有罪人。

---

① 《可怜的骑士》系指普希金诗作《"有一个可怜的骑士"》。

普希金:

> 他只有一个幻象,
> 理智无法窥见,
> 它留下的印象深深
> 铭刻在他心上。

"从那天起"——接着似乎又一个神秘的声音:

> 神圣的玫瑰,天庭之光……

同一个诗歌意象,同一个记忆和英勇事迹的主题。

正是在这里我们发现东方与西方的共同链接。在对地狱的描绘中。俄罗斯一家旧厨具店的廉价但丁木刻画:

> 那六翼的黑老虎……
> 弗拉斯认出外部的黑暗……

B. 〔论帕斯捷尔纳克〕

1. 他喝啊喝,直到他喝饱了宇宙,再也说不出话。一直说不出话。真正地可怕。

> 吞下了大海之后,
> 愿他用它喷淋宇宙。

2. 他对谁说话?

那些未曾完成任何事情的人……

如同战斗前的蒂尔蒂乌斯——但他的读者怎么办?——他会聆听然后跑了……去某个音乐会……

C. 论动词

在我们当代的实践中动词已经从文学里消失了。它们与诗歌仅有一种间接的关系。它们的角色纯粹是辅助性的：给一个公认的价钱，它们便可以把你从一个地方传递到另一个地方。只有在政府法令中、在军队命令中、在司法裁决中、在公证行动中和诸如遗嘱之类的文件中，动词才有了充分的生命。然而，动词就其原始功能而言，乃是行动、法令、命令。

二、(1932) 论阿波隆·格里戈里耶夫

我们的记忆，我们的经验，包括其豁口，我们各种感官知觉和各种联想的转义和隐喻，全都成了书本那贪婪和难以控制的占有物。

就这样，"净化的目标和自我创造的目标"便达到了，如同我们的阿波隆·格里戈里耶夫所说的，他是在发泄了他对断章取义者和……描述者的愤怒，声音都沙哑了之后这样说的。

在诗歌中，"结论"这个词必须按照字面意思理解为一种"离开"，越出早前所说的一切的边界，一种自然地与自身的重力保持联系和偶然地与自身的结构保持联系的离开。

三、(1935—1936)

如果一位作家以不管什么方式强制自己履行"把关于生活的悲剧方面的消息告诉我们"的责任,当他的调色板未能包含深刻对比的色彩,并且更重要的是,当他无法展示对规律的任何敏感——按规律,悲剧性的东西(不管其范围多么微小)是不可避免地以一种对世界的普遍表现的方式出现的——那么他无非是向我们提供关于恐怖和停滞的"准备好的原材料"罢了,这种原材料只会在我们身上引起恶心感,然而在积极的批评说法中,其最有名的委婉语是"日常生活"。

警觉是抒情诗人的勇气;混乱和放荡——抒情的懒惰所惯用的诡计。

四、(日期不详)

……大自然里的风暴可作为历史事件的原型。时针绕着钟面的运动可视为非事件的原型。现在是五点五十五分,还剩下二十分钟……根据一个宏伟的计划,你有改变的外观,但事实上什么也没有发生。正如你可以说历史诞生了,但你也可以说它会死;而且,真的,什么是进步呢——这二十世纪的创造物——如果不是否认历史的死亡,在这死亡中事件的精神消失了?进步是时针的运动,又由于它那特殊的空洞,这类老生常谈便对历史的存在本身构成巨大的危险。在风暴的诞生中,让我们聚精会神注意生命的鉴赏家丘特切夫。这种自然现象绝不出现在丘特切夫的诗歌中,除了在……

五、未知的残篇

我认为，我们有大量青年诗人浪费太多时间研究流行杂志《小火焰》、《红田野》和《探照灯》里的诗歌，而对所谓的经典著作或大师则缺少兴趣。我们有这样一些学生，他们受教于不负责任的狼人、专业的糊涂虫和丑陋、时髦、循规蹈矩的计件工作的供应商。

迄今仍没有人表达大多数的新情感。某个新晋诗人也许会认识到他那一代人的历史权利。可是这些权利与他何关？难道他必须总是同意一切，并大喊"没错，没错"？当然不是！我非常高兴地看到，依然有一些诗人表达他们自己对世界的态度——个人抒情主题的基础……

第四辑

关于但丁的谈话

Così gridai cola faccia levata…

于是我举头大喊……

《地狱篇》第十六章①

I

诗学言说是一个混合过程，跨越两种声音模式：其一是我们在诗学言说的自发性流动中从其韵律工具听到和感到的语调；其二是言说自身，也即这些工具在声调上和音位上的表现。

用这种方式理解，则诗歌就不是自然的一部分，哪怕最好或最精华的部分也不是，更不是自然的反映——这样会使身份的原理成为笑柄；相反，诗歌在一种新的外空间的行动领域里，以骇人听闻的独立性建立自身，与其说是叙述自然，不如说是通过其工具表演自然，这

---

① 指《神曲》的《地狱篇》。

些工具就是通常所称的意象。

只有在最严厉的限制条件下，诗学言说或思想才可以被称为"发声"；因为我们从中只听到两条线的交叉，一条由它自己牵动，完全寂哑，另一条从它那韵律学的变形中抽离出来，完全没有意义和兴趣，并且容易被意释，而在我看来，意释不啻是非诗歌的一个标志。因为，只要是容易被意释的地方，被单也就未被弄皱过，诗歌也就可以说未曾在那里过夜。

但丁是一位诗歌工具的大师；他不是意象的制造商。他是变形和混合的战略家；他更不是一位"总体的欧洲"意义上的诗人或使用文化术语的诗人。

在竞技场上身体互相扭成一个结的摔跤手也许可视为工具变作和声的例子：

> 这些赤裸、发亮的摔跤手来回
> 踱着步，趾高气扬
> 炫耀他们身体的
> 勇猛，然后在关键性的决斗中
> 扭作一团……
>
> 《地狱篇》第十六章

而现代电影——绦虫的变形物——则变成对诗学言说中韵律工具的使用的最邪恶的戏拟，因为它的画格只是没有冲突地往前运动，仅仅是一格取代另一格。

不妨想象在一种语言中，某种可理解的东西，从晦涩中被抓紧、被抠出来，而这种语言在完成明白和领悟之后立即自愿地诚心诚意地被遗忘……

诗歌中重要的东西只是对诗歌发生过程的理解——决不是那种消极的、再生产的或释意的理解。语义学的适切性相当于完成一项指令之后的那种感觉。

完成工作之后，意义的信号波浪便消退；它们越是强有力，就越是服从，也就越不倾向于徘徊不去。

否则就难以避免陈规老套，也即把那些被称为文化历史意象的成批制造的钉子敲进去。

表面的解释性意象是无法与作为诗学言说之工具的适合性相容的。

诗歌的质量是由速度和果断性决定的，它通过速度和果断性来体现其措辞中的规划和指令，也即无工具的、词义学的、纯数量的文字物质。你得横越一条挤满同时朝不同方向行驶的中国式帆船的河流的整个宽度——诗学言说的意义就是这样创造出来的。这意义，它的旅程，是无法通过审问船夫而重建起来的：他们无法讲清我们怎样以及为什么从一条帆船跳到另一条帆船。

诗学言说是一块地毯织品，它包含大量的纺织经纱，它们只有在染色的过程中，只有在工具的信号系统那永远在变化的指令的总谱中，才显示出彼此的不同。

这是一块极其耐用的地毯，用流质织成：在这块地毯中，若把恒河作为织品主题，则恒河的激流是不会与尼罗河或幼发拉底河的样品混淆的，而是保留多种色彩，在镶边中，在花绞中，在装饰中——但不是在图案中，因为图案相当于意释。装饰之所以好，恰恰是因为它保留了其本源的痕迹，就像一件自然的作品被表演出来。不管这件作品是动物、植物、大草原，锡西厄人还是埃及人，土著还是野蛮人，它总是在讲、在看、在行动。

装饰是诗节的。图案则是诗行的。

古意大利人的诗学饥渴是意味深长的,他们对于和谐有着少年式的、动物式的胃口,他们对于节奏有着感官式的热望——il disio!

嘴在蠕动,微笑轻触诗行,双唇聪明而快乐地变红,舌头信任地抵着颚。

诗的内在形式是与那位说话和感受情感的叙述者脸上掠过的无数表情变化分不开的。

说话的艺术正是以这种方式扭曲我们的脸,它干扰脸的宁静、撕掉脸上的面具……

当我开始学习意大利语以及刚刚使自己熟悉它的语音学和韵律学时,我突然明白到,我说话的努力的重心已向我的双唇移得更近了,移到我的嘴的外侧。舌尖竟然一下子有了一个上座席。声音迅速奔向牙齿的锁合。有一种东西使我震惊,那就是意大利语音学那童稚的一面,它那孩子似的美丽质地,它与婴儿牙牙学语的近似性,近似某种永恒的达达主义。

> E consolando, usava l'idioma
> Che prima i padri e le madri trastulla;
> …Favoleggiava con la sua famiglia
> De'Troiani, de Fiesole, e di Roma.
>
> (还会抚慰地用那种惯于
> 取悦父母的语言说话:
> ……会跟她家人讲述
> 特洛伊人、菲耶索莱和罗马的故事。)
> 《天堂篇》第十五章

你想开始与意大利语押韵词典为伴吗?拿起整本词典然后随意翻

览……这里每一个词都是押韵的。每一个词都乞求进入和谐。

那种可联姻的结尾之丰富，简直匪夷所思。意大利语动词在走向结尾时越发有力，并且只有到结尾时才活过来。每个词都急匆匆要爆发，要从双唇飞出，要跑掉，要为其他词空出一个位置。

当需要追踪一个时间的圆周，而对这个圆周来说一千年无非是一眨眼时，但丁便把童稚的"超感"语言，引入他的天文学式的、和谐的、深刻地公共的、讲道般的词汇。

尤有甚者，但丁的创造是他那时代的意大利语在世界舞台上的登场，作为一个整体、作为一个系统的登场。

这种罗曼诸语言中最达达主义的语言向前移动，坐上各国之中的第一个位置。

Ⅱ

我们必须举出但丁的节奏的若干例子。人们对此一无所知，但是必须让他们看一看。无论谁说"但丁是雕塑式的"，都是受到对这个欧洲伟人的贫乏定义的影响。但丁的诗歌享用了现代科学已知的能量的各种形式。光、声音和物质的统一形成了它的内在本质。最重要的是，阅读但丁是一次无穷尽的劳作，因为我们越成功，离我们的目标就越远。如果首次阅读仅带来短气以及健康的疲劳，那就穿上一双不会损毁的瑞士平头钉靴子准备继续阅读吧。随之而来的是这个严肃问题：到底阿利吉耶里在他的诗学作品形成过程中，在漫游于意大利的羊肠小道时，穿烂了多少牛皮鞋底、多少凉鞋。

《地狱篇》，尤其是《炼狱篇》，都颂扬人类的步态，走路的拍子和节奏，脚步及其形式。脚步与呼吸有联系，并且浸透着思想，被但丁理解成韵律学的起始。为了说明走路，他利用了多种多样而又迷人的措辞。

在但丁那里,哲学和诗歌忙个不停,永远在走动着。即使一次停顿也是一种多样化的递增运动:谈话的讲台是由阿尔卑斯山的条件创造的。韵律的音步是脚步的吐纳。每一个脚步都得出一个结论,精力充沛,用三段论演绎。

教育是在各种最迅捷的可能关联中培养的。你飞快地领会它们,你对典故保持敏感——此中蕴含着但丁最喜用的赞美形式。

按但丁的理解,老师要比学生年轻,因为他"跑得更快"。

> 当他闪开,他在我看来
> 就像互相追逐的竞跑者中的一个
> 奔跑在维罗纳周围的绿草地上,
> 他的体形是如此吸引人
> 使我觉得他一定属于那群胜利者,而不属于
> 失败者……①

这个隐喻的恢复青春的力量使那个有教养的老人布鲁内托·拉蒂尼在维罗纳的一次田径运动会上以一个青春活泼的胜利者的面目出现在我们面前。

什么是但丁式的博学?

亚里士多德像一只两个翅膀的蝴蝶,栖息在阿威罗伊的阿拉伯边境上。

---

① 曼德尔施塔姆随笔的英译者之一悉尼·莫纳斯认为,曼氏的译文似乎有失误,实应为:"接着他转身回来,像维罗纳旷地上争夺绿衣服(奖)的竞跑者中的一个;而且他似乎是他们中的胜利者,而不是失败者。"

Averrois, che il gran comento feo
阿威罗伊,他创作了伟大的评论
《地狱篇》第四章

这里,阿拉伯人阿威罗伊与希腊人亚里士多德结伴。他们两人都是同一幅画的组成部分。他们两人都可以在一个翅膀的膜内找到空间。

《地狱篇》第四章结尾实际上是一场引语狂欢。我在这里找到但丁的典故键盘的一次纯粹、没有任何杂质的展示。

一个键盘溜达在整个古代地平线上。一些肖邦式的波洛奈兹舞,有着狮身鹰首兽的眼睛的恺撒与德谟克利特比肩而舞,后者刚完成了把物质分成原子。

引语不是摘录。一个引语是一只蝉。它的自然状况是持续不断的声音的状况。一旦抓住空气,它就不放走它。博学远远比不上一个典故键盘,因为后者包含了教育的精髓。

我的意思是说,一部创作并不是一点一点积累的结果,而是因为细节一个接一个从物体上被撕掉,离开它,蹿出来,或从该系统一点点被削掉,走出去,进入一个新的功能空间或维度,但每一次都是在一个严格限制的时刻、在足够成熟和独特的环境下实现的。

我们不知道事物本身;另一方面,我们对它们存在的事实是高度敏感的。由是之故,在阅读但丁的诗章时,我们就是在某种程度上接收来自战场的公报,并对那个数据作出非凡的猜测,猜测战争的交响曲的声音是怎样在彼此斗争着,尽管每个简报本身仅仅表明战旗为了战略目的而略微调整,或炮声的音质略微变化。

正因为如此,正因为构成差异的简单冲动贯穿事物,事物便作为一个整体出现。它一刻也不能维持对自己的身份认同。如果一个物理学家在打碎一粒原子核之后想把它重新合起来,他就酷似描述式和解释式诗歌的那些党徒；对他们来说，但丁无异于一场永恒的瘟疫和一个威胁。

如果我们学习聆听但丁，我们就会听到单簧管和长号的逐渐成熟，我们会听到中提琴变成小提琴，以及法国圆号阀门的拖长。我们还可以听到围绕着鲁特琴和短双颈鲁特琴而形成的未来三部式齐奏式管弦乐团的星云核。

更有甚者，如果我们可以听到但丁，我们就会突如其来地跳入一种力量的流动中；它一会儿以其总体性被称为"创作"，一会儿以其独特性被称为"隐喻"，一会儿以其直接性被称为"明喻"。这种力量的流动催生了各种属性，以便它们可以返回它，以它们自己的溶解来丰富它，并且，一俟获得转化的首次快乐之后，它们立即在与那种伴随着各种思想急奔而入并冲洗这些思想的物质合并时丧失它们的长嗣身份。

《地狱篇》第十章开头。但丁要求我们进入创作凝块的内部盲目中去：

> 现在我们爬上那条窄路，
> 它位于陡峭的
> 墙壁和殉道者之间——我的老师
> 和我，我紧跟在他身后……

我们所有的努力都被指向与该处的密度和黑暗的斗争。明亮的形状像牙齿一般穿过它。在这里，性格力量的重要性一如洞穴中的火炬。

但丁每次与其材料作战，总是先准备好一个器具来逮住它，总是配备某个工具，用它来测量不断滴落或溶化的具体时间。在诗歌中，一切都是测量，一切都源自测量，围绕着测量盘旋，为测量而存在，因此，测量的工具是一种特别的工具，发挥一种独特的积极功能。在这里，罗盘颤抖的指针不仅纵容那磁暴，而且亲自制造磁暴。

于是乎，我们可以看到，《地狱篇》第十章那场对话是被动词时态的形式磁化：完成体和未完成体过去时，虚拟过去时，甚至现在时和将来时都明确而权威地体现在第十章里。

整个第十章都是由动词的若干推力构成的，这些推力大胆地跃出文本。这里，词形变化表象剑术比赛般拉开，而我们实际上听到这些动词如何原地踏步：

第一道推力：

La gente che per li sepolcri giace
Potrebbesi veder? ...

（是否可以允许我看看那些
躺在敞开的坟墓里的人？）

第二道推力：

...Volgiti! che fai?

（转过身去！你在干什么？）

现在式的恐怖展现在这里，某种恐怖现在式。在这里，没有杂质的现在式被作为一个符号，用于抵挡邪恶。这个现在式完全孤立于将来和过去，它的词形被变化得像纯粹恐惧，像危险。

过去式的三种细微差别（它自己免去了承担任何已经发生的事情

的责任)表现在以下三行诗节中:

> 我目不转睛地盯着他,
> 而他高高地挺起身,
> 仿佛他巨大的蔑视可以贬低地狱。

然后,像大号有力地一吹,过去时在法里纳塔的问题中爆发了:

> ...Chi fur li maggior tui—
> (你的祖先是谁?)

在这里那个助动词是怎样铺开的,那个小小的被截短的 fur 而不是 furon!难道那法国圆号不正是通过一个阀门的拖长而形成的吗?

接着是以过去完成时的方式出现的一次口误。这口误击倒了老卡瓦尔坎蒂:从他的当时仍精力充沛的诗人儿子奎多·卡瓦尔坎蒂的同伴和同代人阿利吉耶里那里,他听到一点(是什么并不重要)有关他儿子的消息,使用的是致命的过去完成时的 elle (他曾经是)。

更可怕的是,这口误恰恰为这场对话的主流开了路:卡瓦尔蒂消失如一支表演了自己那一部分之后退走的双簧管或单簧管,而法里纳塔则像一个蓄心积虑的棋手,继续他那中断的举动,并重新发起攻击:

> "E se," continuando al primo detto,
> "S'egli han quell'arte," dise, "male appresa,
> Cio mi tormenta piu che questo letto."
> (他继续我们的谈话,

"如果他们学那本领学得差,"他说,"那就会折磨我,远甚于这张床。")

《地狱篇》第十章

《地狱篇》第十章的对话是对该情景的一次意料不到的解释。它自己从各条河流的空隙间流溢出来。

具有一部百科全书特质的一切有用的资料原来都已经在这一章开头的诗行中传达了。谈话的丰富性缓慢而确定地拓宽;大规模的场景和拥挤的意象间接地引入。

当法里纳塔怀着对地狱的轻蔑站起来,像一个因某种原因掉进牢狱的伟大贵族时,谈话的钟摆便已摆过现已被火焰入侵的阴暗平原的整个直径。

文学中的丑闻是一个远比陀思妥耶夫斯基更早的概念,然而在十三世纪,以及在但丁的作品中,丑闻的力量要强得多。但丁在这场不必要而危险的遭遇中与法里纳塔发生冲突,一如陀思妥耶夫斯基的流氓在最不合时宜的场合撞见折磨过他们的人。一个声音向前浮动,它属于谁仍不清楚。读者越来越难以把握这一扩大的诗章。这声音——法里纳塔的第一个主题——是但丁式的恳求型小咏叹调,它在《地狱篇》中是极其典型的:

啊托斯卡纳人,你活着穿行于
这个燃烧的城市并且口才如此
流利!不要拒绝停留
那么一分钟……通过
你的讲话我认出你
是那个高贵地区的

> 居民而我呀，唉！是
> 它太大的负担……

但丁是一个穷人。但丁是一个内在的平民知识分子，是一个罗马古老家族的后代。谦恭有礼绝不是他的特点，倒是有点恰恰相反。如果谁没有注意到在整部《神曲》中但丁不懂得如何待人处事、不懂得如何行动、不懂得说什么话、不懂得如何鞠躬，那他就真的有眼无珠了。这不是我胡乱想象的，我是从阿利吉耶里自己的无数次承认中得出这个结论的，这些承认散布在整部《神曲》中。

内心的焦虑，痛苦、烦人的笨拙一直伴随着这个缺乏自信的男人的每一个脚步，仿佛他的成长有点不充分似的，这个对处理他的内在经验或使他的内在经验客体化于礼仪中之类的事情一窍不通的男人，这个受折磨又受压迫的男人——这些特质既为这部诗提供所有的魅力、所有的戏剧，同时又成为其背景来源、其心理基础。

如果但丁单独被派遣出去，而没有他那"温柔的父亲"，没有维吉尔，那么丑闻将不可避免地从一开始就爆发出来，而我们就只会看到最怪异的滑稽戏，而不是一次经历痛苦和各种景观的地下世界之旅！

被维吉尔避开的笨拙起到有系统地修订和重新指引这部诗的进程的作用。《神曲》把我们带进但丁精神特质的内部实验室里。在我们看来是无可指摘的嘉布遣会修士斗篷和所谓的鹰钩鼻轮廓，从内部看实际上是饱受痛楚的难堪，一种纯粹普希金式的、宫廷侍从式的争扎，想为诗人取得社会尊严和一个获承认的社会地位。这个使儿童和老妇害怕的影子吓坏它自己，而阿利吉耶里发烧又着凉：从一阵阵奇迹似的自负到毫无价值感。

但丁的名声迄今一直是理解他和深入研究他的最大障碍，而这种情况应会在很长一段时间里继续下去。他的宝石般的特质无非是巨大的内心不平衡的产物，这种不平衡自己表达在梦境的死刑中、在想象的遭遇中、在预先准备好并由怒气促进的雅致反驳中，旨在一举歼灭敌人和求得最后的胜利。

这位最慈祥的父亲、导师、通情达理者和卫士有多少次严责他内心那位对自己成为社会等级制一员感到无比痛苦的十四世纪平民知识分子，而他实际上的同代人薄伽丘却在同一个社会制度里如鱼得水、浸溺其中、嬉戏其中？

"Che fai?"（你在干什么？）听起来酷似一个教师的叫喊：你已失去理性！……然后管风琴的声音赶来营救，掩盖羞耻和遮挡尴尬。

如果设想但丁这部诗是某种扩大的单线叙述甚或仅有一个声音，那绝对是错误的。早在巴赫之前，在巨大的管风琴仍未制造出来，而未来的各种奇观仍处于胚胎式雏形之际，在为声音伴奏的主要工具仍只是齐特琴的时候，阿利吉耶里已在词语的空间里建构一种力量无限的风琴，并且已在其所有想象得到的音栓中自得其乐，为其咆哮充气，通过其所有管道发出轰鸣声或咕咕声。

Come avesse lo inferno in gran dispitto
（仿佛他巨大的蔑视可以贬低地狱。）
《地狱篇》第十章

这一行催生了欧洲整个魔鬼信仰和拜伦主义的传统。与此同时，但丁不是像譬如雨果可能会做的那样，把他的雕像竖立在人行道上，而是把它封在一个弱音器里，以阴暗的暮光将它包裹起来，藏在一袋哑音的最底端。

它被放在渐弱的音栓里，它跌落在听觉窗外的地面上。

换句话说，它的语音之光关掉了。灰暗的阴影已经交融在一起。

《神曲》与其说是占去读者的时间，不如说是增加读者的时间，仿佛它是一部正在被演奏的音乐作品。

这部诗越变越长，也就越远离其终点，而终点本身突如其来地接近，听上去就像是起点。

但丁式独白的结构，其造型一如管风琴的音栓机制，它是很容易理解的，只要使用一个类比就够了，也即其纯粹性已被外来物体摧毁的岩层。

粒状的混合物和熔岩的矿脉表明，某一断层或灾变是地层的共同来源。

但丁的诗歌恰恰是以这种地理风貌形成和着色的。它的物质结构是无限地比它那著名的雕塑特质更重要的。不妨想象一座花岗岩或大理石纪念碑，它的象征功能不是要表现一匹马或一位骑手，而是要披露大理石或花岗岩本身的内在结构。换句话说，不妨想象一座花岗岩纪念碑竖立起来纪念花岗岩，仿佛是要披露花岗岩这个理念。理解这点，那么你就可以很清楚在但丁的作品中，内容与形式是如何相联系的。

任何诗学言语的单位，无论是一个诗行、一个诗节，还是整个抒情作品，都必须被视为一个单一的词。例如，当我们清晰地念出"太阳"这个词，我们并不是投递出一个早已准备好的意思——这等于是语义学的流产——而是在体验一次独特的循环。

任何一个特定的词都是一捆，意义从它的各个方向伸出，而不是指向任何划一的法定的点。在念出"太阳"这个词时，我们在某种程度上是在进行一次广大的旅行，我们对这次旅行是如此熟悉，以致边走边睡。诗歌与不自觉的讲话之间的区别在于，诗歌在一个词的途中把我们叫醒摇醒。然后我们才发现，那个词比我们想象中的更长，我们也才想起讲话意味着永远在路上。

但丁诗章的语义学循环的建构方式是，打个比方，以"蜜"(med) 开始，却以"青铜"(med') 结束；以"狗吠"(lai) 开始，却以"冰"(led) 结束。

在觉得需要时，但丁会把眼睑唤作"眼唇"。这是当凝结的眼泪的冰晶从睫毛垂吊下来，形成一道廉，阻止流泪的时候。

> Gli occhi lor, ch'eran pria pur deutro molli,
> Goccriar su per le labbra…
>
> （他们抬起脸对着我，泪水
> 从他们的眼唇里涌出……）①
>
> 《地狱篇》第三十二章

因此，痛苦跨越各感觉器官，产生混合物，带来唇状的眼睛。

但丁并非只有一种形式，而是有多种形式。一种形式从另一种形式中挤出，并且只有按惯例，一种形式才可以插入另一种形式。

他自己说：

> Io premerei di mio concetto il suco——
> （我会从我的想法、我的意念里挤出果汁——）
>
> 《地狱篇》三十二章

这句话意思是说，他认为形式是一种被挤出之事物，而不是一种

---

① "唇"的解释有争议，另一种读法是：他们的眼睛，先前只是向内潮湿，现在泪水淌向双唇！

供掩盖之事物。

据此，形式是从内容意念中挤出来的，该内容意念在某种程度上封住形式，尽管这样说有点怪异。这就是但丁的精确思想。

然而，无论那是什么，我们都不能从任何东西中挤出某种东西，除非从一块湿海绵或湿碎布。我们也许可以设法把该意念挤成一条辫子，但是我们永远不能从中挤出形式，除非它本身已经是一个形式。换句话说，任何涉及诗歌中的形式创造的程序，都预先假设有诗行、有句子或有声音形式的循环，一如逐个被念出来的语义学单位。

如果把但丁的《神曲》当成一种流动、一种流速来进行科学描述，将不可避免地以一篇论述变形的论文的面目出现，并且将致力于穿透诗学物质的众多状态，如同一个医生在诊断时聆听有机组织多样性的统一。这样一来，文学批评就是近似天然药物的治疗方法。

Ⅲ

我尽力检查《神曲》的结构，得出一个结论：整部诗只是一个统一的不可分割的单一诗节。或者说，不是一个诗节，而是一个晶体式的形状，也即一个躯体。某种对于形式创造的持续的渴望贯穿着整部诗。严格地说，它是一个立体测量学的躯体，是那个晶体学主题的继续发展。很难想象任何人可以仅仅以眼睛来理解甚或在视觉上想象这个拥有一万三千个面体的形式，它有着如此可怕的精确性。我对晶体学缺乏最起码的了解，在这个领域的无知一如在我自己的圈子里的很多其他人的无知一样，使得我无法获得理解《神曲》之真实结构的乐趣。但是，但丁那种令人振奋的力量是如此神奇，使得我对晶体学产生了一种具体兴趣，而作为一个心怀感激的读者——lettore——我应设法满足他。

创造这部诗的形式的过程，超越了我们对文学创新和创作的概念。把直觉视为它的指导原则也许会更正确。这里提出的示范性定义决不是为了炫耀我自己的隐喻能力。相反，我力求把这部作品作为一个实体来理解，以便生动地展示那可设想的。只有通过隐喻才能找到一个具体的符号，来描述这种形式创造的直觉，但丁正是以这种直觉来累积和倾注其三韵句的。

因此，我们必须尝试想象，蜜蜂是怎样在这个有一万三千个面体的形式上工作的，蜜蜂具有立体测量学的惊人本能，可按需要吸引数目越来越多的蜜蜂。这些蜜蜂的眼睛一直盯着整体，在这个过程中，它们的工作在不同阶段有不同难度。它们的合作随着它们参与筑造蜂巢的过程而扩大和增长，并日趋复杂，依此，空间实际上自己出现。

顺便一提，蜜蜂这一类比是由但丁自己提出来的。这是《地狱篇》第十六章开头的三行：

Gia era in loco ove s'udia il rimbombo
Dell'acqua che cadea nell' altro giro,
Simile a quel che I'arnie fanno rombo...

（我已来到那地方，听见咆哮的水
蜿蜒流入另一层，那声音犹如
一巢蜜蜂持续不断的嗡嗡声……）

但丁的比较绝不是描述性的，即是说，纯粹表现性的。他的比较总是追求具体的任务，就是表现出这部诗的结构或驱动力的内部形式。让我们举那一大群有关"鸟"的比喻为例——它们全都是庞大的旅行队，一会儿是由鹤、一会儿是由椋鸟、一会儿由排起古典军事方阵的燕子、一会儿是由混乱无序的且与这拉丁军事队形极不相称的乌鸦组成——这一整群庞杂的比喻总是呼应这次朝圣、旅程、殖民、迁徙的直觉。或者，为了说明这点，让我们举同样众多的河流比喻作例子，也即描写灌溉托斯卡纳的阿尔诺河在阿平宁山脉升起，或阿尔卑斯山脉奶娘波河朝下流入伦巴第河谷。这群比喻的特征是非凡的幅度及其逐步从一个三连韵下降到另一个三连韵，永远引向一种由文化、家园和稳固的文明构成的复合体，引向一种政治和民族的复合体，它们大都受这些河流的分水岭的制约，还受这些河流的威力和方向的制约。

但丁式的比喻看起来似乎很怪异，但它的力量的运作，是与我们没有它也行的能力成正比的。它绝不是通过某种可怜的逻辑必要性强行规定的。如果你可以，请告诉我，是什么使但丁非要将这部诗的临近结尾拿来跟一位意大利女士的服装相比（这种服装我们现在称为"衬裙"，但是在古意大利语中，充其量只可称为"披风"或通称为"套裙"），或将他自己拿来跟一个耗尽其材料（请原谅这种说法）的裁缝相比？

IV

在后来的世代，随着但丁愈来愈使公众甚至艺术家们难以企及，他也就愈来愈被包裹在更大的神秘之中。但丁本人追求清晰准确的知识。他对同时代人来说是艰涩的、令人疲累的，但是他以知识来奖赏他们的努力。后来一切变得愈来愈糟。一种对但丁的神秘主义的无知崇拜精心地发展起来，它就像任何神秘主义的概念一样缺乏任何具体的实质。法国雕刻亦出现"神秘的"但丁，包括修士的头巾、鹰钩鼻，以及他在山中险崖间寻获什么。

有那么一些从未读过但丁的但丁行家，说起但丁就如痴如醉，而在我们俄罗斯人中间，不是别人，正是亚历山大·勃洛克成为这种放荡的无知的受害者：

> 有着鹰钩鼻轮廓的但丁阴影
>
> 向我唱起《新生》……

但丁式空间的内在亮度来源于结构因素，这点从没有引起任何人的兴趣。

我现在要说明早期的但丁读者是如何不关心他所谓的神秘主义。我面前摆着一幅来自最早的但丁版本之一的画像照片，该书出版于十四世纪中期（佩鲁贾图书馆所藏）。俾德丽采给但丁看三位一体图。画像中有明亮背景，衬以孔雀图案，像印花棉布挂品。镶在柳木框里的三位一体图是血红色的，有玫瑰色的脸颊，圆胖如商人。但丁·阿利吉耶里被画成一个有为青年，俾德丽采则是活泼、胸部丰满的少女。两个绝对普通的人物，一个充溢着健康神态的学者约会一个同样健康成长的城市姑娘。

史宾格勒曾写了数页有关但丁的精彩文章，却是从德国国家剧院的包厢看但丁，而当他说"但丁"，我们几乎必须把它理解成慕尼黑舞台上的"瓦格纳"。

以纯粹历史的角度研究但丁就像从政治或神学角度研究但丁一样难以令人满意。但丁批评的未来属于各种自然科学，届时它们将可以达到某一足够精妙的程度，发展出它最大的形象化思维能力。

我愿意以我所有的力量反驳那种讨厌的传奇——它把但丁的颜色要么弄成无可辩驳的沉闷，要么弄成史宾格勒式的臭名昭著的褐色。首先，我将援引一位同代人、一位插图家的指证。这幅画像也是佩鲁贾图书馆的收藏品。它属于第一章："我看到一只野兽，转身就走。"

这里是一段对那幅著名画像的颜色的描述,该画像的质量比前一幅好,与该文本十分吻合:

"但丁的衣服是鲜蓝色的。维尔吉的胡须很长,头发灰色。他的托加袍也是灰色的;他的斗篷是玫瑰色的;光秃秃的群山是灰色的。"

换句话说,我们在这里看到的是在烟雾缭绕的灰色自然背景衬托下的鲜明的天蓝色和斑斓玫瑰色。

在《地狱篇》第十七章,有一头名叫吉里昂的运载怪兽,跟一辆配备双翼的超级坦克差不多。

他获得统治阶层的特别命令,为但丁和维尔吉提供服务,负责把这两名乘客运往下面的第八层:

> Due branche avea pilose infin l'ascelle;
> Lo dosso e il petto ed ambedue le coste
> Dipiute avea di nodi e di rotelle.
> Con piu color, sommesse e soprapposte,
> Non fer mai drappo Tartari ne Turchi,
> Ne fur tai tele per Aragne imposter.

> (他两只爪直到手臂全都是毛,
> 背和胸和两侧直到两腿
> 都绘上小结和小环。
> 没有任何鞑靼人或土耳其人可以
> 编织出如此多姿多彩的地毯,
> 阿拉克尼用她的织机也织不出。)

这里谈论的是吉里昂皮肤的色彩。他的背、胸和两侧都涂上各种色彩，饰上一个个小结和小环。但丁解释说，就连土耳其人和鞑靼人也从未使用如此鲜艳的色彩来编织他们的地毯……

对这种明丽纺织品的比较令人目眩，但是其中披露出从商业角度看纺织品，这却是完全出人意表的。

至于它的主题，描写高利贷的《地狱篇》第十六章既非常接近商业存货清单又非常接近银行系统的营业额。高利贷弥补了早已出现需求不断增加的银行系统的不足，也是那个时代可怕的罪恶；然而，高利贷同时也是一种必要，纾缓地中海地区的商品流通。高利贷者受到教会和文学两方面的谴责；然而，人们仍然趋之若鹜。就连贵族家庭也放高利贷，他们是持有大量土地和农业基地的特殊银行家——这尤其使但丁恼火。

灼人的热沙构成第十七章的风景，即是说，令人想起阿拉伯商旅队的路线。最神气的高利贷者坐在沙上：来自佛罗伦萨的詹费格利亚齐和乌比亚利，来自帕多瓦的斯克罗弗格尼。每人脖子上都挂着一个袋，或一个护身符，或一个钱包，都镶着衬有色底的家族徽号：一个佩戴着一只衬有金底的狮子；一个佩戴着一只鹅，比刚搅制的奶油还白，衬有血红色底；第三个佩戴着一只衬有白底的蓝猪。

在骑上吉里昂的背往下滑然后跳入深渊之前，但丁细察这一奇异的家族盾章的展览。请你注意这个事实，那些高利贷者的袋子都有颜色标志。颜色称谓的活力和它们在诗行中位置的安排方式，使纹章学黯然失色。这些颜色是以某种专业性的严厉态度罗列的。换句话说，这些颜色是在他们仍留在艺术家工作室里的调色板上的阶段呈现的。有什么值得这样大惊小怪？但丁对绘画世界非常熟悉；他是乔托的朋友，很注意各种绘画流派之间和各种趋时潮流之间的斗争。

  Credette Cimabue nella pittura...

(契马布埃在绘画中这样相信……)
《炼狱篇》第十一章

看够了高利贷者之后,他们跨上吉里昂。维吉尔把他的手臂绕在但丁脖子上,向那只官方恶龙喊道:"转起宽大、流动的圆圈下去吧:记住你的新负担……"

但丁时代的男人都渴望飞行,这种渴望使他们饱受煎熬和精疲力竭,一点不亚于炼金术。这是一种对于裂开的空间的饥渴。所有的方向感都消失。什么都看不见。他们面前只有那鞑靼人的脊背,吉里昂那丝绸睡衣般可怕的皮肤。速度和方向只能由空气括着脸部来判断。飞行器也还未发明,利奥纳多·达·芬奇的计划也还没有存在,但是滑到安全着陆处的问题却已经解决。

终于,猎鹰训练术终于带着一个解释冲进来。吉里昂慢降落操控酷似猎鹰从一次失败的飞行中归来。它徒劳地飞起之后,遵照猎鹰训练人的召唤回来,着陆之后,又怀着被伤害的感情飞走,到远方某个栖息处去了。

现在让我们尝试全面掌握整个第十七章,不过,是从一种属于但丁式形象化描述的有机化学的角度看,该种形象化描述与寓言没有任何共通点。我们不想仅仅复述所谓的内容,而是要把但丁作品中这一联系视为诗学材料之基层的一种继续转化,这种转化保存其统一性并且渴望穿透它的内部自我。

但丁的形象化思维,就像一切真正诗歌所具有的一样,是在某一诗学材料的特殊性的协助下存在的,我将之称为它的可转换性或转变性。只有符合常规,形象的发展才可以称为发展。事实上,不妨设想一架飞机(且不说它技术上的不可能),它在飞行过程中建构并发射另一部机器。更有甚者,这部机器在完全专注于自己的飞行时,仍可以装配和发射第三部机器。为了使我提出的比较更准确和更有帮助，我想加上一句，即这些技术上难以想象的、在飞行中放出来的新机器的生产和发射，并不是那架飞行中的飞机的附带或外部的功能，而是包含飞行本身一项最基本的属性和部件，同时又能保证其可行性和安全不亚于其适当的操作舵或其引擎的正常功能。

当然，只有破例，我们才可以把"发展"这个术语应用于这一系列在飞行中建构的抛射体，它们一个接一个飞走，以便维持运动本身的整体性。

《地狱篇》第十七章是上述意义上的诗学材料的可转变性的绝佳说明。这一可转变性的情形大致如下：吉里昂斑驳的鞑靼人皮肤上的花饰和盾徽——织有装饰物的丝绸地毯，铺展在地中海柜台上——海上商业、银行业和海上抢劫的视角——高利贷和通过一个个涂有各种以前从未使用过的新鲜颜色的纹章袋重返佛罗伦萨——对东方装饰品所突出的飞行的渴望，这种渴望把该诗章的材料变成具有飞毯技巧的阿拉伯式童话故事——最后，在猎鹰的协助下第二次重返佛罗伦萨，这猎鹰是不可替代的，理由恰恰是因为它是不必要的。

但丁不满足于这种对诗学材料的可转变性的真正奇迹般的展示（这种展示把现代欧洲诗歌那些联想性的妙着远远抛在背后），他仿佛是要嘲弄反应迟钝的读者似的，在所有东西都被卸下、完成、送走之后把吉里昂带到现实来，并亲切地给他装备新的旅程所需的东西，像脱离弓弦的箭镞。

V

当然，但丁的草稿没有流传到我们手上。我们没有机会研究他的文本史。但这并不意味着不存在沾有墨水的手稿或意味着文本一孵出即已经成熟，一如从蛋中孵出丽达，或从宙斯头中孵出帕拉斯雅典娜。但是六个世纪的不幸间距，加上缺乏草稿这一颇可原谅的事实，已使我们受尽愚弄。人们谈但丁写但丁，仿佛他曾经直接在官方文件上表达他的思想似的，这种情况已持续多少世纪了？

但丁的实验室？这与我们何关！这到底牵涉到怎样无知的虔诚？但丁被讨论得仿佛在他开始工作之前早已成竹在胸，仿佛他早已利用印模的技巧，先是铸在石膏上，然后铸在青铜上。在最好的情况下，他也只是被给予一把凿子，然后着手去刻，或像他们所称的"雕塑"。然而，有一个细节被遗忘了：凿子只是凿掉多余物，而雕塑家的草稿没有留下材料痕迹（公众所赞赏的）。雕塑家工作的不同阶段呼应作家一系列草稿。

草稿从未被毁掉。

在诗歌中、造型艺术中或在一般艺术中都没有现成的东西。

在这里，我们的语法式思考习惯妨碍了我们——把艺术概念置于主格中。我们使创造的过程服从于那个有目的的前置格，而我们像一个铅心机器人那样推理，它在按要求朝各个方向摆动之后，在忍受了回答关于是什么、是谁、通过谁和通过什么之类的问卷的各次震动之后，终于回归佛陀式的、学童式的、主格的安静。与此同时，一件完成的事物受间接格的支配就像受主格的支配一样。此外，我们对句法结构的整个研究是经院哲学最有力的留存物，并且，通过身处哲学中、身处认识论中，它被置于一个适当的从属地位，完全被本身也有自己独立而独特的句法结构的数学所淹没。在艺术研究中，这种经院哲学式句法结构的陈规仍然高高在上地统治着，每小时都造成巨大的破坏。

在欧洲诗歌中最远离但丁的方法的人，坦白地讲，站在他的对立面的人，恰恰是那些高踏派诗人：埃雷迪亚、勒孔特·德·李勒。波德莱尔比较接近。魏尔伦又接近些，但在法国诗人中最接近的是阿蒂尔·兰波。但丁在本质上是一个打碎意义和摧毁形象之完整性的人。他的诗章的构成恰似航班时刻表或信鸽不倦的飞行。

因此，草稿的安全性等于是一种法律地位，确保文学作品背后的力量得到维护。为了抵达目标，你得接受方向多少有点不同的风吹并预先把这点考虑在内。这也完全适用于一艘抢换航道的帆船。

让我们不要忘记但丁·阿利吉耶里生活在帆船风行的时期，航海在当时是一门高度发展的艺术。让我们不要不假思索地拒绝这个事实，也即他思考过抢换航道的方法和思考过帆船操作的方式。他自早期开始就是这种人类有史以来最具规避性和最具可塑性的体育运动的学生。

在这里我要指出但丁的精神的其中一个显著特征：他最怕直接回答，这也许是受到那个极端危险、神秘和罪恶的世纪的政治条件的制约。

虽然作为一个整体，《神曲》（一如我们已经阐明了的）是一份充满答案的问卷，但丁的每一个直接回答实际上要么是由他的接生员维吉尔完成的，要么是由他的保姆俾德丽采等等完成的。

《地狱篇》第十六章。谈话是以探监才有的激情强度进行的：那种不惜任何代价充分利用片刻会晤的需要。三个佛罗伦萨名人进行了一次调查。调查什么？当然是佛罗伦萨。他们的双膝因不耐烦而震颤，他们害怕听到真相。那精致而又残酷的答案得到的反应是惊叫。在这点上，就连但丁的下巴也发抖，尽管他作出绝望的努力去控制他自己；他把头别过去，这一切都表现在丝毫不差地酷似作者的舞台指示里：

Cosi gridai colla faccia levata

(于是我举头大喊)
《地狱篇》第十六章

  有时候但丁可以把一种现象描写得不着丝毫痕迹。为了达到这一点，他使用一种我想称之为赫拉克利特式隐喻的技巧；它是如此强调该现象的流动性并以如此夸张的动作把它抵消掉，以致在该隐喻完成其工作之后，实际上仅剩下没有任何东西来支撑的直接沉思。我已经利用数次机会讲明但丁的隐喻技巧超越我们有关创作的概念，这些技巧使得我们那些被句法结构式的思维模式束缚的批评研究在他们面前变得软弱无力：

> 就像在照耀世界的存在物
> 最不遮掩地向我们显露他的面孔
> 而水上的螺虫把位子让给
> 蚊子的季节，那个农民攀上高山
> 看见萤火虫飞舞在山谷中，
> 也许是在他收割或犁田的同一个地点——
> 我也是这样爬上高处，一切尽收眼底，
> 第八层在一片片小火舌中闪耀着；
> 又像那个在众熊帮助下进行报复的人
> 看到以利亚的双轮战车离去，
> 马队飞奔着驰入天空，
> 目不转睛地盯着但看不出什么
> 除了一朵火焰
> 渐渐远去如一片小云团浮上天空——
> 那舌头似的火焰也是这样填补坟墓的裂口，

把坟墓的财富当成利润来侵吞，

而在每一朵火焰中都包藏着一个罪人。

《地狱篇》第二十六章

如果你的头脑没有被这堪与巴赫的管风琴音媲美的奇观式上升场面弄至晕眩，那就设法指出可在哪里找到这个比较的第一和第二个成分，是什么与什么比较，以及第一和第二个解释性的要素在哪里。

在但丁整个系列的诗章中，始终有一个印象式的引导性介绍在等待着读者。它的目的是以分散的字母表的形式，以跳跃的、闪耀的、飞溅的字母表的形式，把根据诗学材料可转换性之规律而联结成语义公式的诸元素呈现出来。

因此，在这个介绍中，我们看到那道非凡的光，它闪耀着夏夜蠓虫的赫拉克利特式舞蹈，为我们理解奥德修斯那严肃而悲剧性的讲话作好了准备。

《地狱篇》第二十六章最具但丁所有创作的航海术的倾向，最具抢换航道的特色，也显然是最佳的操作。它无与伦比地展示广博性、规避性、佛罗伦萨人的外交手腕和希腊人的精明。

该诗章有两个非常明显的基本部分：光辉的、印象式的引导性介绍和极其平衡的、戏剧性的故事，也即奥德修斯讲述他的最后航程，讲述他的船航进大西洋的深处，以及他在一个陌生的半球的星光下的死亡经历。

在其自由流动的思想中，该诗章非常接近于即兴创作。但是，如果你更专心地聆听，你就会看到诗人内心里正在以他心爱的、秘密的希腊语即兴创作，而只使用他的母语意大利语成语的语音学和结构来实现他的目的。

如果你给一个孩子一千卢布，然后请他在硬币和钞票之间作出选择,他当然会选择硬币,于是你就可以收回整笔钱,而只给他一些零钱。同样的情况也出现在欧洲文学批评中,它把但丁钉在那些人们熟悉的雕刻作品表现的地狱风景上。迄今仍没有人用地理学家的锤子来研究但丁,弄清他的岩石的晶体学结构,研究它的斑晶、它的烟性,或它的层状,或断定它是受最多样的自然事件影响的水晶。

我们的批评告诉我们:与现象保持距离,我们就可以处理它和理解它。"与事物保持距离"(罗蒙诺索夫语)和可知性在我们的批评看来几乎是同一回事。

但丁有离开与告别的意象。穿过他的离开之诗的深谷往下降落是最为困难的。

我们仍然不能成功地舍离那个赞扬萤火虫的磷光之舞的托斯卡纳农民,也不能在厄特俄克勒斯的柴堆被提到之前、在佩内洛普的名字被谈及之前、在特洛伊马闪过之前、在狄摩斯尼将其共和政治的口才借给奥德修斯之前以及老年之船列队待发之前,对着以利亚的双轮战车消失在云团中那印象派式的眩目场面闭上我们的眼睛。

老年,就但丁对这个词的概念而言,尤其意味着视野辽阔、能力巨大和具有广泛的兴趣。在奥德修斯的一章中,地球就已经是圆的了。

这一章谈到人类之血的构成,它本身包含海洋的盐。航行的起始位于血管系统之内。血是行星的、太阳的、盐的……

但丁笔下的奥德修斯以其所有的才智鄙视硬化症,一如法里纳塔鄙视地狱:

> 我们是不是真的
> 生来仅仅为了享受
> 动物的舒适

> 而不能将我们
> 消失中的五官剩余的部分
> 奉献给一次勇敢
> 行动——奉献给向西的
> 航行,越过赫拉克勒斯的
> 大门,那里世界
> 无人居住,继续存在?

地球自身的新陈代谢发生在血液中,而大西洋吸入奥德修斯,吞没他的木船。

阅读但丁的诗章而不把它们指向当代性,是很难想象的。它们是为这个目的而创造的。它们是要击中未来的投射物。它们要求未来式的评论。

对但丁来说,时间是历史的内容,被理解为一种简单的共时行为;相反亦然:历史的内容是同行、竞争者和共同发现者联合拥有的时间。

但丁是一位反现代主义者。他的当代性是持续的、不可预计的、无穷尽的。

这就是为什么奥德修斯那番凸显如放大镜片的讲话可视为同时对希腊人与波斯人的战争以及变成哥伦布发现美洲、帕拉切尔苏斯的大胆实验和查尔斯五世的世界帝国而发的。

第十六诗章是献给奥德修斯和狄俄墨得斯的,它是对但丁的视力的解剖的绝佳介绍,单单是对未来时间结构的披露就调校得完美无缺。但丁具有食肉鸟类的视觉适应性,但它无法被调校到专注于一个窄小的范围:他的狩猎场地太大了。

骄傲的法里纳塔这番话也适用于但丁:

Noi veggian, come quei ch'ha mala luce

（我们像没有好光线的人那样看见）

《地狱篇》第十章

即是说，我们这些罪人的灵魂，只能够看见和分辨遥远的未来，但我们因此有一个特别的天赋。一旦那道通往未来之门在我们面前砰的一声关上，我们便完全变盲。在这点上，我们酷似那些与暮色搏斗的人，在分辨远方的物体时，无法看清近处的事物。

在第十六诗章中，舞蹈被强烈地表述成三韵句的节奏来源。在这里，我们被那种极其轻松的节奏所打动。它的韵律是依据华尔兹的拍子组织的：

E se gia fosse, non saria per tempo.
Cosi foss'ei, da che pure esser de;
Che piu mi gravera com'piu m'attempo.
如果已经发生，那就不会太早。
既然必定要发生，那就让它发生；
它将随着我逐渐年老而愈加沉重。）

《地狱篇》第十六章

作为外国人，我们很难穿透外国诗歌的终极秘密。我们不能成为评判者，我们没有最后发言权。但我觉得，恰恰是在这里，我们发现了意大利语那种只有意大利本国人的耳朵才能完全领会的迷人韧性。

这里，我是在援引茨维塔耶娃，她曾经提到"俄语的韧性……"。

如果你专心观看一位杰出诗歌朗诵者的口形，你会觉得他像是在给聋哑人上课，即是说，他是以没有发声也能被明白的目的朗诵的，以教学的清晰性明确发出每一个元音。这就足以说明第十六诗章是怎样为了听见元音而发声的。我要说,在这个诗章中,元音都是焦急的和抽动的。

华尔兹基本上是一种忽快忽慢的舞。在希腊或埃及文化中不可能有任何哪怕与它稍微相似的东西。(这一并列,我受益于史宾格勒。)华尔兹的基本元素纯粹是欧洲人对时快时慢的运动的热情,这种对于声浪和光浪的密切倾听同样可以在我们所有关于声与光的理论中、在我们所有关于物质的科学研究中、在我们所有诗歌和音乐中找到。

VI

啊,诗歌,羡慕起晶体学,你愤怒又无能为力地咬着手指甲!因为人所共知,描述晶体组织所需的数学方程式,是无法从三维空间取得的。你甚至无法获得任何一块矿物晶体所能获得的那个受尊重的元素。

但丁和他的同代人都不知道地质时间。他们不知道古生物钟:煤的生物钟,纤毛虫石灰石的生物钟,沙、页岩和片岩的生物钟。他们在日历中忙乱,把日子分成四季。然而,中世纪并不是适应托勒密的体系:而是在该体系内找到安身之所。

他们给《圣经》的遗传学增加了亚里士多德的物理学。这两样勉强相配的东西并不想合并。《创世记》(自发生殖的理念)那爆炸性的巨大威力从四面八方落到索邦小岛上,而如果我们说但丁时代的人生活在古代,那我们是不会犯错的,这个古代完全处于现代性的冲刷中,就像地球被丘特切夫的海洋所环抱。我们现在已很难想象那些绝对是每个人都熟悉的事物——学校的慢跑,它已成为强制性小学的节目——很难想象《圣经》式的宇宙起源论及其基督教附加物是如何被那个时代有知识的人忠实地接受的，仿佛是日报的号外版。

而如果我们从这个角度研究但丁，就会觉得，他在《圣经》传统中看到的与其说是它那些神圣、令人目眩的方面，不如说是它的题材，这种题材在认真报道和热情实验的帮助下，可以为他所利用。

在《天堂篇》第二十六章中，但丁甚至与亚当有过私下交谈，进行一次真正的采访。《启示录》作者圣约翰充当他的助手。

我强调现代实验方法的每一个要素都可以在但丁对《圣经》传统的态度中找到。这包括创造了特别为该种实验而设计的条件，使用了其精确性使人没有理由怀疑其有效性的工具，以及对结果的明确验证。

《天堂篇》第二十六章的情景可定义为在音乐厅环境下用光学仪器进行的一次严肃检验。音乐和光学创造了该情景的基础。

但丁实验的主要二律背反，可从他在样本实验之间来回奔走中找到。样本是从古老意识的族长之袋里抽取的，这里包含一个共识，就是一旦不再需要它们，就把它们归回原处。从经验总数中抽取某些事实的实验，不再按照某张期票的指示把事实归回原处，而是把它们送入轨道。

福音书式的道德小故事和经院哲学家的小样本都只是一些要被吃掉和毁掉的谷粒。另一方面，实验科学从连贯的现实中抽取事实，形成某种种子基金，一种不可侵犯的储备，它在某种程度上包含一个尚未诞生但已负债的时代的财产。

在实验者与事实学的关系上，只要实验者渴望与事实学建立信任的联盟，实验者的地位在本质上就只能是不稳定的、不安的和不平衡的。这令人想起上面提到的华尔兹的特性，因为在每一次脚趾半转之后，舞者的脚跟总是在一块新的镶木地板方块上并拢，并且在性质上也已大不一样。令人眩晕的梅菲斯托华尔兹式实验源于十四世纪，也许更早；并且，它源于诗学组织的过程，源于组织程序的忽快忽慢，源于诗学材料的可转变性，而诗学材料是所有材料中最精确、最具预言性和不可征服的。

由于神学术语、经院哲学式的语法和我们对寓言的无知，我们忽略了但丁《神曲》中的实验性舞蹈。为了与过时学问的公式保持一致，我们把但丁弄得更好看，同时把他的神学当成他的诗歌动力的载体。

对于放在一个暖壶的颈上的敏感掌心来说，那个壶恰恰是因为其温暖而获得了形式。在这个例子里，温暖是在形式之前被感觉到的，因此它实现了雕塑的功能。在其冰冷状态下，在被强力撕离其炽热状态时，但丁的《神曲》仅适合于用机械论镊子的分析，而不适合阅读，不适合表演。

> come quando dall'acqua o dallo specchio
> Salta lo raggio all'oppsita parte,
> Salendo su per lo modo parecchio
> A quel che scende, e tauto si diparte
> Dal cader della pietra in egual tratta,
> Si come mostra esperienza ed arte…

（就像一缕照耀水面的阳光
或一面在与射入角
相应的角度被反映的镜子，
有别于一块从地面垂直弹起的
下坠的石头，这个事实
由经验和艺术共同证明……）

《炼狱篇》第十五章

当但丁第一次觉得有必要对《圣经》传统进行经验主义的验证时，当他第一次显示他对我想称之为"神圣诱惑"的东西感兴趣时，《神曲》的概念便已形成，它的成功实际上也已得到保证。

这部诗，当它最浓密地被树叶覆盖时，是被引向权威的；当它被教义、被教规、被坚定而雄辩的谈话所抚摸时，它的声音是最洪亮的，也最像音乐会。但是，问题就出在这里：在权威中，或更准确地说，在权威性中，我们只能看到为防止错误而作的保险，而不具备能力去理解那种信赖和信任的宏伟音乐，去分辨出但丁控制下的那些涉及或然性和信念的细微差别，这些细微差别微妙如一条阿尔卑斯彩虹。

> Col quale il fantolin corre alla mamma——
> （一个孩子也这样跑向母亲的怀中——）
> 《炼狱篇》第三十章

因此，但丁对权威皱眉头了。

《天堂篇》很多诗章都被封闭在坚固的审考容器里。在某些段落里我们可以分辨出审考者的男低音和候选人叮当响的羞怯回答。奇人怪物和风俗画的插入（"一名学士学位候选人的考试"）含有《天堂篇》那种崇高的、音乐会式的构造的必要属性。然而，它的第一个例子却早在《天堂篇》第二章就已出现（俾德丽采辩论月亮表面斑点的起源）。

为了把握但丁与权威交往的本质，也即他认知的形式和方法，我们有必要把《神曲》中那些经院哲学诗章的音乐会式环境和为感觉器官而作的准备都列入考虑。我在这里甚至不是在谈论那次瞩目的蜡烛和三个镜子的舞台实验——该次实验证明，光的逆反路径是把光线的折射作为其来源的;但我必须提到眼睛为透彻认识新事物所作的准备。

这种准备被发展成一种实际的解剖:但丁凭直觉预知到视网膜的层层结构: di gonna in gonna(层内有层)...①

在这里,音乐不只是一位被邀请到户内的客人,还是辩论中一位完全的参与者;或者更准确地说,音乐促进了意见的交流,协调这种交流,并鼓励三段论式的领悟,扩展前提和压缩结论。它的角色既是吸收性的又是再吸收性的:它纯粹是一个化学角色。

当你以所有的力量和以绝对的信念阅读但丁,当你把自己完全移植到诗学材料的行动场地,当你加入并把你的声调与那不断浮现在泛着涟漪的语义学表面上的管弦乐群和主旋律群的回声协调起来,当你开始通过烟性结晶石来捕捉插在这结晶石里的斑晶的各种声音形状,也即那些不再是由诗学才智而是由地理学才智赋予它的额外声音和思想,这时候,那纯粹是声音的、声调的和节奏性的工作便会被一股更强大的协调力量取代——被指挥家的功能取代,而指挥棒的支配权发挥自己的优势,划过管弦乐的空间,并从声音中伸突而出,犹如从某种三维状态中伸出一个更复杂的数学计量器。

倾听先于指挥还是指挥先于倾听?如果指挥仅仅是顺着那自己向前流动的音乐而轻推,那么当管弦乐队自己处于良好状态的时候,当管弦乐队自己完美地演奏的时候,指挥还有什么用?没有指挥家的管弦乐队是一个长期的希望,它与象征着全人类语言协同工作的世界语一样,都属于粗俗的泛欧洲"理想"。

让我们先检查一下指挥棒是如何出现的,我们将看到,它的出现既不早也不迟,恰恰是在最需要它的时候;更重要的是,它的出现是

---

① 字面意义:"裙内有裙"。

作为一种崭新而独创的活动形式，在空中创造它自己的新领地。

让我们听听指挥棒是如何诞生的，或者更准确些，它是如何从管弦乐中孵出来的。

1732年：拍子（速度或节拍）——以前是用脚拍出来的，现在通常是由手拍出来的。——"指挥家"（华特尔：《音乐词典》）。

1753年：格林男爵把巴黎歌剧院的指挥家称为啄木鸟，因为他有大声拍出拍子的习惯，这种习惯自吕里时代以来就支配着巴黎歌剧院（苏内曼：《指挥史》，1913）。

1810年：在法兰肯豪辛音乐节上，施波尔以一根用纸卷成的棒子指挥，"没有一点儿噪声也没有任何人皱眉"（施波尔：《自传》）。

指挥棒诞生时已被过分延误：化学辐射式的管弦乐队早就期待着它。指挥棒的用途远非指挥棒的合理性的唯一因素。管弦乐声音的化学性质在那位站着背对听众的指挥家的舞蹈中找到它的表达方式。而这支指挥棒也绝非一种外部的行政配件或一种可在一个理想的国家中废除掉的特殊交响乐警察。它绝不逊于一种舞蹈的化学分子式，能够融合耳朵所分辨得出的各种反应。我恳求你不要只把它当成一件辅助性的哑工具，当成仅仅为了看得更清楚和为了提供额外的乐趣而发明的东西。在某种程度上这支无懈可击的指挥棒自身包含着管弦乐队的所有要素。但是，它如何包含它们呢？它没有，也不能散发它们的味道。它没有散发氯的味道，一如氯化铵或氨的分子式不散发氯化铵或氨的味道。

但丁被选择作为这次谈话的主题，不是因为我想把注意力集中在他身上，作为研究古典作品的手段并把他与莎士比亚和列夫·托尔斯泰并列，如同某种基尔波京[①]式的公司餐，而是因为他是可转变和可

[①] 基尔波京，古典音乐评论家。

转化的诗学材料的最了不起的无可匹敌的大师，是在海洋的涨潮和波浪中才有的、在升起风帆和抢换航道中才有的诗学创作的最早的同时也是最有力的化学指挥家。

Ⅶ

但丁的诗章是为一支独特的化学管弦乐队而写的乐谱，外部的耳朵能够从中轻易分辨出与各种冲动和各种独唱部分（也即咏叹调与咏叙调）相同的比较，特殊的自我表白、自我鞭挞或自传，它们有时候短暂得可以纳入掌中，有时候简明如墓碑铭文，有时候铺开如一张由某中世纪大学颁发的证书，有时候发展充分、表达明确，足以达到戏剧式、歌剧式的完整，例如法兰切斯卡著名的坎蒂莱那乐段。

《地狱篇》第三十三章包含乌戈利诺讲述他和三个儿子如何饿死在比萨大主教鲁杰里的监狱里的故事，这一章被包裹在一把大提琴的稠密而深沉的音色里，犹如腐臭、有毒的蜜。

大提琴音色的密度最适合传达期待和令人痛苦的不耐烦。世界上没有任何力量可以加快从倾斜的罐子里倒出来的蜜的运动。故此，只有当欧洲对时间的分析取得足够的进展时，只有当日晷仪被取代，围着画在沙中的罗马数字团团转的阴影杆的古老观察者转变成微分酷刑的激情参与者、转变成献祭给无穷小的殉难者的时候，大提琴才开始形成和获得形状。大提琴减缓声音的速度，不管它多么匆忙。问问勃拉姆斯——他知道。问问但丁——他听过。

乌戈利诺的故事是但丁最出色的咏叹调之一。它属于这样一些事件：当一个人获得只有一次的面试机会时，他就当着观众的面彻底改变自己；他像一个演奏大师般演奏他的不幸，并从他的不幸中奏出一个前所未闻的连他自己也未听过的音色。

我们必须记住，音色是一种结构性的原则，很像某种化学合成物的碱性或酸性。然而，化学曲颈甑并不是化学反应发生的空间。那样未免太简单了。

乌戈利诺的大提琴似的声音被一丛坐牢的胡须遮蔽着，挨着饿，与三个初出茅庐的儿子关在一起，其中一个儿子有一个刺耳的、小提琴似的名字安塞尔穆齐奥。这把大提琴的声音从一条窄缝里溢出来：

Breve pertugio dentro dalla muda
（塔里有一个窄洞）

它在监狱共振器的箱子里成熟，因而，在这件事情上，大提琴极其严肃地与监狱称兄道弟。

Il carcere——监狱——补充并在声学上制约自传性的大提琴的发声工作。

在意大利人的下意识里监狱扮演了显著的角色。监狱生活的噩梦浸透在母乳里。十四世纪以骇人听闻的冷漠将男人扔进监狱。普通监狱是开放给人参观的，如同我们的教堂和博物馆。狱卒和令人畏惧的小邦的机构利用人们对监狱的兴趣赚钱。监狱与外面的自由世界之间有频繁的交往，近似扩散，近似互相浸透。

因而乌戈利诺的故事是那些广为流传的逸闻之一，是那些被母亲用来吓唬孩子的故事之一，是那些在床上辗转时以极大的满足叽里咕噜讲述的治疗失眠症的娱乐性恐怖传奇之一。它作为民谣家喻户晓，像毕尔格的《莱诺勒》，像《洛勒莱》或《魔王》。

因此，它像一个玻璃曲颈甑：它是如此容易进入和好理解，不管发生在它里面的化学过程质量如何。

然而，但丁以乌戈利诺的名义提供的这个大提琴广板有它自己的空间、它自己的结构,一如在音色中揭示的。这个有着熟悉的母题的民谣曲颈甑被砸成碎片。化学带着它那结构严谨的戏剧取而代之。

> I'non so chi tu sei, ne per che modo
> Venuto se'quaggiu; ma Fiorentino
> Mi sembri veramente Qqund'io t'odo.
> Tu dei saper ch'io fui Conte Ugolino...
>
> (我不知道你是谁,或你怎样
> 来到这里;但从你的口音
> 我猜你一定是个真正的佛罗伦萨人。
> 我是乌戈利诺伯爵,你一定知道……)
>
> 《地狱篇》第三十三章

"你一定知道"——tu dei saper——这把大提琴的第一个音符,这个主题的第一个要旨。

这把大提琴的第二个音符:"如果你现在不哭,我不知道还有什么可以从你眼睛里拧出眼泪。"这里透露出真正无垠的慈悲的地平线。此外,这个慈悲者作为新伙伴被邀请进去,而我们已经从遥远的未来听见他颤抖的声音。

不过,我提到民谣,并不是偶然的。乌戈利诺的故事之所以是一个民谣,恰恰是因为它的化学属性,尽管它被囚禁在监狱的曲颈甑里。可找到下列的民谣要素:父亲与儿子们之间的谈话(想想《魔王》);追逐正在溜走的时间,也即继续呼应《魔王》——在那个故事中,是父亲抱着颤抖的儿子狂奔,在这个故事中,是监狱的环境,也即以计算水滴测量时间,这使得父亲和三个儿子更加接近数学上可想象的饿死的门槛,无论这父亲多么不可能意识到这点。同样狂奔的节奏在这里是以乔装、以大提琴的无声号啕出现的，它竭尽全力要突破该环境，催生一幅更可怕的、缓慢的、追逐的有声画面，把速度分解成最微妙的纤维。

最后，正如大提琴猛烈地与自己交谈，从它自己身上榨出问题与答案一样，乌戈利诺的故事是与他的儿子们的感人而无助的对答一同插入的：

…ed Anselmuccio mio

Disse:"Tu guardi si, padre! Che hai?"

(…而我的安塞尔穆齐奥

问道："爸爸，您不大对劲？有什么事？")

《地狱篇》第三十三章

即是说，该故事的戏剧结构自己从音色里溢出，因为音色绝不是寻找出来然后像拉到鞋楦上那样拉到故事上的。

Ⅷ

在我看来，但丁似乎小心研究过所有的语言缺陷，细心倾听口吃者和口齿不清者，倾听带鼻音的方言和吐字不清的发音并从中获益匪浅。

我很想谈谈《地狱篇》第三十二章的听觉着色法。

一种特殊的唇音："abbo"-"gabbo"-"babbo"-"Tebe"-"plebe"-"zebe"-"converrebbe"。仿佛有一名保姆参与了语音学的创造。双唇一会儿以孩子般的方式伸出，一会儿是延伸成一个长鼻。

唇音形成了某种"编码的男低音"——持续男低音——也即和声

的和音基调。再加上拍击声、吸吮声和口哨声，以及"zz"和"dz"等齿音。

我随便抽出一条弦：cagnazzi-riprezzo-guazzi-mezzo-gravezza。

拧扭声、拍击声和唇音的爆发音没有一刻停止。

这个诗章夹杂着一种词汇，它完全可以称为集神学院学生的辱骂和学童残酷的冷嘲热讽之大成：coticagna（后颈）；dischiomi（扯头发、辫子）；sonar con le mascelle（嘶声大喊、狂叫）；pigliare a gabbo（吹嘘、磨蹭）。在这种公然无耻的、刻意幼稚的配器法的协助下，但丁为他的犹大层和该隐层的听觉风景培养了水晶。

> Non fece al corso suo si grosso velo
> D'inverno la Danoia in Osteric,
> Ne Tanai la sotto il freddo cielo,
> Com'era quivi; che, se Tambernic
> Vi fosse su caduto, o Pietrapana,
> Non avria pur dall'orlo fatto cric.
>
> （奥地利的多瑙河
> 或寒冷的远天下的顿河
> 都不像在这里那样，给它们冬天的流水
> 盖上这样的厚层：因为哪怕坦贝尔尼齐山
> 和彼得拉帕纳山倒在它上面，
> 也不会哪怕在它的边缘压出嘎吱声。）

突然间，没有明显的理由，一只斯拉夫鸭子开始呱呱叫：Osteric, Tambernic, circ（急促尖叫声的拟声词）。

冰发出语音的爆炸，并散落在多瑙河和顿河的名字上。第三十二诗章那发冷的趋势在物理学闯入道德理念时形成——背叛、冻结的良心、羞耻的安定、绝对的零度。

第三十二诗章是用现代谐谑曲的拍子写成的。但那是什么？一种解剖学的谐谑曲，它研究以拟声词幼稚病为基础的言语退化。

这里披露出食物与言语之间的一种新联系。可耻的发音被打发回到它所来自的地方，打回到咯咯咬、咯咯叫、啃啃和咀嚼。

食物与言语的发声几乎同时发生。一种奇异的蝗虫似的语音学被创造出来了：

Mettendo i denti in nota di cicogna
（牙齿啃啃如同蚱蜢的颚）

最后，我们必须指出，第三十二诗章洋溢着解剖学的渴望。

"又是那著名的打击同时摧毁了身躯的健全并损伤了它的影子……"还有纯粹外科手术的满足："那个其护喉甲胄被佛罗伦萨锯开的人……"——

Di cui sego Fioreza la gorgiera…

还有："就像一个饥饿的男人贪婪地扑向面包，他们其中一个也是这样扑向另一个，把他的牙齿咬进后颈变成颈的地方……"——

La ve il cervel s'aggiunge con la nuca…

这一切舞来舞去像丢勒的一具伸缩自如的骨骼标本，并把你引向德国解剖学。

毕竟，杀人者也可以说是一个解剖者，不是吗？

中世纪的刽子手也有点像一个科学工作者，不是吗？

战争的艺术和死刑的艺术多少使你想到一间解剖室的门槛。

IX

《地狱篇》是一间当铺，但丁知道的所有国家和城市都存放在那里没有被赎回。这种层层地狱的强大构筑有一个框架。它不能以坑的形式传达。它不能被描绘在地势图上。地狱悬吊在城市自我主义的铁线上。

有一个不正确的看法，认为《地狱篇》是三维的，仿佛它是由庞大的马戏团、有着灼人热沙的荒漠、发臭的沼泽、其清真寺被烧得火红的巴比伦式首都组成的综合体。地狱自身内部不包含什么，也没有维度；它像一种流行症、一种传染病或瘟疫，像污染源一样扩散，尽管它不是空间的。

对城市的热爱、对城市的激情、对城市的憎恨——这些都成为《地狱篇》的材料。地狱圈无非是迁徙的土星环。对这位流亡者来说，他唯一的、被禁止的和无可挽回地失去的那个城市如今已散落在各处——他被它包围着。我要说，《地狱篇》被佛罗伦萨包围着。但丁的意大利城市——比萨、佛罗伦萨、卢卡、维罗纳——这些宝贵的行星被拖进一个个令人毛骨悚然的圈里，拉成皮带状，恢复成星云似的、气体似的模糊状态。

《地狱篇》的反风景本质在某种程度上构成了其鲜明特征的条件。

试想象一下，福科那宏伟的实验不是用一个摆进行的，而是用无数摇来晃去、互相擦过的摆进行的。在这里,空间只有在它是振幅的容器时才存在。要使但丁的意象更准确,就像列出所有参与民族迁移的个人的名字一样难以想象。

> 就像佛兰芒人在维森特
> 和布鲁日之间为保护
> 他们自己免受大海涨潮的威胁,
> 而建立石坝把大海挡回去;
> 就像帕多瓦人在布伦塔
> 沿岸筑起长堤来确保
> 城市和城堡的安全
> 以防春天带来的
> 齐亚伦塔纳融雪——这些堤坝
> 也是这样造起来,虽然
> 不那么雄伟,也不管谁是工程师……
> 　　　　《地狱篇》第十四章

在这里,多项式钟摆的月亮从布鲁日摆向帕多瓦,教了一堂欧洲地理课,讲授了工程学的艺术、城市安全的技术、公共工程的组织和阿尔卑斯山分水岭对于意大利这个国家的意义。

我们这些跪倒在一行诗面前的人,从这些丰富性中保留了什么?它的教父在哪里?它的热心者在哪里?我们那不光彩地落在科学背后的诗歌会变成什么?

当代物理学和动力学夺目的炸药被使用了六百年之后,它们的雷声才响起,想起来真是可怕。思想陈腐的可怜创作者对这些炸药的冷漠态度之可耻和野蛮,实在无法用文字来形容。

诗学言语在运动中创造它自己的工具，又在不必停下来的情况下取消这些工具。

在我们所有的艺术中，只有绘画，尤其是法国现代绘画仍未停止倾听但丁。这就是在马匹接近赛马场终点线时把马身拉长的那种绘画。

每当一个隐喻把存在的植物颜料提升至一种发声清晰的冲动，我就会怀着感激想起但丁。

我们描述的正是那不能被描述的事物。即是说，大自然的文本停顿了，但我们已忘记如何描述那个以其结构来顺从于诗学表现的事物，也即波动的冲动、意向和丰富性。

托勒密已从后门回来。焦尔达诺·布鲁诺被白白烧死！……

我们的创作在娘胎里的时候大家就已经知道，但是但丁多项式、多帆式和由动力学点燃起来的这些比较，至今还保存着仍未被道及的事物的魅力。

他的"言语反射学"是令人震惊的——一种仍未完全建立的科学，它涉及言语对那些正在谈话的人、对他们周围的听众、对讲话者本人和对他用以传达他想讲话的手段，也即他突然想表达自己时用火光打出的信号，所产生的心理上和生理上的自然影响。

在这里他最接近于光波和声波理论，确立它们的关系。

> 就像一只盖着布的动物
> 感到紧张和难受，只有
> 织物的褶层的蠕动表明
> 他的不快，第一个被创造出来的
> 灵魂（亚当的）也是这样通过这遮盖物（光）
> 向我表达它那兴奋和快感的程度

来回答我的问题……

《天堂篇》第二十六章

在《神曲》第三部(《天堂篇》),我看到真正有活力的芭蕾舞。在这里我们看到各种可能的辉煌人物和舞蹈,直至婚礼上脚跟的敲拍。

> 四把火炬在我面前发亮,
> 靠得最近的那把突然活起来
> 烧得那么红,仿佛木星
> 和火星突然间
> 变成了鸟儿并且
> 正在互换羽毛。

《天堂篇》第二十七章

难道这不奇怪吗,一个准备讲话的人给自己装备了一支拉紧了弦的弓,带足了翎箭,准备了镜子和凸镜片,眯起眼睛瞧着星星,像一个裁缝在穿针?……

我发明这段混合引语,把《神曲》各种段落合并在一起,是为了展示但丁诗歌中言语准备的各种特色。

在他的天地里,言语准备甚至比表达更多,即是说,比言语本身更多。

想想维吉尔如何恳求那个最诡计多端的希腊人。

它完全弥漫着意大利语复合元音的柔性。

这是一盏盏没有护罩的小油灯,蠕动、怡人、发出毕剥响的小舌头,在油腻的灯芯周围咕哝着……

> O voi, che siete due dentro ad un foco,
> S'io meritai di voi, menter ch'io vissi,
> Sio meritai di voi assai o poco...
>
> （哦，你们一团火中的两位呀，
> 如果我在世时被你们看得起，
> 如果我被你们或多或少看得起……
>
> 《地狱篇》第二十六章

但丁根据一个人的声音来确定其出身、命运和性格，就像他那个时代的医学根据一个人的尿色来诊断其健康。

X

他对落入他手中的巨大丰富性怀着难言的感激之情。他的任务可不小：必须为那种流入准备好空间，必须把白内障清除出严厉的视野，必须小心确保从丰饶角倾泻而出的诗学材料的收成不会从手指间流失，不会从空筛里漏走。

> Tutti dicean: "Benedictus qui venis!"
> E, fior gittando di sopra e d'intorno:
> "Manibus o date lilia plenis!"
>
> （全都大喊："你们来的人有福了！"
> 阵雨般的花朵撒在空中：
> "啊，把满手的百合花奉上！"
>
> 《炼狱篇》第三十章

但丁的能力的秘密在于这个事实,也即他不引入任何一个他自己生造的词。什么都可以刺激他,除了生造、除了发明。事实上,但丁与幻想是不能相容的!……你们应该为自己感到羞耻啊,法国的浪漫主义者们,你们这些穿红背心的不幸的纨绔子弟,为诋毁阿利吉耶里而羞耻吧!你们可以在他身上找到什么幻想?他是在听写,他是一个抄写者,他是一个翻译家……他那个姿态完全像一个俯身的抄写员,向他从隐修院院长书房里借来的发亮的原著投以惊恐的一瞥。

我似乎忘记说,在《神曲》之前,有某种预兆,某种有点像催眠式降神会①的场面。但是,我想,这太难以置信了。如果我们从书面语的角度,从在1300年与绘画和音乐同步并被视为最受尊敬的职业之一的写作这门独立艺术的角度,来考虑这部骇人听闻的作品,那么也许可以给上面提到的所有类比(听写、抄写和翻译)再加上一个类比。

有时但丁会向我们展示他的写作工具,不过这种机会很少。他的笔被称为 penna,也即参与鸟儿的飞行;他的墨水叫作 inchiostro,也即隐修院的摆设;他的诗行也叫作 inchiostri,不过有时指定为拉丁学校的 versi,甚或更中庸些的 carte,一个骇人听闻的替代词,是"书页"而不是"诗行"。

但是,即使写下来了,也仍然不是该程序的结束。因为接下来书写的对象必须被拿到某处,必须出示给某个人审读和"称赞"。

说"抄写"还不够,因为我们在这里牵涉到的,是跟着一些最可怕、最没耐性的口授者的口授来听写的书法。这种口授者加监察者远比所谓的诗人重要。

> ……此刻我必须再多劳作一会儿,然后我必须出示我那本浸

---

① 指与鬼魂通话。

透着一个有胡子的学童的泪水的笔记本,给我的最严厉的俾德丽采看,她不但焕发美的光辉,还焕发知识的光辉。[1]

早在阿蒂尔·兰波的颜色字母表之前,但丁就把颜色与口齿清楚的全元音联系起来。但他是一位染匠、一位纺织品制造者。他的 ABC 是染有化学粉末和植物染料的飘舞的纺织品的字母表。

> Sovra condido vel cinta d'oliva
> Donna m'apparve, sotto verde manto,
> Vestita di color di fiamma viva.
> (一位女士出现,她的白色面纱顶上
> 戴着橄榄枝冠,她的绿色披风下
> 所穿的衣服,有着活火焰的颜色。)
> 《炼狱篇》第三十章

他对颜色的冲动也许很快就会被称为纺织品的冲动而不是字母表的冲动。颜色对他来说只存在于纺织品中。在但丁看来,按颜色定义,材料的属性是一种物质,其最高密度是在纺织品中。编织则是一种最接近于性质、品质的职业。

现在我想尝试描述但丁的指挥棒的无数次飞舞的其中一次。我们应把这次飞舞视为仿佛沉浸在宝贵而即兴的劳作的实际环境中。

让我们先谈他的书写。那支笔写下书法的字母,勾勒出专有名词和普通名词的轮廓。那支羽毛笔是鸟儿的一小块肉。从未忘记事物本

---

[1] 这段文字是曼德尔施塔姆想象但丁如此说,而不是引用但丁的诗句。本中译所据的哈里斯、林克英译本把这段文字当作引诗,但俄语原文和布朗的英译把它作为文章的一个自然段落。

源的但丁当然记得这点。他那带有粗笔触和曲线的书写变成了群鸟的图案式飞行。

> E come augelli surti di rivera
> Quasi congratulando a lor pasture,
> Fanno di se or tonda or altra schiera
> Si dentro ai lumi sante creature
> Volitando cantavano, e faciensi
> Or D, or I, or L, in sue figure.
> （就像群鸟从水面的边缘飞起，
> 仿佛在为它们聚食的草地而欢欣，
> 一会儿围成圈，一会儿拉成线，
> 那些幸福的生物也是这样在光中
> 边歌唱边围圈，把它们自己的队形
> 先变成 D，再变成 I，然后变成 L。）
>
> 《天堂篇》第十八章

就像字母从抄写员的手中散发出来，他服从口授，他站在作为一件成品的文学外面，追逐意义之饵，一如追逐甜秣，群鸟也正是这样，被青草所吸引——有时候分开，有时候聚拢——见到什么啄什么，有时候聚拢成一个圈，有时候拉成一条线⋯⋯

书写与言语是不相称的。字母与音程相似。古意大利语的语法恰如我们的新俄语语法，分享同样的群鸟拍翅，同样三教九流的托斯卡纳 schiera，也即佛罗伦萨群氓，他们更换法律就像更换手套，到晚上就忘记当天早上为公共福利颁布的法令。

没有什么句法结构——只有一种被吸引着的冲动：渴求一只船的

尾部，渴求一只昆虫的甜秣，渴求一项未颁布的法令，渴求佛罗伦萨。

XI

让我们再次回到但丁的色彩的问题。

矿石的内部，隐藏在里边的阿拉丁式空间，储存在里边的灯笼似地、灯盏似地、枝形吊灯似地悬挂着的鱼状房间——这是理解《神曲》的着色法的最佳钥匙。

对但丁所作的最美丽的微生物评论是由一批矿物学提供的。

容我作一点自传性的表白。当这篇谈话的概念开始形成时，黑海那些因涨潮而被抛起来的卵石给了我巨大的帮助。我公开请教玉髓、光玉髓、石膏晶体、晶石、石英等等。我就是这样开始了解到，矿石有点像天气日记，像气象学的血块。石头跟气天差不多，被排除在大气的空间之外，放逐到实用空间。为了理解这点，你必须想象所有地质变化和移位都可以完全被分解成天气元素。在这个意义上，气象学比矿物学更重要，因为它包含它、刷洗它，使它老化并赋予它意义。

诺瓦利斯描述矿工和采矿的那些篇幅使得矿石与文化的内在联系具体化起来。这种内在联系是从文化的形成和矿石的形成的石头或天气中显示出来的。

矿石是一部印象主义的天气日记，由数以万计的自然灾难累积而成；然而，它不仅仅是关于过去的，还是关于未来的：它包含周期性。它是阿拉丁的灯盏，穿透未来年代的地理学曙光。

综合了不能综合的东西之后，但丁便改变了时间的结构，或者相反，他被迫诉诸一种讲述事实的口才，诉诸一种由被几个世纪切断的事件、名字和传统组成的共时性，这，恰恰是因为他听到了时间的弦外之音。

但丁的方法是时代错置式的——而荷马则是这种方法的最佳体

现。荷马与维吉尔、贺拉斯和琉善一起,身边别着剑,从俄耳甫斯式的合唱队的暗淡阴影中走出来,他们四人曾在那里进行一次无泪的永恒交流,讨论文学……

在但丁的作品中,时间停顿的各种指数不仅仅是那些圆形天体,而且极可能是一切事物和一切人物。一切机械的东西对他来说都是陌生的。因果关系这个概念令他作呕:这类预言只适合于铺草给猪睡。

> Faccian le bestie Fiesolane strame
> Di lor medesme, e non tocchin la pianta,
> S'alcuna surge ancor nel lor letame…
>
> (让菲耶索莱那些野兽做他们
> 自己的饲料,碰不到草木,如果他们
> 粪堆里还长出任何草木的话……)
>
> 《地狱篇》第十五章

对于"什么是但丁的隐喻?"这个直接问题,我会回答"我不知道",因为隐喻只能以隐喻的方式来定义,而这是可以科学地证明的。但是在我看来,但丁的隐喻是用来指定时间的停顿的。它的根在"如何"这个小词里是找不到的,但可在"何时"这个词里找到。他的 quando(何时)听起来就像 come(如何)。奥维德的抱怨声比维吉尔的法国式优雅更接近他。

我一再发现自己转向读者并恳求他"想象"一些东西,即是说,我必须乞灵于类比,而我心中只有一个目标:填补我们的定义系统的不足。

故此,不妨尝试想象祖先亚伯拉罕和大卫王,整个以色列部落,包括以撒、雅各和他们的所有家属,以及雅各对之诸多忍让的拉结,都进入一个歌唱的、轰鸣的管风琴,仿佛它是一座房门半掩的屋子,而他们隐藏在里面。

然后，想象得更早些，我们的始祖亚当和他的儿子亚伯，老挪亚，还有立法和守法的摩西，也都进入……

> Trasseci l'combra del primo parente,
> D'Abel suo figlio, e quella di Noe,
> Di Moise legista e ubbidente;
> Abraam patioaca, e David re,
> Israel con lo pader e co'suoi nati,
> E con Rachel, per cui tanto fe'…
> （他引走我们的始祖的幽灵，
> 他儿子亚伯的，和挪亚的，
> 以及守信的立法者摩西的；
> 还有我们的祖先亚伯拉罕，
> 和大卫王，和以色列及其父亲和儿子
> 还有拉结，他为她做那么多事情……）
> 《地狱篇》第六章

接着，管风琴需要有移动的能力——所有风管和风箱都变得特别躁动，它突然狂怒起来，开始后退。

如果艾尔米塔什博物馆各厅堂突然发疯，如果所有流派和大师的画都突然间挣脱钉子，彼此合并、混杂，使各个房间的空气都充满未来主义的咆哮和色彩的激怒，那么我们就可以有某种类似但丁的《神曲》的东西了。

把但丁从课堂的修辞学的支配中抢夺过来，那就等于为欧洲文化史立了大功。我希望这不需要数世纪的劳作，而只需要加入各种国际努力,这些努力将成功创造一种原创性反评论,对抗数代经院哲学家、谄媚的语文学家和假传记作者们的著作。诗学材料只能通过演奏,只能通过指挥棒的飞舞来把握,而对诗学材料缺乏足够的尊敬正是对但丁这位最了不起的诗学材料大师和管理者、这位欧洲艺术最了不起的指挥家造成普遍误解的原因。他在很多世纪以前就已经抢先形成了一支管弦乐团,它能够胜任(胜任什么?)——胜任与指挥棒构成整体。

书法的创作是通过即兴发挥的手段实现的——这,大概就是但丁式冲动的公式,既是飞行,同时又是某种结束的东西。他的比喻是发音清晰的冲动。

这部诗结构最复杂的段落是在横笛上演奏的,像一只鸟儿的交配鸣叫。这支横笛几乎总是被派到前面去侦察。

这里我想起了但丁那些导语,仿佛是随意地,仿佛是试探气球似的被他发放出来。

> Quando si parte il giuoco della zara,
> Colui che perde si riman dolente,
> Ripetendo le volte, e, tristo impara;
> Con l'altro se ne va tutta la dente:
> Qual vi dinanzi, e qual di retro il prende,
> E qual da lato gli si reca a mente.
> Ei non s'arresta, e questo e quello intende;
> A cui porge la man piu non fa pressa;
> E cosi dalla calca si difende.

> (当骰子游戏结束,输者
> 在阴郁的孤独中重玩游戏,

沮丧地掷骰子。
整群人跟在幸运的赌客背后转：
一个在前面给他开路，一个在后面推他，
一个在他旁边拍马屁，让他想起他自己。
但是幸运的宠儿往前走，听每个人说话，
然后逐一跟他们握手，他摆脱了
那群纠缠不休的追随者。)
　　　《炼狱篇》第六章

《炼狱篇》有首"街头"歌（一大群纠缠不休的佛罗伦萨人首先要求闲言闲语，其次要求保护，最后又是要求闲言闲语），它受到体裁的感召，在那支典型的佛兰芒横笛上回响，而仅三百年后，它就变成壁画。

另一个好奇的想法冒出来。评论（解释）是与《神曲》的结构成整体的。奇迹船离开船坞时，船体满是寄生物。评论源于街头谈话，源于谣言，源于佛罗伦萨人一嘴传一舌的毁谤。评论之难以避免就像绕着巴丘什科夫的船飞翔的神翠鸟。

……瞧呀，瞧：那是老马尔祖科[①]……
他在儿子葬礼上的举止
多么得体！一个非同寻常的坚定老头……
但你是否听说过，
彼尔·德·拉·布罗斯[②]的头

[①] 老马尔祖科：《炼狱篇》第六章提到的加诺·马尔祖科的父亲。
[②] 布罗斯：法国国王腓力普三世的御医和侍从。《炼狱篇》第六章提到他。

> 被无缘无故地砍下来——
> 他清白如一块玻璃……
> 事情牵涉到某个女人的
> 罪恶之手……啊是的,顺便一提,
> 他本人就在那儿——让我们
> 上去问问他……①

诗学材料并没有声音。它不以明亮的颜色绘画,也不以文字解释自己。它没有形式,正如它没有内容,理由很简单,它只在表演中存在。完成的诗无非是书法产品,是表演的冲动造成的不可避免的结果。如果一支笔浸在墨水池里,那么接着的结果无非是一束与该墨水池完全相称的字母。

在谈论但丁时,更应该记住冲动的创造而不是形式的创造:与纺织、航行、经院哲学、气象学、工程学、市政问题、手工艺、工业和其他事物相关的冲动;这个清单可以无穷地列下去。

换句话说,句法结构使我们迷惑。所有主格都必须被表明方向的格、被与格取代。这就是只存在于表演的冲动中的可转变和可转化的诗学材料之规律。

……在这里一切都由里面朝外翻转过来:名词作为句子的谓语出现,而不是主语。我希望在将来,但丁学术研究能够探讨冲动与文本的协调。

1933 年

---

① 本中译所据的哈里斯、林克英译本把这段文字作为引诗,布朗英译本作为引文而非引诗,但根据电子文本,俄语原文里并非引文也非引诗,只是自然段,但段首和段尾都有省略号。

《关于但丁的谈话》补编

俄罗斯读者不熟悉意大利诗人（我想到但丁、阿里奥斯托和塔索）之所以特别令人震惊，是因为清楚掌握意大利语的和谐之爆炸性和不可预知性的诗人不是别人，正是普希金。

据普希金从上述伟大的意大利人那里松散地继承来的解释，诗歌是一种奢侈，但它是一种如此重要、基本的奢侈，以致它有时苦涩如面包。

Da oggi a noi la cotidiana manna…

（今天请给我们每天的吗哪……）

《炼狱篇》第六章

古意大利人的诗学饥渴是意味深长的，他们对于和谐有着少年式的、动物式的胃口，他们对于节奏有着感官式的热望——il disio！

普希金闪亮的牙齿是俄罗斯诗歌的男性珠宝！

是什么把普希金和意大利人联系起来的？他的双唇蠕动，他的微笑轻触诗行，双唇聪明而愉快地变红，舌头信任地抵着颚。

普希金的诗节或塔索的八行诗节再一次恢复我们的青春和百倍地奖赏读者的努力。

诗的内在形式是与那位说话和感受情感的叙述者脸上掠过的无数表情变化分不开的。

说话的艺术正是以这种方式扭曲我们的脸，它干扰脸的宁静、撕掉脸的面具……

普希金独自站在独创性地、成熟地解释但丁的门槛上。

事实上，整体的现代欧洲诗歌无非是阿利吉耶里那解放了的女农奴。难道她不是像民族文学里嬉戏的小孩般，在仍然未被揭开但已部分被阅读的国际但丁的基础上站起来的吗？

虽然普希金从未承认意大利诗歌对他自己的作品的影响，但是他被阿里奥斯托和塔索那种和谐的、感官的天地所吸引。在我看来，他似乎永不知足地吸取塔索诗歌那种独特的生理学魅力，他似乎害怕被它奴役并因此给自己带来塔索的悲剧命运，也即那病态的盛名和传奇性的耻辱。

对那个时代的时髦群氓来说，只可以从歌剧院座位上听到的意大利语，听起来很像某种诗学的啁啾声。无论是那时还是现在，俄罗斯从来没有人认真地研究过意大利诗歌，而只是把它当成声音的财产或音乐的附件。

因此，俄罗斯诗歌像但丁不存在似地发展起来。我们仍然不知道我们的不幸。巴丘什科夫——未出生的普希金的笔记本——消亡了，因为他从塔索的高脚杯呷了一口，却仍未注射预防但丁的疫苗。〔来自文章初稿〕

在勃洛克的作品中我们找到：

>有着鹰钩鼻轮廓的但丁阴影
>
>向我唱起《新生》……

他所看到的绝对不超过果戈理的鼻子!

从十九世纪继承下来的但丁的稻草人形象!他大概必须不去读但丁,才敢写但丁这个鹰钩鼻!

什么是意象?杂交式诗学言说的变形的一件工具。

我们可以在但丁的帮助下理解这个概念。然而,但丁不教我们有关工具的知识:他已转身消失了。他是文学时间的变形、文学时间的抓紧和松开的一件不折不扣的工具,我们已停止倾听这种文学时间,但我们在这里和在西方被告知,这种文学时间是所谓的"文化结构"的叙述。

这是一个好地方,方便谈一下有关所谓的文化的概念,以及探询这是不是一个毋庸置疑的事实,也即诗学言说是完全与文化语境相联结的。而所谓文化只不过是历史结构的适当关联行为,在发展中中止,浓缩在一个消极的概念中。

文化概念的倡议者大概都情不自禁地被不妨称为"不适当的适当行为"这个圈子所吸引。正是这一文化语境崇拜在十九世纪期间席卷欧洲的院校,毒害了正常循环的历史结构的真正建筑者的血液,而最糟糕的是,它几乎总是给过去和未来那些可能是活生生的、具体的、辉煌的和负载知识的东西铸造了一个绝对无知的外形。

把诗学言说塞入"文化"或塞入历史结构的叙述中是没有根据的,因为这样一来它那至关重要的原生本质就会被完全忽略。与我们公认的思维方式不同,诗学言说是比所谓的"谈话式"言语更为无穷尽地原生、更为无穷尽地未完成的。原材料的精髓恰恰是那使原材料与表演文化接触的东西。我将用但丁作例子来加以说明,而作为开场白,我将指出但丁整部《神曲》中没有一个元素是不直接或间接地支持诗学言说之自发性原生本质这一理念的。

教皇宝座的篡夺者不能不畏惧于但丁向他们洒落的声音,尽管他们可能对工具施与的拷打无动于衷。但丁正是在听从诗学变形的法则的过程中,通过工具来暴露他们的。然而,作为历史结构的教皇统治制度的破裂是在这里被设想出来,并在诗学声音无穷尽的原材料(它被不合适地当成合适交给文化,它因为其疑虑而永远对文化采取不信任和冒犯的态度,它像漱口水一样把文化吐掉)披露和昭示的范围内表现出来。[草稿]

在聆听的行为与言语传递的行为之间存在着一种中介活动。这种活动最接近表演并在某种程度上构成它的心脏。聆听的行为与言语传递的行为之间,那个未填满的间隔是荒谬到极点的。材料不是物质。

[笔记草稿]

对但丁来说,儿童即是婴儿,"il fanciullo"。婴儿时期类似一个具有非凡建设性的持久力的哲学概念。

把《神曲》中所有提到儿童的段落都抄出来,会是一件多么美妙的事。

有多少次他碰到维吉尔衣服的褶边——"il dolce padre"(温柔的父亲)!或者,在天堂第七层最严厉的学校考试之际,一位母亲的形象出现,只穿着睡衣,从火中救出她的孩子。[不包括在作者文章定稿中]

他们受到这位神学院学生给"经典"所起的诨号冒犯,恰恰是因为你得在某个地方与经典一块沿着动力学的不朽性之椭圆形奔跑,因为理解是没有极限的,因为实际上正是这点迫使你躲开你的劳作,迫使你眨眼,迫使你在古老的智慧中寻找新的意义,不是在书中而是在眨眼中……[草稿]

只有在量子理论的帮助下才可以理解但丁。［不包括在作者文章定稿中］

……但丁的问题本身就已经在维吉尔的回答中冒出来了。他以他那独特的教师和专业的睿智回应问题背后的冲动，小心地把它从但丁的公式中筛选出来。维吉尔说，他们全都会被掩盖，他们的坟墓将被密封，届时这些被天使长用喇叭从约沙王的山谷赶往最后的审判的人的复活的肉体将会回来；他们将不再在真实的坟墓里，而是连同他们的肉和骨一块来到这里，躺在阴影中。这样的快乐等待着伊壁鸠鲁及其信徒。［草稿］

前面所讲的有关众多形式的话，也同样适合于特殊词汇。我在但丁的作品中看到大量特殊词汇的穿插。有刺向德语嘘声和斯拉夫语刺耳声的野蛮穿插；有拉丁语的穿插，有时是刺向 Dies irae（末日经）和 Benedictus qui venit（奉主名来的是应当称颂的），有时是刺向洋泾浜拉丁语。还有驱向故乡方言的巨大冲力——托斯卡纳语的穿插。［草稿］

这里有一个例子。《地狱篇》第三十二章突然发了一种野蛮的斯拉夫语炎，对意大利语耳朵来说，绝对是难以忍受的，甚至是猥亵的。

……事实上，以一系列问题组成的《地狱篇》整篇都是固态物理学。在各种乔装中——有时是乔装成历史剧，有时乔装成风景梦境的机械学——我们发现被分析的引力、重量、密度、物体下坠的加速、陀螺仪旋转的惯性、杠杆和绞盘的作用，最后是作为由意识控制的最复杂运动形式的人类步态或步法。

我们越接近地球的中心，即是说，越接近犹大圈（地狱尽头），引力音乐的回声便越强，密度便越大，构成团块的内部分子运动便越快。［草稿］

但丁从未把人类的言语当成孤立的理性之岛。但丁的词汇群集是彻底野蛮化的。为了确保他的诗学言说的健康，他总是用野蛮的笔触来补充它。过剩的语音学能源使他的诗学言说与其他知名意大利诗人和世界诗人区别开来，使得他的诗学言说看上去好像不仅在说话，而且在吃喝，有时模仿家畜，有时模仿昆虫的鸣叫，有时模仿老人哀叹的怨诉，有时模仿受拷打者极度痛苦的呼喊，有时模仿在葬礼上恸哭的女人的声音，有时模仿两岁幼儿牙牙学语。

对但丁来说，普通言语的语音学只不过是一条虚线和一个常见的标志。［笔记草稿］

《神曲》的另一个俗称——"谈话之旅"的问题和答案服从于归类。这些问题颇大的部分落到我们可能会标出的这个红色标题下："你是怎样来到这里的？"另一群相遇时要问的问题大概是："佛罗伦萨怎么啦？"

第一组问题和答案通常在但丁和维吉尔之间爆发出来。但丁自己的好奇，他探究的冲动，总是以一些具体场合、一些细节为依据。他总是在被某物咬了一下才提问题。他喜欢把自己的好奇心定义为蜇或咬等等。他经常使用"il morso"一词，也即品尝。［不包括在作者文章定稿中］

文化的力量在于我们无法理解死亡。这是荷马诗歌的基本特质之一。这就是为什么中世纪嗜好荷马而惧怕奥维德。［草稿］

我们迫切需要为但丁创造一种新的评论，引向未来，揭示它与欧洲现代诗歌的联系。

法尔泰诺纳（《宴会》第四篇；《炼狱篇》第四章）。我们常常遇到一种个人语调。我的来源是模糊的。我在这里仍然是一个陌生人。我最终会表明我自己。阿尔诺河在其往下流的过程中积了太多淤泥，受到摧残。

《宴会》第四篇是在为一位差劲的观察者的工业经济学观点可能具有的重要性辩护。一个非参与者的观点。挑战各式各样的消费与积累（不妨拿它与萨沃那洛拉比较）。

但丁最讨商人喜欢。他支持诚实的、合理的贸易：quando per arte o per mercantazia o per serviglio meritato［当（财富）通过手艺或贸易或奖赏性的服务（获得）］……我们想象奖赏是唯一正当的收入来源：per serviglio meritato。他对他那个时代的经济学和商品流通体制充耳不闻。以不加区别的态度判断一切。他首先想象有一个属于佛罗伦萨人的、然后是属于普通意大利人的，最后是属于全世界的奖赏分配体制。但丁在他的经济学观点中不偏袒任何特别的、活跃的社会团体，但是他在生产商的背后悄悄把手伸给分配商。他力图铲除站在劳动（服务）与价值（奖赏）之间的所有中间人。而这构成了他有关他那个时代的经济学的看法的悲剧性因素。

在《宴会》中，到处散布着但丁个人谈话风格的活谷粒；这里是一个例子：

> Veramente io vidi lo luogo, ne le coste
> d'un monte che si chiama Falterona
> in Toscana, dove lo piu vile villano
> di tutta la contrada, zappando,
> piu d'uno staio di santolene d'argento
> finsissimo yi trovo, che forse piu
> di dumilia anni l'aveano aspettato.

> （实际上我见过那个地点，
> 在托斯卡纳一座叫作
> 法尔特罗纳山的斜坡上，

该地区那个最卑微的农民
在那里掘到不止一斗的
纯古银币,它们在那里等待他
也许不止二千年了。)

《宴会·第四篇》

他对农业毫无感情。他提到农业时总是怀着藐视,甚至气恼:

...giri Fortuna la sua rota
Come le piace, e il villan la sua marra.
(幸运之神随她喜欢转动轮子,
就像农民挥舞他的锄头。)

《地狱篇》第五章

他似乎觉得农业的技术不够有趣。他只对酿酒感到兴奋。他对牧羊也怀有深情和关切(pecozelle...mandrian...《炼狱篇》有大量的田园景色。)

与此同时,他的资助人,不管是贵族还是别的什么,几乎全都是地主。对于他们的实际生活情况,但丁的判断实在差劲……

ne la diritta torre
fa piegar rivo che da lungi corre.
(河流不能使一座
矗立的塔倾斜。)

《歌集·之三》

在这里（《宴会》第四篇），"高贵"（nobilta）是以非常冗长的方式阐明的，指涉其社会和经济特权。河流作为继承的"财富"。塔作为高贵本身。

最普通的学校式比较包括一个证据的正反部分，负载一项额外的负担：一种与应用于诗歌说不定还应用于科学的决定论作斗争的比较。基督教——封建美德被分析的方式就像我们分析一幅画的构成。

在《炼狱篇》第五章中：

>Sta come torre ferma, che non crolla
>Giammai la cima per soffiar de'venti.
>（要像一座坚强的塔，它的高度
>四面八方的风都动摇不了它。）

河流和塔确保托斯卡纳的风景有永久的和谐。画家利用塔来强调河流的蜿蜒水道；它似乎还在某种程度上引导河流。

但丁感到不安，因为塔和河流并不是以因果关系起来的。他肯定喜欢让塔来引导河流，以塔来分割河流的水道。

人所共知，但丁对天气"寄予最大的敬意"，并且，他事实上可以说是充当了一个典型的阿尔卑斯山气象站，拥有最佳的设备和出色的观察员。同样显著的是源于天气情况的照明效果，他在《地狱篇》和《炼狱篇》中充分利用这些效果——云层、湿度、间接亮度、人工阳光等。

《天堂篇》那些杰出的发明性烟火装置全都是指向文艺复兴时期那些公众庆典和烟火。

如今在现代欧洲剧院由灯光扮演的关键而活跃的角色——无论是戏剧、歌剧还是芭蕾，都被但丁预见到了，那当然。

但丁作品中那些音乐会似的感觉，那些对于精湛技巧的感觉，达到了何等巍峨的高度！在《天堂篇》第十八章中，查理曼、罗兰、布永的戈弗雷和罗伯特·吉斯卡尔在火星十字座的照耀下，禁不住要在俾德丽采用光的讯号宣布他们的名字时作出回答：他们互相鞠躬并提议再来一次……而佛罗伦萨好老人、但丁的曾祖父圭多·卡齐亚圭达拐弯抹角地想从他面前的曾孙那里得到一番恭维话。"曾祖父，"但丁说，"给我的印象是，他远远不是那一群集合的合唱队表演者中最差的歌手。"

把但丁想象为一位钟表匠会很有趣，一位建造一个附带有外空间中心的天象仪的人，这个外空间中心是一个高天，它通过一个有不动的星星的中间圈，把力量和质量喷向另七个流动的球体。更重要的是，但丁的天象仪远离一般机械钟的概念，因为这套巨大的晶体构造的主要运作者所做的不是传动装置或嵌齿轮的工作，而是孜孜不倦地忙于把力量翻译成质量，更不用说……主要运作者本人已不再是肇始者，而只是一个无线电站、一个通信器、一个传输者……不动的星星所黏附的（虽然它们嵌在该球体上，但他们与该球体有着明显的区别）那另一个天空，则通过那些星星放电，而那电流是存在的电流，是直接从主要运作者也即分配者那里接收来的。另七个流动的球体自身已包含一种有着质量上的区别的存在，该存在对各种具体现实的来龙去脉起到刺激剂的作用。就像一种生机论的流动为自身创造各种器官（耳、眼、心）并使它们的空间变得具体一样，质量的温室也是如此被嵌入物质的。

你是否注意过，在但丁的《神曲》中，作者是很难发挥作用的，他注定要走来走去，到处收集资料和提问题？

但是《地狱篇》第十章构成的创作根源在于汇集风暴，这风暴像天文现象一样成熟起来，而所有的问题和答案都围绕着一件事在转——有没有打雷?

更确切地说,这是在汇集一股正在绕过我们的风暴,它走的是一条绕圈的路线。

但丁时代的意大利人对城市的好奇心是一股强大的力量。佛罗伦萨人的诽谤像阳光一样从一座屋子传向另一座屋子,有时候甚至翻山越岭,从一座城镇传向另一座城镇。每一个堂堂正正的公民——面包师、商人、青年骑手……

天主教统治集团那些真正的枢密院员本身都是使徒,而那个面对他们的男学生并不是一个容易慌张或因幼稚或预料中的过誉而开始大喊大叫的年轻人,而是一个但丁本人会推荐的、以便惹恼乔托和整个欧洲传统的那种留胡子的初出茅庐的严肃年轻人(留胡子是必要的)。〔来自文章初稿〕

"我比较,故我存在。"但丁可能会这样说。他是隐喻的笛卡儿。因为物质是通过隐喻透露给我们的意识的(我们又如何体验别人的?),因为比较以外没有存在,因为存在本身就是比较。〔笔记草稿〕

请允许我举一个几乎涉及整个《神曲》的明显例子。

《地狱篇》是中世纪人的城市生活之梦的外部界限。它是一个真正意义上的世界性城市。在这座世界性的城市面前,小小的佛罗伦萨又算得了什么呢,连同它那被新生活方式(但丁是如此仇视它)搞得天翻地覆的 bella cittadinanza(优秀公民身份)!我们可以用罗马来替代《地狱篇》,而很难找出什么区别。事实上,也许这种比较的关系——"罗马与佛罗伦萨"——成了形式创造的冲动,造就了《地狱篇》。〔草稿〕

译后记

在我心目中，二十世纪最重要的诗人批评家是瓦莱里、艾略特、曼德尔施塔姆、奥登、布罗茨基和希尼。这些诗人批评家的批评的影响力，都与他们的诗并重。他们之中，曼德尔施塔姆的诗论最奇特，其影响力也最隐形——你几乎不会想到他这些诗学随笔足以跟另五位相提并论。

确实，曼德尔施塔姆是，或好像是一位未充分发展起来的诗论家：一方面是因为他死得早，生前只出版了一本薄薄的诗论集《论诗》，此外就是一些未结集或未发表的诗论；另一方面是因为他的作品长期被禁。但是，曼德尔施塔姆的诗论，无论是诗学理念还是文章风格，都深刻而明显地影响了另五位诗人批评家中的两位——布罗茨基和希尼——而这是别的诗人批评家难以匹比的。

布罗茨基的诗论爱用典故和各种科学词汇，以及文章中闪烁的机智风趣，都直接源自曼德尔施塔姆；希尼的诗论的跳跃性和密集隐喻，同样源自他对曼德尔施塔姆诗论的天才式吸取；两人先后于1986年和1987年出版的经典性诗论集《小于一》和《舌头的管辖》，都可以说是以继承者的身份，充分地把曼德尔施塔姆的诗论之价值发扬光大。

曼德尔施塔姆是俄罗斯最伟大的诗人之一，也是二十世纪最伟大的诗人之一。我认为，无论是他的诗还是诗论，都值得引起中国读者和诗人更严肃的关注——我是说，现时我们对他的重视还不够，我们对他的伟大性的认识还不够。他那些非诗论的散文，其独特性同样让人惊异，并已使他置身于二十世纪俄罗斯伟大散文家之列。

以上，是从我2010年给花城出版社出版的《曼德尔施塔姆随笔选》写的译后记里摘取的，我对曼德尔施塔姆的评价并没有改变，也没有需要修订的，故抄录在这里。花城版的《曼德尔施塔姆随笔选》是作家出版社1998年出版的《时代的喧嚣》的修订和扩大版，两个版本都是林贤治先生约的稿。由于这本书收录的文章比较杂，再加上是由多位译者合译的，故我一直有个愿望，就是想独自集中地编辑和翻译一本以批评性散文为主的曼德尔施塔姆文选。这个愿望，现在终于实现了。

本书分为四辑。第一辑完整收录了曼德尔施塔姆第一本诗论集《论诗》十一篇文章，这也是曼德尔施塔姆生前出版的唯一诗论集，经过他亲自挑选，所以并不是以写作或发表先后顺序编排的。

第二辑精选曼德尔施塔姆二十世纪一二十年代的文章，涉及诗歌、戏剧、翻译、艺术和人文精神，共二十篇。

第三辑收录曼德尔施塔姆在二十世纪二三十年代写的几篇"大散文"——《时代的喧嚣》《费奥多西亚》《埃及印记》《第四散文》《亚美尼亚之旅》的摘译，以及若干相关文章例如《达尔文的文学风格》和若干残稿。我尽量避开平铺直叙的散文，而挑选那些浓缩度高、跳跃性强，以及涉及作者文学思想的篇章来译。

第四辑收录曼德尔施塔姆的重要长文《关于但丁的谈话》及其补编。

本书主要根据简·加里·哈里斯和康斯坦斯·林克的英译本《奥西普·曼德尔施塔姆批评性散文与书信汇集》，并参考西德尼·莫纳斯的英译本《奥斯普·曼德尔施塔姆随笔选》和克拉伦斯·布朗的英译本《时代的喧嚣及其他散文》。莫纳斯译本除了完整翻译了《论诗》全部篇目之外，还翻译了《普希金与斯克里亚宾》《阿克梅派的早晨》《文学莫斯科》《文学莫斯科：情节的诞生》《狂飙》《人文主义与当今》《第四散文》《亚美尼亚之旅》，以及收录了布朗翻译的《关于但丁的谈话》。布朗译本收录了曼德尔施塔姆在二十世纪二三十年代写的几篇"大散文"。哈里斯和林克译本覆盖莫纳斯译本的全部篇目。哈里斯和林克译本与布朗译本的篇目有部分交叉，也即《第四散文》和《亚美尼亚之旅》。布朗译本与莫纳斯译本的篇目也有部分交叉，同样是《第四散文》与《亚美尼亚之旅》。

即是说，我翻译本书时，大部分文章有两个或三个英译本可以互校。在选译《时代的喧嚣》中的《科米萨尔热夫斯卡娅》一文时，还参考了马乔丽·法夸尔森的译文；在翻译《埃及印记》中的《不提供信息的询问处》一文时，还参考了韦斯特的专著《曼德尔施塔姆的〈埃及印记〉》所附的译文。

值得一提的是，第二辑中的《人类的小麦》未见于上面提到的三个主要英译本，因为该文是相对晚近才发现的。英译见于 2017 年《

美国现代语言学协会会刊》(第 132 卷第 3 期)，英译者为理查德·李·皮埃尔。

在校对新译文和旧译文时，我还通过翻译网站和谷歌翻译来检查俄语原文的个别单词和句子的确切意义（主要是通过俄英翻译，因为很奇怪，俄汉翻译尤其是整段、整句翻译时，准确度异常低）。我所据的英译本，它们的译者所据的俄文版本主要是斯特鲁韦和菲利波夫编辑的三卷本《曼德尔施塔姆著作集（1972）》。而我查证俄文原文时所据的，则主要是由曼德尔施塔姆协会发布在俄罗斯虚拟图书馆（RVB）网站上的四卷本《曼德尔施塔姆著作集》电子版。该电子版的原版是莫斯科艺术商业中心出版的纸质版四卷本《曼德尔施塔姆著作集》。

从最早翻译曼德尔施塔姆散文，到再版时增译和修订旧译，到这次新译和修订旧译，跨越将近二十五个年头。回想起来，既惭愧又庆幸。惭愧的是当年经验和学识不足，留下不少错误；庆幸的是还好我还在继续做翻译，也不断在进步，得以有机会和有能力重新修订和纠正旧译，减少遗憾。篇幅巨大的《关于但丁的谈话》不仅译起来伤脑筋，校对起来也费心力，但这次做了比较深入和全面的修订，每天平静地、有规律地梳理几页，反而使我充满愉悦。这愉悦，结合重读曼德尔施塔姆充满不可思议的想象力和洞察力的随笔带来的震撼和启迪，可以说是双重、三重收获。愿读者也能够多少感受到这份刺激！

最后，感谢出版社细心的编辑和校对提出的宝贵建议。

译者
2021 年 4 月 6 日，深圳洞背村

图书在版编目（CIP）数据

曼德尔施塔姆文选 /（俄罗斯）奥西普·曼德尔施塔姆著；黄灿然译.—南宁：广西人民出版社，2022.1
（大雅文丛）
ISBN 978-7-219-11224-3

Ⅰ.①曼… Ⅱ.①奥… ②黄… Ⅲ.①文学理论—俄罗斯—文集 ②散文集—俄罗斯—现代 Ⅳ.① I512.06-53 ② I512.65

中国版本图书馆 CIP 数据核字（2021）第 119238 号

曼德尔施塔姆文选
MANDE'ERSHITAMU WENXUAN
[俄罗斯] 奥西普·曼德尔施塔姆 / 著 黄灿然 / 译

出 品 人	白竹林
执行策划	吴小龙
责任编辑	唐柳娜　李亚伟
责任校对	覃丽婷　文　慧
书籍设计	刘　凛
责任排版	潘艳营

出版发行	广西人民出版社
社　　址	广西南宁市桂春路6号
邮　　编	530021
印　　刷	恒美印务（广州）有限公司
开　　本	889mm×1194mm　1/32
印　　张	10.75
字　　数	268千字
版　　次	2022年1月　第1版
印　　次	2022年1月　第1次印刷
书　　号	ISBN 978-7-219-11224-3
定　　价	69.80元

版权所有　翻印必究